von Christa Adolph 2001

Luises Mann hat sich erfolgreich um eine Chefarztstelle in Ostdeutschland beworben. Eigentlich ein völlig normaler Vorgang: Die dreiköpfige Familie – mit Sohn Oskar und dem Kater – zieht von den Ufern des Rheins an die Oder, von Deutschlands Westen in eine Stadt im Osten. Doch das Leben dort wächst sich zu einer Kette höchst verblüffender Erfahrungen und verwirrender Begegnungen aus, die den Eindruck aufkommen lassen, sie seien in ein Land mit eigenen Riten und Gebräuchen geraten.
Luise hat ihre Augen offen gehalten und zehn Jahre nach dem Fall der Mauer ihre »ganz einfachen Geschichten« mit satirischem Witz – und einem scharfen Blick für die Unverhältnismäßigkeit der gegenseitigen Erwartungen – zu einem abwechslungsreichen Panorama des Alltags in einem Neuen Land geformt.
Ein provozierendes Buch, ebenso unterhaltsam wie berührend als Geschichte einer schwierigen deutsch-deutschen Annäherung.

Luise Endlich (Pseudonym für Gabriele Mendling), 1959 in Berlin geboren, ist von Beruf Physiotherapeutin. Seit 1985 in Wuppertal. 1995 Umzug mit Mann und Sohn von Wuppertal nach Frankfurt an der Oder. Aus ihrem Tagebuch des Umzugs entstand dieses aufsehenerregende Buch, das der New York Times eine Würdigung auf Seite eins wert war. Die Fortsetzung ihrer Erlebnisse in »NeuLand« erschien im Frühjahr 2000 unter dem Titel ›OstWind. Nicht ganz einfache Geschichten‹.
Die Autorin lebt heute mit ihrer Familie in Berlin.

Unsere Adresse im Internet: www.fischer-tb.de

Luise Endlich

NeuLand

Ganz einfache Geschichten

Fischer Taschenbuch Verlag

Für Werner und Tobias

Veröffentlicht im Fischer Taschenbuch Verlag GmbH,
Frankfurt am Main, September 2000

Lizenzausgabe mit freundlicher Genehmigung des
Transit Buchverlags, Berlin

Innenlayout: Gudrun Fröben, Transit Verlag, Berlin
Druck und Bindung: Clausen & Bosse, Leck
Printed in Germany
ISBN 3-596-14834-0

Inhalt

In der Fremde kann man es nicht so bequem
haben wie zu Hause, man muß also genügsam
sein und Zimmer, Möbel und Betten vorlieb
nehmen wie sie sind.
Die Wirte sehen es natürlich lieber, wenn man
viel als wenn man wenig verzehrt, und manche
Leute suchen etwas darin, auf Reisen zu prahlen,
viel Geld zu verthun, zu glänzen, groß aufzutreten.
Das ist thöricht, kommt niemand zu gute und
verleidet später die Wiedereingewöhnung in
die häuslichen Verhältnisse.
Adolph Freiherr von Knigge (1752-1796)

Schöner wohnen

»Dreiköpfige Familie sucht Haus oder Wohnung in schöner Umgebung zur Miete oder zum Kauf, Makler zwecklos. Chiffre ...« inserierten wir in Oststadt, nachdem Fritz den Vertrag für die dortige Klinik unterschrieben hatte.

»Eine vergleichbar ausgestattete Klinik ist hier im Westen nicht zu bekommen, Luise«, redeten er und sein Freund Bernd mir zu. Bernd sei schließlich auch von West nach Ost gezogen. Die Sache mit dem niedrigeren Gehalt sei eben so. Als Chefarzt habe man aber doch schließlich Privatpatienten.

Fritz war vorher begeistert und neugierig zu seinem Bewerbungsgespräch nach Oststadt gefahren und hatte uns ein selbstgedrehtes Video mitgebracht. Es war November gewesen, ein regnerischer und vernebelter Tag, an dem er dort in einem kleinen Leihwagen über Kopfsteinpflaster und nicht befestigte Straßen geholpert war. Vom Krieg zerschossene Häuser, denen Fenster und Dächer fehlten; einige der Menschen, die zu sehen waren, agierten wie Statisten eines Nachkriegsfilms.

Wochen später waren wir mit Oskar zur Besichtigung der beiden Angebote, die wir auf die Annonce erhalten hatten, nach Oststadt gereist.

Oststadt wirkte nicht ganz so trist, wie es auf dem Video ausgesehen hatte. Es gab aber offenbar kein gemütliches Café oder Restaurant. Die teilweise schrillen und tragikkomischen Auslagen in den Schaufenstern lenkten von dem Innern der Läden ab. Straßenbahnen und Trabis ratterten durch die Stadt. Die Einkaufsstraße hieß Karl-Marx-Straße.

»Wenn wir schon mal hier sind, sollten wir einen kleinen Abstecher über die Grenze machen«, schlug Fritz vor. Das polnische Einkaufszentrum bestand aus einer großen Halle, in der Händler verschiedenste Artikel anboten. Neben Korbwaren und Textilien lagen Butter und fettige Wurst, die Verkäufer warteten rauchend und in glänzend-braunen Polyesterhosen und -pullovern auf Kundschaft: »Wollän guckän?! Jungä, komm' ma guckän hierrr!«

wurde Oskar auf Fußballtrikots von Bayern München aufmerksam gemacht.

Oststadt erschien richtig farbenfroh, als wir zurückkamen. Fritz machte etwas nervös auf die schöne Natur aufmerksam. Im Frühling würden hier sicherlich sehr, sehr seltene Vögel brüten.

Das erste Haus, das wir besichtigten, lag in der Ernst-Thälmann-Straße, die aus einer Reihe von Einfamilienhäusern bestand. Wir hatten Mühe gehabt, das richtige Haus zu finden. Sie sahen alle gleich aus, und die wenigsten hatten eine Hausnummer.

Eine blasse Frau mit kleingelockter Dauerwelle in einem silberdurchwirkten, rosafarbenen Pullover, einer eng anliegenden Jeanshose und weißen Pumps mit hohen Pfennigabsätzen führte uns über das Grundstück. Es sei das Haus ihrer Schwiegermutter gewesen, die kürzlich gestorben sei, erklärte sie und öffnete stolz einen Schuppen, aus dem uns allerlei Gerümpel entgegenflog. Interessiert krochen wir in gebückter Haltung durch das verwilderte Gestrüpp des Gartens. Fritz schien begeistert.

Im Haus beeindruckten nicht nur die provisorisch aufmontierten Steckdosen und Lichtschalter, die durch lose hängende Kabel miteinander verbunden waren. Auch die ungewöhnlich gemusterten Tapeten und besonders das Wohnzimmer imponierten. Es lag in der Mitte der ersten Etage und hatte kein einziges Fenster. Tageslicht fiel herein, wenn die vier Türen, die in angrenzende Zimmerchen führten, geöffnet wurden. Diese Räume hatten jeweils eine kleine Dachluke nach außen.

Die Frau zeigte uns dieses Wohnzimmer mit einer solch überzeugenden Selbstverständlichkeit, daß ich ernsthaft auf Fritzens Überlegung einging, hier vielleicht unsere beiden Sofas und die alte Truhe aufstellen zu können: »Und eens von die ßimmas is denn dit Kindaßimma«, strahlte sie Oskar an, der mir einen fragenden Blick sandte.

Daß mir plötzlich das Argument unserer viel zu hohen antiken Schränke einfiel, auf die Fritz unter keinen Umständen verzichten wollte, veranlaßte ihn endlich dazu, sich zerknirscht gegen dieses Objekt zu entscheiden.

»Luise, diese Hütte auf dem Land möchte ich mir eigentlich gar nicht erst ansehen. Ich kann mir überhaupt nicht vorstellen, daß wir uns da draußen wohlfühlen könnten«, hatte Fritz etwas bockig gemeint, als wir wieder im Auto saßen und den Stadtplan studierten, um das zweite Angebot, ein Bauernhaus, zu besichtigen. Mit Erleichterung registrierten wir, daß das Haus, das wir suchten, an einem »Neusiedlerweg« lag.

Wir fuhren durch die Clara-Zetkin-, Karl-Marx- und die August-Bebel-Straße, vorbei an der Dr. Salvador-Allende-Höhe über den Ring der Kosmonauten und den Juri-Gagarin-Steig. Überall Plattenbauten, deren Balkone mit Satellitenschüsseln geschmückt waren. Aus geöffneten Fenstern lehnten Männer, trotz Kälte in Unterhemden, manche mit Tätowierungen auf den Armen, die meisten mit einer Zigarette im Mund.

»Für den Übergang könnten wir auch in einem dieser Häuser eine Wohnung bekommen«, machte Fritz uns Mut. »Die Klinikleitung wäre sicherlich bei der Suche behilflich. Wir würden einen Teil der Möbel einlagern, Oskar könnte in der Nähe zur Schule gehen und hätte in der Siedlung ein paar Spielkameraden.«

Einhundertsechzig Quadratmeter Wohnfläche, saniert, ein Nebengebäude, das teils als Stall, teils als Garage genutzt wurde, und ein Grundstück von zweitausendfünfhundert Quadratmetern, auf dem alte Obstbäume und Beerenhecken standen. Das hörte sich gut an.

Die junge Familie wollte näher bei ihren Schweinen wohnen. Sie seien in der Landwirtschaft tätig und könnten dieses Haus bald räumen, sagten sie.

Der Garten war im Vorjahr nicht mehr gemäht worden, alles wirkte ein bißchen kantig und wild. Die Umgebung war so völlig anders, daß ich mir sofort vorstellen konnte, hier zu leben. Der Gedanke, daß mein Kind in solcher Freiheit aufwachsen könnte, war phantastisch, die Ruhe um uns herum erholsam. Kein Strassenverkehr, kaum Häuser, das Nachbarhaus war zirka dreißig Meter weit weg. Rechts neben dem Anwesen sah man die nächsten

Häuser erst in etwa zweihundert Metern Entfernung liegen, auf der anderen Straßenseite war der Blick in ein schönes Landschaftsschutzgebiet unverbaut. Der hintere Zaun des Grundstücks grenzte an einen großen Acker.

Allerdings gab es noch keinen Abwasseranschluß, stattdessen zwei Gruben, die man leeren lassen mußte. Fritz fachsimpelte mit dem Hausherrn über die Größe der Gruben und die Häufigkeit der Abfuhr.

»Na, wir ham dit bisher imma selba leerjemacht«, grinste Herr Wuttke. »Da legen Se 'nen Schlauch bis uff dit Feld und nach 'n paar Stunden is die Scheiße entsorgt. Dit macht der Nachbar ooch so.«

Dieser stapfte gerade in einem Trainingsanzug der Nationalen Volksarmee, der mit roten und gelben Streifen verziert war, und mit einer Militärmütze auf dem Kopf, wie man sie nach dem Fall der Mauer am Brandenburger Tor günstig kaufen konnte, über sein Grundstück.

»Mit seinem Jarten hattert ja, da issa janz jenau. Is janz jut, daß die Häuser so weit auseinandastehen«, kratzte sich Herr Wuttke am Hinterkopf.

Meine sechsundzwanzig Jahre in Berlin, die damit verbundenen Fahrten über die Transitstrecken der DDR, Erziehung und Erlebnisse, schließlich aber die beeindruckende Zeit der Auflehnung »im Osten«, die Bilder aus den Botschaften und der Fall der Mauer hatten Bewunderung für die Menschen dieser DDR in mir hervorgerufen, die so lange ausgehalten und Demütigungen erfahren hatten. Ich gönnte ihnen von Herzen all das, was wir schon lange selbstverständlich und angenehm fanden. So leuchtete mein Gesicht schamentbrannt, weil ich mich scheute, das Grundstück oder das Haus kritisch zu kommentieren. Schließlich wußte jeder, daß hier alles schwer zu bekommen war, was für die Erhaltung und Einrichtung eines Hauses benötigt wurde.

Das Haus betrat man durch eine Veranda, in der ein sehr ausgesessenes Sofa plaziert war. Wir stiegen über einen Berg Pantoffeln.

Dunkelbraune und hellgrüne Blümchentapeten schienen besonders geliebt worden zu sein. Das Bad hätten sie schon vor der Wende neu gemacht, erzählten sie stolz. An Fliesen seien sie nur durch Beziehungen und Geldgeschenke herangekommen. Wuttkes hatten sie mit allerlei Werbeaufklebern bekannter Firmen verziert.

Die Küche wirkte geräumig. Sie hätten sich damals über Westkontakte eine Ausgabe von «Schöner Wohnen« organisiert und darin wäre dieser unglaublich toll geflieste Spülenumbau abgebildet gewesen. Vermutlich hat es sich um eine sehr frühe Ausgabe der Zeitschrift gehandelt. Wuttkes machten jedenfalls einen zufriedenen Eindruck.

Die Fenster in vergammelten Holzrahmen kommentierte Frau Wuttke mit Zuversicht: »Wior grig'n in jäd'm Joahr Jeld zur Durferneuerung. Füor diset Johr grieg'n wa nischt mehr. Ärsd im nägst'n Joahr jibd's wiedor wat.« Ich nickte anerkennend. Auf den Fußböden lagen zusammengestückelte Teppichreste in unterschiedlichen Qualitäten und Farben. »Die Teppiche können wa Ihnen drinlassen«, bot Herr Wuttke an, »wir brauchen se nicht und für den Anfang reichen se ja.« Ich schluckte. Fritz nickte dankbar.

Im oberen Stockwerk gab es nur Dachschrägen und viele Winkel. Sie mußten nacheinander ins Bett steigen, denn mehr als eine Person konnte nicht aufrecht im Schlafzimmer stehen. Fritz wirkte etwas ratlos, deutete auf das durchwühlte Bett und kommentierte den kleinen Spiegel dahinter mit einem »Aha«.

Eine winzige Ecke hatten sie zum Badezimmer umgebaut. Auf einem Podest stand einsam eine Toilette und an der Wand befand sich ein winziges Waschbecken. Der Raum hatte kein Fenster.

Alles könnte man nach und nach ändern, dachte ich mir. Hauptsache, wir haben erst einmal ein Dach über dem Kopf.

In der Küche tranken wir Kaffee und besprachen den Mietvertrag.

Obwohl Fritz und ich vorher vereinbart hatten, nicht voreilig in Begeisterungsstürme auszubrechen, waren wir uns sofort einig, daß dieses Haus vorerst das richtige Domizil für uns sein würde. Zweitausendfünfhundert Mark Kaltmiete sollte es kosten. Fritz war glücklich, weil das weniger als in Weststadt war. Außerdem wollten sie mir den Stall bis zu unserem Einzug umbauen: mit Fenstern, einer Heizung und abschließbaren Türen, so daß ich entweder meine krankengymnastische Praxis oder einen kleinen Modeladen eröffnen konnte. Ich war versöhnt, weil ich eine Chance sah, etwas zum Unterhalt beizutragen. Schließlich versorgten wir noch Fritzens drei Kinder und seine erste Ehefrau. Ob so ein Geschäft hier auf dem Lande wohl gehen würde? Frau Wuttke überzeugte uns prompt: »No glor! Wior moch'n denn och olle gräftisch Wärbung füör Sie!«

Wir übernachteten in einem Hotel. Oskar durfte sich Spaghetti und Cola aufs Zimmer bestellen. Ein Ritual, das er genoß, seitdem er Fritz und mich auf Kongreßreisen begleitete. Er machte daraus seine persönliche kleine Feier. Seine beiden Stoffkatzen saßen mit ihm vor dem Fernseher, während er sich Tomatensoße über das Gesicht schmierte.

Das Restaurant des Hotels war in souveränem Mix eingerichtet, eine besondere Stilrichtung nicht erkennbar. Verschiedenfarbige Sitzbänke und Stühle, an den Wänden Strohpuppen, Kalenderblätter, Blumen- oder Vogelbilder. Das Buffet war eher in italienischem Stil gehalten, während die Bar am Eingang des Raumes recht altdeutsch wirkte. Wir bestellten zwei Glas Champagner, um auf diesen besonderen Tag anzustoßen. »Auf dich«, sagte Fritz; es schien, als würden ihm Tränen in die Augen treten. Ich hob den mindestens dreißig Zentimeter hohen Champagnerkelch.

»Ja Lu, da staunst du, was? Auch der Champagner schmeckt hier nach Rotkäppchen.« Fritz schien das nichts auszumachen.

»Das ist kein Champagner, oder?« raunte ich ihm zu. »Das ist dieser süße Sekt, den Bernd und Ilona neulich mitgebracht haben, um uns auf die neue Umgebung einzustimmen.«

»Na ja, die kennen das hier eben nicht.«

»Man wird doch wohl vom Unterschied zwischen Sekt und Champagner gehört haben.«

»Ist doch egal«, kam sein besänftigender Tonfall, »sieh mal, das gab es hier früher alles nicht.«

Das Menü stellten wir selbst zusammen. Als Vorspeise wählten wir Hummercremesuppe. Knusprig gebratene Entenbrust in delikater Orangensauce und ein Glas Bordeaux wollte ich anschliessend genießen.

Fritz nannte es einen Glücksfall, daß wir dieses Haus so schnell gefunden hatten, auch wenn wir nicht alle Möbelstücke unterbringen würden. Er sah alles sehr gelassen. Ich weniger. Die Küche bestand eigentlich nur aus diesem »Schöner Wohnen«-Umbau des Waschbeckens und einem alten Herd. Ohne die Zustimmung unserer Vermieter konnten wir nichts entfernen, so daß für eine Spülmaschine kein Platz vorhanden war. Größere Investitionen waren nicht möglich, weil Fritz hier viel weniger verdienen würde als in Weststadt.

Endlich erschien die jugendliche Kellnerin mit den Suppentassen an unserem Tisch. In gebeugter Haltung lispelte sie: »Die Hummercremeßuppe« und entschwand.

»Solche Suppen aus reiner Mehlschwitze kenne ich noch von meiner Oma.«

»Na, woher sollen sie wissen, daß man auch mit Wein kochen kann.« Fritz rührte voller Verständnis in dem Brei.

Ich löffelte weiter und fand eine kleine Hummerbeigabe am Boden der Tasse.

»Jedenfalls können wir in dieses Restaurant nicht mit Gästen essen gehen«, überlegte Fritz.

»Wenn uns hier jemals jemand besucht!«

Nachdem die junge Frau abgeräumt hatte, jonglierte sie mit geheimnisvollem Lächeln die Hauptgerichte unter silberglänzenden Hauben heran.

Aus vornehmen Abstand knallte sie die Teller samt Bedeckung auf den Tisch.

»Gekonnt«, lobte Fritz.

Sie stürzte sich mit je einer hellblauen Stoffserviette in den Händen auf die vergoldeten Knäufe der Deckel, fand zurück in die

Senkrechte und schrie vor Begeisterung: »Na, denn wünsch' ick Ihnen juten Appetit!«

Sie füllte unsere Weingläser.

»Hätt' ick fast verjessen mitßubringen«, lächelte sie vertraulich. Fritz erhob mit ernster Miene sein Glas: »Auf unsere Zukunft.«

Kulinarische Leckereien gönnten wir uns gerne. So entging es meiner Zunge nicht, daß ich hier keinen Bordeaux trank. Nicht einmal einen Trollinger: »Fritz, ob du mal meinen Wein kosten könntest, ich bin nicht sicher, ob das ein Bordeaux ist.«

Fritz griff nach meinem Glas, schwenkte es. Er spitzte genüßlich die Lippen, zog die Wangenmuskeln nach innen, ehe er mit Kennermiene einen Schluck nahm: »Nee!« flüsterte er, »Das ist kein Bordeaux! – Sollen wir ihn zurückgehen lassen?«

»Ach was«, sagte ich.

»Ob Sie mir vielleicht sagen könnten, was für einen Bordeaux Sie meiner Frau gebracht haben?« fragte Fritz die Bedienung, die das Glas sicherheitshalber sofort mitnahm.

»Guten Appetit, Liebes! Wir können ja schon mal mit dem Essen anfangen. Deins sieht gut aus«, freute er sich.

»Du, die meinten, daß die Ente dem Erpel knusprig erschien, als sie noch lebte ...«, keuchte ich, »aber die Haut läßt sich nur dehnen, nicht schneiden.«

Schweiß lief mir über die Stirn, die Augen tränten und die Nase lief, als ich die handelsübliche Menge einer Anstaltspackung Pfefferkörner am Tellerrand aufschichtete.

»Entschuldijen Se«, hauchte die halb hockende Bedienung neben mir. »Ick habe Ihnen vorhin keenen Bordeaux jebracht, weil die letzte Flasche leer war. Da hab' ick jedacht, daß ja ooch 'n Landwein jeht.«

»Sie haben's in allem nur gut mit mir gemeint ...«, hechelte ich, »ich danke Ihnen.«

Merkwürdige Patienten

An seinem ersten Arbeitstag war Fritz auf dem Weg zu seinem Dienstzimmer gestürzt. Er war tatsächlich die Treppe hinaufgefallen. In der Gästewohnung der Klinik hatte er am Abend vorher zwei Kollegen getroffen. Der Chef einer anderen Abteilung war auch aus dem Westen gekommen und wohnte seit drei Monaten dort. Der zweite, ein Assistenzarzt, der schon vor Jahren aus dem Orient in die damalige DDR gezogen war, um zu studieren und die deutschen Klassiker in ihrer Originalsprache zu lesen, war seit vier Wochen in der Stadt.

Fritz konzentrierte sich auf sein neues Aufgabengebiet, während ich in Weststadt unseren Umzug vorbereitete. Ich nahm keine neuen Patienten mehr an und verpackte unsere Habseligkeiten zum sechsten Mal in zehn Jahren in Umzugskartons.

Zuerst sollte Fritzens Dienstzimmer in seiner alten Klinik leergeräumt und alles nach Oststadt gebracht werden. Die Möbelleute aus Oststadt waren für den Morgen bestellt. Von unserem Haus sollten sie die schon in Kisten verpackte Kleidung und unsere Fahrräder mitnehmen. Wir wollten die demnächst beginnenden Osterferien in einem gemieteten Häuschen in einem Vorort von Oststadt verbringen, um die neue Umgebung kennenzulernen.

Um kurz vor acht grüßte ich die Dame in der Pförtnerloge, die gleichzeitig als Klinikzeitung fungierte. Alle Neuigkeiten oder Gerüchte gingen über ihren Tresen. Im Haus wurde sie nur »Die Pforte« genannt.

Durch die Eingangshalle schleppte sich ein männlicher Patient in Badelatschen; er trug einen ausgebeulten grauen Jogginganzug. Wohl wegen Bettenmangel oder der Gesundheitsreform hierher verlegt, schoß es mir kurz durch den Kopf, denn eigentlich war der ganze Gebäudekomplex eine reine Frauenklinik.

Wir plauderten kurz über den endgültigen Umzug Ende Mai und die vorher notwendigen Renovierungsarbeiten in dem neuen Haus. Inzwischen schlurfte wieder der Dünne, diesmal zusammen mit einem fülligeren Leidensgenossen in einem dunkelblauen, polyesterglänzenden Trainingsanzug und blau-weißen Badelatschen, vorbei. Beide schienen sich zu langweilen und unterhielten sich maulend im Berliner Dialekt. Die »Pforte« hatte meinen erstaunten Blick bemerkt und meinte wichtig: »Die sin' schon seit fünf Uhr hier. Ham schonn zweimal jefrühstöckt.«

»Tschöökes!« rief sie noch, und aus den Augenwinkeln sah ich, wie sie sich zu einer Krankenschwester, die gerade mit Röntgenbildern gekommen war, über den Tresen lehnte, um neueste Informationen über unseren Umzug weiterzugeben.

Ich ging hinunter in die noch neue Caféteria der Klinik, in der ich einen kleinen Modestand gehabt hatte, der von den Patientinnen und auch vom Personal gut angenommen worden war. Hier konnte man einkaufen, sich mit anderen Patientinnen oder den Besuchern treffen und auch mal einen Blick aufs Personal werfen, das hier aß. So manche Patientin, manchmal noch mit dem Katheter unter dem Morgenmantel, ergriff die Gelegenheit, den gerade speisenden Doktor auf ihre Krankengeschichte anzusprechen.

Im Osten aßen die Ärzte unbehelligt, da sei sowieso alles ganz anders, hatte Fritz einigermaßen überrascht berichtet. Manche Ärzte würden sich wie Götter in Weiß fühlen und auch so benehmen. Die Patientinnen seien angetan davon, daß er ihnen die Hand gäbe bei der Chefvisite.

Die beiden männlichen Patienten, die eben noch durch die Eingangshalle geschlurft waren, saßen inzwischen mit zwei weiteren männlichen Kranken in Trainingsanzügen und Hausschuhen an einem Tisch und sahen mich durch ihren Zigarettendunst neugierig an.

An der Kasse fragte ich nach Frau Schiller, einer kleinen Frau, die mit ihrer mütterlichen Art die Caféteria leitete. Ab und zu hatten wir miteinander eine Tasse Kaffee getrunken, während ich auf Fritz wartete.

An diesem Morgen umarmte sie mich herzlich. Immer wollte sie Neuigkeiten aus unserer neuen Heimat hören.

»Kaffee?«

Die vier Männer linsten unauffällig zu uns herüber.

Ich wunderte mich, daß inzwischen auch Männer in einer Frauenklinik lagen. Frau Schiller erklärte, daß die Männer schon um fünf Uhr nach Frühstück verlangt hätten, sie sie aber bis auf sechs vertröstet hatte.

»Wie geht's denn Ihrem Mann? Hat er sich schon eingelebt? Is' ja doch eine Umstellung für ihn, oder?«

»Er wohnt momentan noch im Gästehaus der Klinik. Darüber ist er froh, denn er hat viel Arbeit. Bis jetzt bereut er seine Entscheidung jedenfalls nicht, obwohl alles ganz anders ist.«

»Ja, das glaube ich.«

»Na ja, einerseits ist doch viel mehr Verantwortung zu tragen als als Oberarzt, und dann ist dort die Mentalität natürlich auch eine andere als hier.«

»Aber die Wende ist nun schon fast sechs Jahre her«, staunte Frau Schiller. »Die sind doch da alle froh über die Wende – Frau Hitzig, man hätte nicht gedacht, daß es mit dem Aufschwung so schnell gehen würde, oder? Wir sind vor kurzem mal da oben in Mecklenburg-Vorpommern gewesen. Man muß wirklich sagen, das ist ja traumhaft schön. Und in den Städten wird wie doll gebaut! Mensch, da hat sich viel getan!«

Ich vermutete das auch.

»Ich kann mir richtig vorstellen, wie froh Ihr Mann ist, daß Sie so schnell zu ihm ziehen. Das ist eine Belastung, wenn man immer hin und her fahren muß, und sich nur an den Wochenenden sehen kann. Gerade unser Oberarzt, der ohne Sie wie ein halber Mensch wirkt! Aber Frau Hitzig, was meinen Sie, wie die hier in der Klinik alle darüber jammern, daß Ihr Mann nicht mehr da ist! Daß die den laufen ließen! Es wird sich erst noch so richtig zeigen, was das für'n Fehler war! Und der Chef«, dämpfte sie die Stimme, »der merkt jetzt auch erst so richtig, was er an Ihrem Mann hatte! Alle stöhnen – was meinen Sie, was ich hier so alles höre«, flüsterte sie vielsagend.

Am Männertisch stand jemand auf und humpelte zur Toilette.

»Der sieht sehr krank aus«, lenkte ich ab. »Auf welcher Station sind denn jetzt Zimmer für Männer?«

»Das sind keine Patienten«, stutzte sie, »das sind die Möbelpacker aus dem Osten. Die warten seit fünf Uhr auf Sie!«

»Warum sagt das denn niemand!« In Sekundenschnelle stand ich mit hochrotem Kopf am Tisch der vier. Ebenso verlegen standen sie auf und streckten mir nacheinander ihre Hände entgegen, wobei sie ihre Namen hervorpreßten. Keinen hatte ich verstanden, traute mich aber nicht, noch einmal zu fragen. Einer von ihnen hatte einen festen Händedruck.

»Warum geben Sie sich nicht zu erkennen?! Da sitze ich plaudernd fast neben Ihnen und warte auf Sie!«

»Ham 'wa ja nu och nich jewußt, daß Sie die Frau von den Dokta sind«, entschuldigte sich der Kleinste von ihnen, der gerade von der Toilette zurückgekommen war.

Der im blauen Trainingsanzug und den Badelatschen klopfte ihm auf die Schulter: »Ja, hättste' nich' jedacht, det der so'ne hübsche junge Frau hat, wa? Na Jungs, dit wird 'n Transport im Mai, dit macht ja denn noch mehr Freude!« Er strahlte seine Kollegen an, die sich etwas verlegen umsahen.

»Klar! Wir können's janich' erwartn, endlich schleppn ßu dürfen. Aba für so 'ne hüb...«

Ein Stoß in die Rippen ließ ihn verstummen.

Ich winkte Frau Schiller zu, die unsere Kaffeetassen abgeräumt und mit leichtem Kopfschütteln zugehört hatte.

»Na, freu'n Se sich schon uff Oststadt?« eilte einer von ihnen neben mir her, während seine Latschen laut an die nackten Fußsohlen klatschten.

»Ja. Uns gefällt es dort.«

»Na, nu ma' keene Komplimente!« lachte er laut. »Dit jibt's doch ja nich, daß eena auß'n Westen sich uff'n Osten freut«, schallte es durch den Flur.

»Warum nicht? Bis jetzt habe ich noch nicht viel von Oststadt kennengelernt, aber die Umgebung ist traumhaft schön. Das sind vielleicht Landschaften!« steigerte ich möglichst glaubwürdig meine Begeisterung. Fritz hatte mir eingeschärft, daß die Menschen im Osten leicht verletzlich seien. Ich wollte keine Fehler machen.

»Na, aba nur mit de Natur alleene is dit ooch uff Daua nischt! Wissen Se, Se kommen aus'n West'n direkt anne polnische Jrenze!« erklärte er.

»Sie werden's nicht glauben, aber als mein Mann über die Klinik in Oststadt nachdachte, haben wir sogar im Atlas nachgeschlagen, um zu sehen, wohin genau es uns verschlagen würde.«

Wir kamen am ehemaligen Dienstzimmer von Fritz an, und ich kramte den Schlüssel aus der Handtasche. »Und wir haben uns trotz der polnischen Grenze und des abgelegenen Standortes dafür entschieden.«

»Na, Se werdn's ja erlehm«, sah er vielsagend seine Kumpels an.

Fritz hatte vor seiner Abreise alle Bücher in Kisten und Kartons verpackt. Seinen alten Schreibtischstuhl und die Regalwand wollte er auch mit nach Oststadt nehmen.

»Endlich schleppen!« ließ Wolle hören.

»Hör' uff ßu meckern, Mensch!« ärgerte sich einer seiner Kollegen.

Während die anderen damit begannen, die Bücherkisten zum Aufzug zu tragen, unterhielt Wolle mich weiter.

»Hat sich ja allet jeändert bei uns. Is allet nich mehr so wie früha. Und wat ham die uns allet versprochen!« fiel ihm nun ein anderes Thema ein. »Den jrößten Mist in rosa Farben. Und nischt is'passiert! Mänsch, wenn man dit jewußt hätte ...! Blühende Landschaften! Ha!« schimpfte er.

Ich wußte keine Antwort.

»Die sind viel ßu schwer jepackt. Dit können 'Se doch nich' machn!« grinste der Mann mit dem Schnäuzer freundlich, der gerade wieder im Dienstzimmer erschien. »'N ehemaliger Lehrer is' so schweren Lasten nicht gewachsen!«

Nach der Wende seien er und ein anderer Kollege arbeitslos geworden, nun müßten sie als Möbelpacker ihr Glück versuchen.

»Und nich' mal 'n Tach des Möbelpackas habt' ihr – früher wurde der mit dem Tach des Lehrers jewürdicht«, ergänzte Wolle.

»Denn fahr'n wir danach noch ßu Ihnen und hol'n da ooch noch 'n paar Koffer und so' n Zeug für die Ferien, wa?«

»Wat'n, die Koffer ooch schon? Warum nehmen Se die nich' selba mit?«

»Weil unsere Katze trächtig ist und wir sie und den Kater mitnehmen«, erklärte ich ernst, während sich meine Zuhörer amüsiert angrinsten.

»Dann noch das Katzenklo, Streu, Futter, Kinderspielzeug.«

»Mit die Katz'n in' Urlaub! Und mit die Jungen wieda ßurück, ja?«

»Wenn sie dort geboren werden, klar. Ich kann sie meinem Mann ja schließlich nicht in der Klinik lassen.«

»ßur Jeburt nach Blumendorf!« lachte einer von denen, die bisher noch nichts gesagt hatten.

»Na, dit is hier allet logo, der Dokta is vom Fach! «

»Die jeh'n mit die Katze inne Frauenklinik, wenn dit soweit is mit die Wehen.« Sie griffen sich die Kisten und gingen lachend zum Wagen.

Nachdem sie mir im Möbelwagen den Hügel hinauf an das Ende der Sackgasse gefolgt waren, stiegen sie staunend aus. »Mänsch, und dit jeben Se uff? Für die olle Klitsche da in Oststadt?«

»Haben Sie das Haus dort schon gesehen?«

»Na klar, in Oststadt weeß jeda, wer wo einßieht. Mänsch, da vaschlechtan Se sich aba jewaltich!«

»Na ja, anders ist es da schon«, gab ich zu. »Aber wir haben ein riesiges Grundstück. Zweitausendfünfhundert Quadratmeter! Da ist viel Platz für meinen Sohn.«

Sie sahen sich grinsend an.

»Aba dit Haus is viel kleena da! Und so 'ne olle Hütte! Und denn passen bestimmt ooch die Möbel nich alle rin, wa?«

»Und so'n riesijet Grundstück macht wahnsinnich viel Arbeet!« grinste Wolle in die Runde. »Dit sind Se hier im Westen nich' jewöhnt.«

»Wir sind ooch nich Rockefeller. Mein Mann verdient da weniger und ich habe bis jetzt noch keine Arbeit gefunden. Die Mieten sind fast genauso hoch wie hier.«

»Warum bauen Se nich selba?«

Ich schloß die Haustür auf und ging in die kleine Eingangshalle. »Weil wir uns das nicht leisten können.«

Sie hatten es in den durch die Schneereste glatten Badelatschen auf den Fliesen nicht leicht. Wolle bewegte verlegen seine Zehen. Um nicht auszurutschen warteten sie, bis der Schnee unter den Sohlen geschmolzen war, ehe sie das Haus besichtigten.

»Frau Hitzig, dit können Se nich' mach'n! Sowat find'n Se nie wieda!«

»Na, die liebt eben ihr'n Mann. Dit is der wurscht, wo die wohnt«, erklärte Wolle.

»Genau. Mein Mann ist glücklich über die schöne und bestens ausgerüstete Klinik, fühlt sich wohl in Oststadt und ich fühle mich an seiner Seite wohl. Außerdem bin ich Berlinerin und freue mich auf meine alte Heimat.«

»Aus Ost- oda Westbalin?«

»West-Berlin. – Dafür kann ich nicht!«

Die breite Holztreppe knarrte vertraut, als die vier Männer stumm hinter mir nach oben schlappten.

»Vielleicht gehen wir zuerst unters Dach«, schlug ich ihnen vor, »dort sind das Kinderzimmer und meine Praxis. Aber von dem Praxisinventar geht kaum etwas mit.«

»Sind Se och Ärztin?«

»Nein, Krankengymnastin.«

»So mit Massage, wa?«

»Nee. Ich habe ein therapeutisches Rückenzentrum und beschäftige mich mit Wirbelsäulenerkrankungen. Außerdem bin ich Atemtherapeutin.«

»Na, Mensch, Wirbelsäule, ick hab' och imma so Rückenschmerzen, hier unten inne Bandscheiben!« rieb sich Wolle mit beiden Händen und bedeutungsvollem Blick sein Hinterteil.

Wir stiegen in die erste Etage hinunter. »Links ist das Arbeitszimmer und daneben das Eßzimmer«, zeigte ich ihnen, »die Küche gehört zum Haus.« Sie sahen sich wieder nur schweigend um. »Auf der anderen Seite des Ganges ist das Schlafzimmer. Vom Ankleidezimmer wird nur der schwarze Schrank mitgenommen, die anderen sind Einbauschränke. Und unten sind noch das Herren- und Arbeitszimmer und das Wohnzimmer, die komplett mitgenommen werden. Und aus dem Garderobenzimmer der große Schrank und die beiden Regale.«

»Wo ham Se denn die alten Möbel her? Dit sind ja edle Stücke, wa?«

»Is dit 'n Jebrassel, wat die allet ham! Dit wird'n Umßuch, sach ick Euch!« Wolle schüttelte den Kopf: »Mußten Se denn ausjerechnet uns beufftragn?«

»Wir haben doch ganz bewußt eine Spedition aus Oststadt genommen und keine aus dem Westen!«

»Ach wat, is' doch allet jut! Wir sind froh drüba. Ick finde dit richtich jut!« lobte ein Kollege. »Schließlich brauchen wa solche Uffträje.«

Wolle nörgelte weiter. »Ja, kommen Se mal in' Osten, da jibt et wenigstens billijen Kaffe aus Polen«, winkte er mit dem Zaunpfahl.

»Kaffe, versteh'n Se? Billich und jut!« wiederholte er grinsend und sah vielsagend in die Runde.

»Mensch, Wolle, hör uff und lad' de Räder uff, damit wa loskomm'n. Ick will heute noch mit die Familje ess'n.«

Die Fahrräder, Koffer mit unserer Ferienkleidung, der Inhalt aus Fritzens Kleiderschrank und alles, was wir hier entbehren konnten, verschwand in wenigen Minuten auf dem LKW.

Zum Abschied streckten sie mir wieder artig ihre Hände entgegen. Sie hatten eine lange Fahrt bis ans andere Ende Deutschlands vor sich.

»Schönen Gruß an meinen Mann!« Sie nickten und fuhren los.

In der Eingangshalle standen Pfützen. Auf dem weißen Teppichboden im Ankleidezimmer hatten sie ihre Trampelpfade neben der eigens dafür ausgelegten Pappe eingerichtet. Die war dafür schön sauber geblieben.

Oskar würde bald aus der Schule kommen. Ich nahm mir vor, mein Glück nicht an dieses Haus zu hängen, sondern nach vorne zu sehen.

Fritz rief häufig an, um mich mit neuen Eindrücken zu versorgen. Um das Klappsofa in seinem neuen Dienstzimmer auszuprobieren, hatte er es an der Lehne ein Stück nach vorne gezogen, wobei diese abgebrochen war. Die Rückfront war total zerschlissen und die Liegefläche abgenutzt. Als Sitzgelegenheit standen zwei winzige Sesselchen und ein Nierentisch aus den frühen sechziger Jahren zur Verfügung. Sein Schreibtisch drohte demnächst zusammenzufallen. Wenn Fritz seine langen Beine darunterklemmte, lag die Schreibfläche auf seinen Oberschenkeln. Zwei kleine Hängeregale mit Plastikpflanzen in verstaubten Körbchen hatten dem Zimmer den fehlenden Glanz verliehen.

Die in Jahrzehnten angehäuften Fachzeitschriften hatte Fritz in seinen ersten Amtsstunden entsorgt und danach die Möbel auf den Gang gestellt. Seine Sekretärin hatte entsetzt geflüstert, daß man noch im Haus herumfragen solle, wer die Möbel haben wolle. Fritz ließ alles abtransportieren. Die Plasteblumen jedenfalls hatte Frau Michel noch schnell gerettet und in ihrem Zimmer auf den Computer gestellt. Mit Mühe hatte Fritz vor seinem Dienstantritt bei der Klinikverwaltung die Zusage für die Renovierung seines Dienstzimmers und für neue Möbel durchgesetzt.

»Ausgerechnet heute, als das Sofa draußen stand, kam Professor Gütlich, um mir alles Gute zum Amtsantritt zu wünschen. Was er wohl gedacht hat, als er sein Sofa auf dem Gang stehen sah! Er tat mir leid. Fiel ihm ja auch früh ein, mal reinzuschauen, nachdem ich nun seit mehr als vier Wochen sein Nachfolger bin. Aber es war nett gemeint und irgendwie rührend. Er hat mir einen Gummibaum mitgebracht, der schon vier Blätter hat.«

Fritz hatte an diesem Vormittag noch mehr erlebt: »Als ich heute Visite machte, sagte eine Stationsschwester, sie hätten hier früher auf der Station ein gutes Kollektiv gehabt. Ein Kol-lek-tiv! Da hab' ich sie nur angesehen und gesagt ›Wissen Sie, Schwester Erna, gegen Ihr altes Kollektiv ist nichts zu sagen. Wir sitzen heute zwar alle in einem Boot, aber jeder von uns ist eine eigenständige Person. Deshalb mag ich das Wort Kollektiv nicht. Ich möchte, daß hier jeder seine eigenen Ideen einbringt.‹ Das hat ihr die Sprache verschlagen.«

Fritz erzählte, daß die Möbelpacker die Klinik gefunden und sein Dienstzimmer mit den Bücherkisten vollgestellt hätten. Er könne sie noch nicht auspacken, weil das Zimmer noch renoviert werden müße und die neuen Regale fehlten. »Jetzt steigen wir hier über die Kisten«, erklärte er zufrieden. »Frau Michel hat mich entsetzt angesehen und nur den Kopf wegen der vielen Bücher geschüttelt.«

»Wie sieht es denn rund um unser neues Zuhause aus?«

»Och, prima! Die Wuttkes waren auch da, als ich gestern abend vorbeifuhr«, kicherte er, »du kannst es dir nicht vorstellen. Überall diese Lumpen an den Fenstern und diese zusammengeschusterten Blümchentapeten. Nee, daß wir uns da mal wohlfühlen werden, ist schwer vorstellbar. Hoffentlich hältst du mir das nicht irgendwann einmal vor.« Er atmete tief durch. »Die Küche, Lu, ist auch so schrecklich! Und dieses Bad! Wenn ich mir vorstelle, daß ich zum Duschen hinter diesen versifften Vorhang krauchen soll.«

»Den kann man erneuern.«

»Und die Abwassergrube. Nicht mal an die Kanalisation sind wir angeschlossen. Hoffentlich war es die richtige Entscheidung, das Haus zu mieten.«

Es war müßig, darüber zu diskutieren.

Viel schlimmer fand ich, daß ich keine neuen Patienten für meine Krankengymnastik mehr annehmen konnte. Ich spürte, daß diese Karriere, für die ich so hart gearbeitet hatte, dem Ende zuging. Das sagte ich ihm besser nicht.

Süße Bulgaren

Zwei Wochen später waren Oskar und ich in Oststadt. Fritz hatte für die Zeit der Osterferien in Blumendorf ein Ferienhäuschen gemietet. Das Gästezimmer der Klinik, in dem Fritz bis dahin hauste, war karg, aber zweckmäßig eingerichtet. Zwei große Kleiderkisten standen mitten im Raum, drei kleinere waren schon oder noch gepackt.

»Ja, und mein Kleiderschrank ist noch voll mit Hemden und Anzügen«, seufzte Fritz etwas ratlos.

Er hatte nicht damit gerechnet, daß er das Zimmer im Gästehaus für die drei Wochen unserer Osterferien räumen mußte.

»Na ja«, druckste er, »in dem Häuschen gibt es keinen Kleiderschrank. Ich bin gestern dreimal hingefahren und hatte das Auto mit Kisten beladen. Die Leute, die den Bungalow vermieten, wohnen direkt nebenan und haben sich gewundert, weil ich andauernd mit Umzugskartons ankam.«

Wir schleppten nach und nach den Inhalt des Schrankes und die Kisten in Fritzens Auto und fuhren nach Blumendorf.

Das Gartenhäuschen lag direkt am See. Ich stieg aus dem Auto und schnupperte die eiskalte Luft, die noch nicht nach Frühling roch.

»Huhu!« jubelte jemand hinter uns. »Hallo! Na is' Ihre Familie endlich da?«

Nachdem wir uns miteinander bekanntgemacht hatten, humpelten Oma und Opa der Familie auf uns zu und es folgte eine weitere Begrüßungszeremonie.

»Meene Schwesta is mit ihre Familie ooch da, ach, da kommen se ja alle.«

»Wir müssen noch die beiden Autos ausladen«, erklärte Fritz, was größte Heiterkeit auslöste.

»Ihr Mann is janz schön fleißich, wa? Wir ham ja schon jefürchtet, det er uns die Möbels rausschmeißt, weil er für die Kisten keenen Platz mehr findet!«

Sie klatschten vor Lachen in die Hände und zogen sich winkend zurück in ihr Haus, wo sie es sich hinter den Fenstern bequem machten, um unseren Einzug genau zu verfolgen.

»Sehr redselige, nette Leute«, erklärte Fritz auf dem Weg zur Haustür. »Das Haus hat leider nur zwanzig Quadratmeter und teilt sich auf in Küche, Bad, Diele, Wohnzimmer und ein Schlafzimmer für Oskar.«

Um alle Möbel hatte er gestern einen hohen Wall mit Kartons gebaut. Drei bis vier übereinander.

»Das da hinten ist ein Bett«, erklärte er mir vorsichtig lächelnd.

»Da kommen wir aber nur mit Mühe rein, oder? Solche Möbel hatten meine Eltern auch – da war ich aber noch klein«, erinnerte ich mich.

Fritz lebte auf, war beruhigt.

»Und sieh' mal«, meinte er mit stolzer Stimme, »hier nebenan schläft Oskar!«

»Wo schlafe ich? In *der* Kiste?«

Auch Oskars Zimmer war vor lauter Umzugskartons kaum zu erkennen. Sogar in dem engen Bad hatte Fritz zwei Umzugskisten untergebraucht. Und die Kochnische bot das gleiche Bild: an der einzigen freien Wand hatte Fritz Kartons bis unter die Decke gestapelt, selbst die beiden Herdplatten waren verdeckt.

Fritz und Oskar sahen mich ernst und vorwurfsvoll an, weil ich vor mich hin kicherte.

»Dann werden wir mal ausladen.« Fritz fühlte sich offensichtlich nicht wohl.

Oskar folgte ihm eilig. Er kam mit seiner Reisetasche voll Spielsachen, Fritz brachte – wie konnte es anders sein – wieder einen Karton.

»Wohin soll ich den stellen?« fragte er tatsächlich.

»Ist ja wohl egal, oder?«

»Wir müßten vielleicht auch mal die Katzen rauslassen.«

»Dann muß aber die Haustür zu sein, damit sie nicht weglaufen!« rief Oskar.

Als die Tür geschlossen war, konnten wir kaum noch nebeneinander stehen. Wir würden unsere Sachen mal aus dieser, mal aus jener Kiste ziehen müssen, sie über- und untereinander stapeln.

»Wie soll das überhaupt mit den Katzen gehen? Das ist recht eng für die beiden«, überlegte ich, »zumal Hexe demnächst wirft.«

»Na, ich dachte, daß sie ja eine Kiste haben könnte«, antwortete Fritz.

»Die mit meinen Pullovern«, schlug Oskar vor, »da haben's die Kleinen schön warm und kuschelig.«

»Apropos warm! Hat das Haus eine Heizung?«

»Na ja, eigentlich nicht, aber Krauses haben uns eine Elektroheizung reingestellt. – Du frierst doch so schnell.«

»Aha, welches Zimmer heizen wir damit?«

»Aber das ist doch so klein hier, daß die für das ganze Haus reicht!«

»Und Pappe wärmt ja auch!« ergänzte ich. Wir beschlossen, einen Ausflug zu machen.

Fritz quälte sich aus dem Bett, indem er über mich kletterte und sich am Tisch das Knie stieß. Der Dienst in der Klinik begann morgens um sieben. Oskar winkte durch die Backröhre des Ofens, der zwischen die beiden Zimmer gebaut worden war, aber nicht mehr beheizt wurde. In der engen Küche wurde die Zubereitung selbst einer einfachen Mahlzeit zum Erlebnis. Fritz stieß sich, während ich seinen Tee kochte, im Bad mehrfach den Kopf. Er konnte sein Frühstück zu sich nehmen, nachdem ich mich wieder ins Bett gelegt hatte, und mußte von hinten in den einzigen Sessel des Hauses steigen, der eng an das Bett und unter die Tischkante geklemmt war. Der Tisch konnte keinen Millimeter vom Bett abgerückt werden.

»... das Wetter: Heute in den frühen Morgenstunden Temperaturen um acht Grad. Später Regenschauer, Tageshöchsttemperatur zwöf Grad ...«

Ich beschloß, mit Oskar nach Oststadt zu fahren, um Einkaufsmöglichkeiten zu erkunden, ein bißchen mit ihm zu bummeln, ihm die neue Heimat vertrauter zu machen. Einen Zoo gab es nicht. Das einzige Schwimmbad war wegen Baufälligkeit geschlossen.

Vor dem Supermarkt am Stadtrand standen drei Frauen, die ihre Haare mit Kopftüchern bedeckt hatten. Ich kramte ein Markstück für den Einkaufswagen aus dem Portemonnaie und streckte es einer Dame entgegen, die ihren leeren Wagen gerade wegbringen wollte.

»Hier bitte, ich nehme Ihnen den Wagen ab.«

Entrüstet schüttelte sie den Kopf. »Nee!«

Man hatte immer gehört, wie billig man hier im Osten einkaufen konnte, aber ich fand nichts, was mir kostengünstig erschien. Der Salat kam, wie die Gurken und die blassen Tomaten, aus Holland. Oskar flitzte durch die Regale mit Süßigkeiten.

»Suchen Sie etwas Bestimmtes?« fragte mich ein junger Mann in weißem Kittel und mit einer sehr ausgefallenen Brille.

»Ja, ich suche die Weine, französische oder italienische, jedenfalls trockene Weine. Ich bin heute irgendwie blind, jedenfalls kann ich sie nicht finden.«

»Nein, das sind Sie nicht«, lächelte er mich freundlich an, »wir führen sie nicht.«

»Sie scherzen, oder?«

»Nein, die verkaufen sich hier nicht. Tut mir wirklich leid, aber wir haben nur Weine, die die Leute verlangen.« Er verzog das Gesicht, während ich ihn ratlos ansah.

»Aber das gibt's doch nicht. Es gibt außer uns hier sicherlich auch noch andere Menschen, die lieber trockene Weine trinken.«

»Sie sind die erste Kundin, die danach fragt«, bedauerte er. »Hier mag man nur süße Weine. Zu DDR-Zeiten gab es die etwas besseren Weine nur für Privilegierte und so muß man verstehen, daß der Geschmack für wirklich gute Weine noch nicht ausgeprägt ist. Die schweren und süßen Bulgaren oder Ungarn laufen gut.«

»Und Sekt?«

Er amüsierte sich. »Rotkäppchen-Sekt, ja, der geht massenhaft. Aber alles andere, was aus dem Westen kommt oder sogar aus Frankreich ...« Er zuckte mit den Achseln. »Nee, tut mir wirklich leid, aber damit können wir hier nicht dienen.«

Ein Käse-mit-Rotwein-Abend wäre wegen der Enge in dieser Behausung genau richtig gewesen. Also fuhren wir nach Oststadt hinein.

»Bitte entschuldigen Sie, können Sie mir sagen, wie ich zum Zentrum komme?« fragte ich eine Dame, nachdem wir das Auto geparkt hatten.

Sie sah mich ungläubig an und lächelte zaghaft: »Sie sind mittendrin – das hier ist das Zentrum.«

An der Kasse der Zoohandlung, in der wir die Vitaminpaste für unsere Katzen gefunden hatten, kramte ich ein Fünfmarkstück aus der Tasche. »Sieben Mark neunundneunzig! Das kann nicht sein. Entschuldigen Sie, ist das hier der Preis?« fragte ich.

»Na klar, dit sieht man doch, oda? Sieb'm neununneunzich, steht janz deutlich druff.«

»Ja, das sehe ich, aber das ist drei Mark teurer als sonst.«

Ich wollte nicht »bei uns« oder »im Westen« sagen.

»Nee. Dit is schon die janße ßeit der Preis jewesen!« antwortete die Frau und sah dabei um Beifall heischend die Leute hinter mir an. Oskar stand gespannt daneben.

»Das ist teuer! Für diese Paste bezahlt man in Weststadt drei Mark weniger!«

»Denn müß'n Se ebend in Weststadt koofen.«

»Die Wessis, die fah'n bis hierher ßum einkoofen!« triumphierte sie. – »Also wollen Se dit oda nich?«

»Du wirst sehen, daß die Kinder hier sehr nett sind. Wenn du möchtest, laden wir ein oder zwei Kinder in der nächsten Woche zu deinem Geburtstag ein und machen zusammen einen schönen Ausflug, ja?« versuchte ich Oskar auf dem Weg zum Schulgebäude aufzumuntern. Dort war die Tür verschlossen.

»Na, dann gehen wir eben wieder.« Oskar war erleichtert. »Bestimmt haben die hier auch Ferien. Das wäre ja sonst auch gemein, wenn die hier keine Ferien hätten und in ganz Deutschland können die Kinder zu Hause bleiben.«

Ich entdeckte eine Klingelanlage. »Komisch, daß hier so viele Familien wohnen. Was machen wir denn jetzt?« Etwas ratlos sah ich zu Oskar hinunter, der mich voller Hoffnung anstarrte.

»Nee, Mami. Die haben hier Ferien! Komm, wir gehen wieder.«

»Wir sagen, daß wir uns den Laden hier nur mal ansehen möchten, ja?«

Da entdeckte ich eine Seitentür, die anscheinend zur Hausmeisterwohnung führte, und klingelte.

»Das ist ein schönes Schulhaus, nicht?«

»Geht so«, meinte Oskar mit traurigem Blick. Ich drückte wieder auf den Knopf.

»Das gibt's doch nicht, daß eine Schule geschlossen ist und nicht einmal der Hausmeister öffnet!«

»Ja, is' ja jut! Ick kommä!« hörten wir von drinnen. Oskar senkte den Blick, während ich mich aufrichtete und ein Lächeln aufsetzte.

Das Schlüsselbund schepperte gegen die Tür, die langsam geöffnet wurde. Ich spähte in den schmalen Spalt, und sah dicht über der Klinke drei Lockenwickler auftauchen. Es folgte ein kugelrundes Gesicht, das etwas verlegen grinste.

»Oh, bitte entschuldigen Sie, wenn wir Sie geweckt haben, ... äh, wir möchten Oskar anmelden.« erklärte ich ihr, obwohl ich sicher war, hier nicht richtig zu sein. »Wir möchten zum Sekretariat der Grundschule«, fügte ich deshalb noch schnell hinzu und spürte Oskars kleine Hand.

Schwungvoll riß die Frau die Tür auf und stand in einem selbstgehäkelten, schrill rosafarbenen gestreiften Pullover, der die vielen Fettpölsterchen perfekt zur Geltung brachte, und einer Unterhose vor uns. »Ach, entschuldjen Se, ick hab' mia jerade anjeßogn«, strahlte die Frau und trat aus der Haustür, so daß man sie von der Straße aus besser sehen konnte: »Da sind Se hier falsch. Na, dit is' wenn Se hier außn rumjeh'n, üba'n Hof und von hint'n rin.«

Sie blieb noch vor der Tür stehen, um zu sehen, ob wir auch alles richtig machten. Gelassen blinzelte sie in die Sonne.

Oskar drehte sich immer wieder um. »Mami, die winkt uns noch nach!« flüsterte er aufgeregt. »Wer war das? Warum kam die in der Unterhose raus?«

Er hüpfte auf einem Bein Richtung Büste des Gründers der sozialdemokratischen Partei Deutschlands.

»Morg'n«, murmelte der Mann, der das Sekretariat aufschloß. »Wat gibt's'n?«

Ich setzte mich auf den Stuhl vor seinem Tisch und machte Oskar ein Zeichen, sich auch zu setzen.

»Schließen Se mal die Tür ab, sonst werd'n wir nie fertig. Schlüssel steckt.«

Ich befolgte seine Anweisung, stand auf und verschloß die Tür. Oskar sah mich ängstlich an. »Das ist Oskar, mein Name ist Hitzig«, stellte ich uns vor, »wir ziehen in den Sommerferien hierher. Mein Mann ist schon hier.«

»Die Sekretärin is' nich' da. Ick schreib' dit mal auf'n Zettel.« Er war mit wenigen Daten zufrieden.

»Okeeh, dann kommste nach den Ferien in die Klasse ... 3c. Ja!«

Er sah über den Rand seiner Brille zu Oskar hinüber, der sich bis jetzt nicht bewegt hatte. Als ich mich zu ihm umdrehte, signalisierte er mir, unser besonderes Anliegen lieber nicht vorzutragen.

»Wollen Se 'n Hortplatz?«

Wir bekamen einen – mit Mittagessen und anschließender Hausaufgabenbetreuung. Für dreißig Mark im Monat.

Noch ein aufmunterndes Lächeln, der Rektor – er schien es zumindest zu sein – wollte gerade aufstehen. Ich sagte, daß wir uns seinen Laden aber erst einmal ansehen müßten. Von wegen 3c und so, wenn's Oskar hier nicht gefiele und in der Schulklasse keine netten Kinder seien, dann ... Mit flehendem Blick lächelte ich ihn an.

Überrascht ließ sich der Mann auf seinen Stuhl zurückfallen. Oskar stockte der Atem, er war beeindruckt und wartete gespannt auf die Reaktion.

»Ja, jut. Kann morgen anfangen. Mittwoch, Donnerstag, Freitag. Sie können gleich mal rüberjeh'n. Ist leicht zu finden. Halb acht is' Unterrichtsbeginn.« Er erhob sich, für ihn war alles klar.

Ich wäre nicht auf die Idee gekommen, daß irgendwo in Deutschland eine Schule schon um halb acht mit dem Unterricht beginnen könnte.

»Um fünf nach halb elf ist Schulschluß, dann können Sie ihn wieder abholen«, sagte die junge Lehrerin, die Oskars zukünftige Klasse unterrichtete.

Wenn die Schulen so früh anfangen, werden wohl auch die Geschäfte eher öffnen, dachte ich. Außerdem fiel mir ein, daß Frau Wuttke gesagt hatte, auf der Karl-Marx-Straße wäre morgens schon ein Betrieb wie auf der 5th-Avenue in New York. Ich wollte zum Friseur, würde es genießen, daß mir jemand den Kopf massierte, eine Tasse Kaffee trinken und in irgendwelchen Zeitschriften blättern.

Keine Fußgänger und nur wenige Autos waren am nächsten Morgen auf der Karl-Marx-Straße unterwegs. Die Geschäfte waren noch geschlossen. Nur am Zeitungsstand im Citycenter war schon Betrieb.

Ich gehe erst einmal zum Friseur, dachte ich mir und stieg die Rolltreppe hinauf, da diese noch nicht in Betrieb war. Das Geschäft war geschlossen. Notgedrungen kletterte ich wieder hinunter, kaufte mir eine Tageszeitung und eine Illustrierte, die an dreiundzwanzig Frauen achtzig pfiffige Frühlingsfrisuren vorstellte, und fragte an der Kasse nach einem Café.

»Och, isch weeß gornisch, ub die do oben schoun ouffen hom. Gähn Sä doch emol gugg'n«, lautete der Rat. »Übrijens – wenn Sä in diesor Woche Loddo spielen, gönnen Sä dreihundortfünfzisch Wauweh-Golf jewinnen«, versuchte mich die Dame zu animieren.

Ich fand einen Laden, den ich der Beleuchtung wegen zuerst für eine Nachtbar gehalten hatte. Aber es duftete nach Kaffee, und so suchte ich mir einen möglichst hellen Sitzplatz. Das Manager-Frühstück wurde gebracht, nachdem ich die Zeitung schon durchgelesen hatte. Die Scheibe Schwarzbrot rollte sich an den Seiten etwas hoch. Orangensaft, ein Brötchen, Marmelade, eine Scheibe Schmelzkäse und ein Ei. Und der Kaffee? Ich sah erwartungsvoll zur Theke hinüber und versuchte den Blick der Bedienung zu erhaschen. Sie unterhielt sich mit jemandem im Nachbarraum.

»Hallo!« versuchte ich Kontakt aufzunehmen. »Hallo! Bekomme ich bitte auch noch das Kännchen Kaffee?«

»Na nu' ma' langsam, ja, ick kann ja nich' hex'n. Die Kaffemaschine is' noch nich' durchjelofen.«

»Oh, Entschuldigung. Äh, klar, ich hab' Zeit«, stammelte ich und aß das kalte Frühstücksei.

Um zehn vor neun zahlte ich und fand die Tür des inzwischen beleuchteten Frisiersalons, in dem nun schon vier Frauen unter Trockenhauben saßen. Ebenfalls vier junge Frauen in weißen Frisierschürzen lehnten am Kassentresen, neben ihnen stand ein kleiner dicker Mann mit Schnäuzer. Er trug einen Massagekittel mit einer weißen Hose darunter.

»Guten Morgen«, grüßte ich leise.

»Morgen«, murmelten die fünf Menschen und warfen sich Blicke zu.

»Kann ich mir jetzt die Haare schneiden lassen oder brauche ich einen Termin?«

»Wir machen nischt uff Termin!« sagte eine der Frauen und wie auf ein Zeichen gingen sie alle weg. Der Mann kam auf mich zu. Er wühlte mit beiden Händen durch meine Haare.

»Eigentlich wollte ich mir eine Dauerwelle machen lassen. Aber ich muß hier spätestens um Viertel nach zehn wieder draußen sein.«

»Fier Ihrä Haar is nisch meglisch Dauerwällä! Nä, gäht niesch!« entgegnete er bestimmt.

»Ja, ich weiß, daß die Zeit schon recht knapp ist, aber wenn ich jetzt gleich drankäme, könnten wir es schaffen, oder?«

»Abär gäht nisch mit Ihrä feijne Haarä! Sähen Sie doch sälbst oderr niesch?« Nun rieb er hinter mir auf Zehenspitzen stehend meine Haarspitzen aneinander.

»Wieso? – Also gut, dann schneiden Sie mir die Haare wenigstens!«

Wieso ging ich jetzt nicht? Nein, ich zog mir meinen Mantel aus und rutschte auf den Stuhl, den mir der Mann zuwies.

Tiefe Augenränder, blasses Gesicht, die Haare vom Friseur zerzaust – so sah ich mich im Spiegel.

Der Figaro kramte neben mir in einem Wagen mit allerlei Körben und klebte mir eine Kreppkrause eng um den Hals. Mein Würgen beeindruckte ihn nicht. Inzwischen hatte er sich mit einem etwa vierzig Zentimeter großen Plastikkamm geschmückt, den er in der linken Brusttasche trug. Solche Kämme kannte ich aus dem rheinischen Karneval. Ich überlegte, wo sie wohl die Kamera versteckt haben könnten, als er mit einer ausholenden Bewegung den Kamm zückte. Mit abgespeiztem Kleinfinger zog er mir den Scheitel nach: »Kennen wa keijne Dauerwällä machen. Wie sollän wa schneijdän? Nurr särr wänig an Spitzän, wänn gäht, ja?«

Er beugte sich mitfühlend zu mir herunter, was schwerfiel, weil er ohnehin schon so klein war.

»Kann man die Spitzen auch nicht schneiden?« fragte ich. Kahle Stellen oder andere Veränderungen hatte ich noch gar nicht festgestellt. Fritz hätte doch auch etwas gesagt!

»Wärdän wa ärrst wasch'n«, entschloß sich der Fachmann und löste ruckartig die Rückenlehne meines Stuhles, so daß ich unvorbereitet nach hinten fiel und erschrocken aufschrie.

Hystärischä Ziegä! dachte er jetzt sicherlich und ich sah, wie er triumphierend zu seinen Kolleginnen hinübersah, die beifällig kicherten. Ich lehnte mich zurück auf den Rand des Waschbeckens und versuchte mich zu entspannen. Augen zu und durch, dachte ich mir, in einer halben Stunde bist du wieder draußen.

Das Wasser war kalt und weckte meine Lebensgeister.

»Is niesch zu warrm?« kümmerte sich mein Meister besorgt.

»Nee, bestimmt nicht. Danke, sehr angenehm.«

Er ging wieder weg, ich ließ die nassen Augen geschlossen. Der Meister plauderte angeregt mit der Belegschaft, während ich fror und mein Nacken auf dem Beckenrand zu schmerzen begann. Nur Minuten später klatschte mir ein Shampoo auf das Haar. Auch die Augenlider und das linke Ohr hatten seiner Meinung nach eine Wäsche dringend nötig. Mit dem erfrischend kalten Wasser schäumte er den zweiten Waschgang ein.

Was soll ich mit dem Gutschein über einhundert Dauerwellen machen, den der Mensch von der ›Versteckten Kamera‹ mir draußen überreichen wird. Bea wird staunen, wenn sie mich im Fernsehen sieht, überlegte ich mit eingeschäumtem Gesicht, während sich die Schritte des Meisters wieder entfernten. Das hörte ich nur noch gedämpft, weil in meinen Ohren die kleinen Seifenbläschen platzten.

Nach der letzten Dusche warf er mir ein Handtuch über das Gesicht und zog es bis zu den Augenbrauen nach hinten. Gleich kann ich mich wieder aufsetzen, dachte ich voller Dankbarkeit, aber er schob mich liegend vom Waschbecken weg. Die Rückenlehne wurde in die Senkrechte katapultiert, wobei das Handtuch fiel. Aus meinen tränenden, mit Wimperntusche verschmierten Augen erhaschte ich einen Blick in den Spiegel. »Ist ja aufregend bei Ihnen.«

Der Meister gesellte sich erst einmal zur restlichen Belegschaft, um weitere Schritte zu beraten.

»Märr kann mann niesch machän miet Ihrrä Haar! Isä gutt so, odär?« Resigniert betrachtete ich wenig später sein Werk.

»Zwanziek fiemfunnnoizie!« schmetterte er mir an der Kasse entgegen.

Zwei seiner Kolleginnen sahen mich mitleidig an.

»Vielän Dank auch!«

Wuttkes ließen uns Filzlatschen anziehen, als wir zum Unterschreiben des Mietvertrages kamen. Wir saßen wieder in der Küche. Am Waschbecken standen zwei benutzte Sektkelche.

Für das bis dahin als Stall genutzte Nebengebäude, das bis zu unserem Einzug von Wuttkes zu Gewerberäumen umgebaut werden würde, vereinbarten wir einen Mietpreis von achthundert Mark.

»Für die fünfundreißich Quodrotmäda is dit ein juta Breis.«

Wir füllten die Verträge aus und unterschrieben.

Mein linkes Ohr pfiff so laut, daß ich meinen Kopf neigen mußte, um besser verstehen zu können.

»Wos hob'm Sä dänn mid'n Ohr jemochd?«

»Ich hatte vor ein paar Wochen einen Hörsturz«, sagte ich möglichst belanglos.

»Wodursch grischt man dänn sowat?« fragte Frau Wuttke interessiert.

»Durch Streß, hat der Arzt gesagt.«

Sie sah ihren Mann an, der sich ein Lächeln verkniff.

»Dursch Sträß? Ja, wos soll'n isch do sog'n?« schüttelte sie verständnislos den Kopf.

Ich schämte mich. »Ich habe in den vergangenen Jahren wirklich viel Arbeit und Sorgen gehabt und keinen Urlaub gemacht.«

Sie wollte gerade wieder einen Kommentar loswerden, als Fritz einsprang.

»Sagen Sie, Herr Wuttke, kann man in diese Küche eine Geschirrspülmaschine einbauen?«

Beide standen auf und gingen zum Waschbecken. Sie öffneten den kleinen Umbauschrank und hockten sich davor.

»Doch, müßte gehen«, meinte Herr Wuttke.

Fritz sah verblüfft zu mir herüber.

»Gut, dann hätten wir's für heute geschafft.«

»Wänn Se noch ürgndwelsche Frog'n hob'n, ruw'n Se eijnfoch on!« ermunterte uns Frau Wuttke.

»Jut, und den Stall laß'n wa zum Jeschäft umbaun«, bestätigte er und kratzte sich am Kopf.

»Ja, ich werde Sommermode einkaufen und dann beim Umzug mitbringen.«

»Wior moch'n ouch janz ville Reglome füor Sä! Villeijscht gof'n wa ja och selbor mal wat bei Ihn'n.«

Mit dem Mietvertrag in der Tasche konnten wir uns um den Teppichboden für unser neues Heim kümmern. Ich hätte gerne Parkett oder Laminat gehabt, aber wir hatten uns fest vorgenommen, für den Anfang nur die notwendigsten Dinge anzuschaffen.

»Laminat muß schwimmend verlegt werden«, dachte ich laut nach. Nachdem wir lange genug um die Muster herumgestrichen waren, riß Fritz der Faden der Geduld.

»Bitte entschuldigen Sie, wenn ich Sie aus der Pause hole« – erstaunte Gesichter, zwei der miteinander plaudernden Verkäuferinnen warfen sich verächtliche Blicke zu – »... aber wir bräuchten mal ganz kurz jemanden zur Beratung.«

»Na, wat wollen Se denn wissen?« fragte ein Mitarbeiter und traktierte seinen Kaugummi mit offenem Mund weiter.

»Also zuerst einmal möchte ich mir erklären lassen, was meine Frau vorhin gesagt hat.«

Der Verkäufer grinste. »Na, wat hat Se denn jesagt?«

»Laminat wird schwimmend verlegt. Ist das schwierig? Kann ich das selber machen? Wie muß ich mir das vorstellen?«

»Na, du mußt deine Badehose anziehen.«

Außer mir fanden alle Anwesenden ihre Beherrschung schnell zurück. Fritz unterhielt sich fachmännisch weiter, während ich in haltloses Kichern verfiel.

»Die kann sich ja nich' mehr einkriejen, wa?« freute sich der Verkäufer und Fritz nickte mit mildem Lächeln: »Ja, sie ist leicht zu erheitern.«

Die Entscheidung fiel schnell. Wir standen vor den gleichen Teppichmustern, die wir vor einem Jahr für das Haus in Weststadt ausgesucht hatten.

»Dieser weiße Teppichboden gefällt mir noch immer«, fand Fritz.

Hexe brachte vier Babies zur Welt, sie hatte die für diesen Zweck mit einer Decke ausgestattete Umzugskiste akzeptiert. Oskar's Geburtstag feierten wir mit Pizza und Eiscreme, die restlichen Tage verbrachten wir frierend und waren froh, als die Ferien vorbei waren und wir alle nach Weststadt zurückfuhren, um den endgültigen Umzug zu organisieren.

Umzug mit Künstlern

Es war sehr früh, als ein Möbelwagen mit Hänger vorfuhr, dem vier Männer aus Oststadt entstiegen. Wolle war nicht mitgekommen. Fritz verabschiedete sich, um an einer außergewöhnlich wichtigen Tagung in Düsseldorf teilzunehmen. Auf dem Weg dorthin wollte er Oskar bei Bea absetzen und sich am Nachmittag mit seinen drei Kindern treffen. Mir empfahl er, mich den Tag über im Garten zu sonnen, bis das Haus leergeräumt sei.

Am Vormittag kam Christina noch einmal vorbei: »Sieht ja schon schlimm aus hier«, murrte sie mit einem kleinen Lächeln. »Ich wollte dir noch mal Tschüß sagen, Luise, du fehlst mir jetzt schon. Wenn du da mal raus mußt, komm' jederzeit, okay? Komm, laß den Kopf nicht hängen«, versuchte sie mich aufzumuntern.

»Der Betonklotz, der da hinten im Garten liegt, muß noch mit«, erinnerte ich einen der Männer am Nachmittag.

»Dit ham Se jetzt schon viermal jesagt. Aber ick globe, den lass'n wa hier. Wa?« grinsend sah er sich zu seinen Kumpels um.

»Wozu is'n der überhaupt?«

»Für die Wäschespinne. Mein Mann hat den Halter einbetoniert und glaubt, daß wir in Oststadt keinen passenden bekommen. Also muß der Klotz mit.«

»Och nee, der is' so schwer. Jetzt isset schon so spät und wir sind müde. Wer soll dit schwere Ding heben?«

»Na, du!« rief ein Mann vom Anhänger runter, der mit Augenmaß dafür sorgte, daß auch wirklich alles in die Wagen paßte.

»Icke, imma icke!«

»Also, wenn Sie's nicht schaffen, werde ich Ihnen den Klotz zum Wagen tragen«, versuchte ich mich durchzusetzen, »aber mitgenommen wird er.«

»Jut, dit woll'n wa jetzt aba seh'n. Ick komme mit und kieke, ob Sie dit ooch richtich machen.«

Fröhlich und siegesgewiß schwankte er neben mir her, seine Kollegen standen oben am Hang und beobachteten die Szene.

»Na, junge Frau? Und nu? Wat is?«

»Langsam. Ich bin genauso müde wie Sie.«

»Stimmt. Jearbeitet ham Se wie wir. Und wat ick so erstaunlich finde is, det Sie dabei so fröhlich singen, na, nu kieken Se mal nich so erstaunt. Sie singen und trällern hier seit heute morjen rum wie 'ne Nachtijall. Dit is unglaublich.«

Ich hockte mich hinunter und griff möglichst weit unter die Betonkugel. Mit viel Anspannung und Konzentration lief ich los und hörte den Mann fassungslos hinter mir keuchen. Seine Kumpels gröhlten und applaudierten.

»Stop! Du liebe Jüte, hör'n Se uff! Ick nehm' den! Jeben Se her! Ick kann mir nich vor den Kumpels so 'nen Brocken von so 'ner kleenen Frau schleppen lassen!«

»Nee. Den trage ick Ihnen«, preßte ich hervor und ging weiter. Am Gartentor blieb ich stehen. Ich schnappte nach Luft.

»So, den Rest können Sie übernehmen!« ließ ich meine Last in seine Arme gleiten, wobei er in die Knie ging.

»Schwer, ja?« lächelte ich verständnisvoll.

Kleinlaut schleppte er den Betonklotz zum LKW.

Sie fuhren die Nacht durch und würden am nächsten Morgen in Oststadt sein. Ich ging langsam durch das leere Haus – von Zimmer zu Zimmer. Vor genau einem Jahr hatten wir unseren Einzug gefeiert. Erschöpft sank ich an Beas gedeckten Tisch. Die ganze Familie hatte sich versammelt, um mit uns zu essen. Oskar war stolz auf die Abschiedsgeschenke, die Bea ihm an seinen Platz gelegt hatte.

Er wird sie vermissen, dachte ich. Müde starrte ich alle Anwesenden an, konnte mich an den Gesprächen kaum beteiligen. Wir verbrachten die Nacht auf einer alten Matratze in Fritz' ehemaligen Arbeitszimmer. Ich konnte nicht schlafen.

Am nächsten Morgen ging Fritz mit dem neuen Mieter, der sich die Schlüssel abholte, durch das Haus. Die Vermieter hatten das Haus vermietet, ohne daß wir Abstand zurückbekamen. Deshalb waren sie kurz vor unserem Umzug überstürzt verreist. Der Vermieter hatte sich auf den Standpunkt gestellt, daß wir eine Summe mit dem Nachmieter aushandeln könnten, nachdem der Mietvertrag unterschrieben war. Der sah dann selbstverständlich keinen Anlaß für Zahlungen an uns. So hatten wir ihm mit den dreißigtausend Mark, die die Renovierung gekostet hatte, ein großzügiges Geschenk machen dürfen.

Wir schoben Oskar mit seinem Bettzeug ins Auto, Fritz stellte seine Füße ins Katzenklo, Rudi machte letzte Witze, und wir verließen Weststadt. Je näher wir Berlin kamen, desto gelöster wurde unsere Stimmung. Die letzten zwei Kilometer »nach Haus« führten durch die Plantagen. Durch diese schöne Landschaft würde Fritz nun täglich zur Arbeit fahren. Wir entdeckten gleichzeitig das an den Schnürsenkeln zusammengebundene Paar Schuhe, das am Ast einer Eiche über dem Weg hing. Die Schuhe bewegten sich zwischen dem Laub im Wind. Wir beschäftigten uns mit den Fragen, wer sie wohl dort hinaufgeworfen, warum er es getan hatte und ob Eichhörnchen hineinklettern könnten.

Erwartungsvoll stiegen wir vor unserem Haus aus dem Auto. Auf der anderen Straßenseite war in der Zwischenzeit ein Fertighaus aufgestellt worden.

»Kein Handwerker mehr da«, freute sich Fritz. Seine größte Sorge schien gebannt. Wir schlenderten zur Haustür und schlossen erwartungsvoll auf.

Farbeimer, Pinsel, Leitern, Bierflaschen und Abdeckfolien lagen durcheinander in den Räumen. Die obere Etage war mit dem blauen Teppichboden, den wir ausgesucht hatten, ausgelegt worden. Die Wände waren nur teilweise gestrichen.

»Vielleicht werden Kinderzimmer hier nur bis zur Höhe von einssiebzig gestrichen, weil Kinder mehr auf dem Boden rumkrauchen?« überlegte ich. »Vermutlich hat der Maler es nur gut mit uns gemeint, oder? Nicht überfordern, langsam an das neue Leben gewöhnen, nicht gleich draußen sitzen können, sondern ....«

»Luise – sollen wir noch schnell streichen? Das Material steht hier rum«, schlug Fritz vor.

»Das schaffen wir nicht! In keinem Zimmer ist etwas in Ordnung, nicht einmal die Decken sind gestrichen. Sieh dir mal diese miteinander vermischten Weißtöne an! Das muß alles neu gemacht werden! Das kann man nicht so lassen oder 'mal eben drüberstreichen.«

»Ich rufe jetzt den Handwerker an«, schnaubte Fritz. »Wir müssen zurück zum Gästehaus fahren, hier funktioniert das Telefon noch nicht.«

Wir machten es unserer Katzenfamilie in Oskars zukünftigem Zimmer bequem und fuhren zum Gästehaus, wo Herr Rubayi in der Küche saß und Stecknadeln aus zwölf neuen Hemden zog.

»Er wäscht zwar seine Hemden, aber mit dem Bügeln hat er's nicht so«, zwinkerte Herr Radecki, »wenn die dreckig sind, kauft er sich neue.«

Fritz erreichte die Mutter des Künstlers. Nein, der sei zum Baden an den See gefahren und ob er heute noch nach Hause käme, wüßte sie nicht.

Es war niemand gekommen, um durch eine Nachtschicht wenigstens einiges zu »richten«. Das Chaos war unverändert. Ratlos schlich Fritz um mich herum. Ich versuchte mit eher hilflosen Bewegungen erste Aufräumarbeiten.

Unerwartet fuhr frühmorgens knatternd ein Auto auf das Grundstück. Zwei Männer in Arbeitskleidung versuchten sich an uns vorbeizuschleichen, sahen uns mit schiefen Blicken an und gaben uns die Hände.

»Firma Härend – wir sind die Teppichleger«, kratzte sich der eine am Ohr, während der andere schnell im Haus verschwand.

»Sagen Sie mal, warum ist hier noch nichts fertig?«

»Na wir ha'm den Teppichboden schon jelegt. Der weiße unten is fertig und oben ooch. Nur inne Küsche und im Einjang fehlt der PVC-Belach. Aba den können wa heute ja nich machen, weil dit ja die Umßuchsleute stören könnte. Deshalb sind wa früh hier, weil wa noch die Leistn und Kantn an den Teppichboden machen wolln.«

Fritz bemühte sich um deutliche Worte. Er warf mir beschwichtigende Blicke zu, wußte ganz genau, was mir auf der Zunge lag.

»Na ja! Ick habe dem Mala imma wieder jesacht, daß er sich beeiln soll. Aber der is ja fast nie hier jewesen. Am janzen Wochenende war der nich hier jewesen. Wat kann ick dafür? Und wenna mal da war, is seine Olle ooch mitjewesn und hat sich draußn jesonnt. Und der Köta war ooch mit«, scharrte er mit dem Fuß im Lehmboden.

Die Diskussion führte zu nichts.

»Lass es gut sein, Fritz, wir ändern die Situation nicht, ich werde selber streichen«, sagte ich entschlossen.

»Nee, kommt nicht in Frage. Du ruhst dich aus. Wir besorgen jemanden, der das macht.«

»Aha. Und wo bekommen wir den her?«

»Weißt du was? Ich fahre mal zum Bahnhof und besorge ein paar Getränke für die Möbelmänner«, fiel es Fritz ein.

»Glaubst du, daß am Sonntagmorgen um halb acht schon ein Geschäft geöffnet ist?«

»Am Bahnhof gibt es einen ›Stützpunkt‹. Oskar, kommst du mit?«

Beide verschwanden fluchtartig.

Ich setzte mich auf die Stufen vor dem Haus. Die schon recht warme Morgenluft war erfüllt mit dem Gesang der Lerchen. Während ich in der Morgensonne saß, drückte sich ein junger Mann an mir vorbei in unser Haus. In unser neues Zuhause ... ohne Gruß.

»Einen Moment!«

Er kam langsam zurück, sah mich fragend an: »Ja?«

»Wer sind Sie bitte?«

»Ick? Na, ick bin der Mala« grinste er.

Lächelnd streckte ich ihm meine Hand entgegen.

»Ach, das trifft sich gut! Hitzig, guten Morgen! Wir ziehen hier heute ein.«

»Dit wees ick.«

»Gut so. Ich habe ein paar Fragen.«

Ich packte seinen rechten Oberarm und führte ihn ins Haus. Mit langsamen Schritten lenkte ich ihn ins Wohnzimmer, wo gerade einer der beiden Teppichleger kniete. Er sah nur kurz auf und machte sich eifrig wieder an sein Werk. »Sehen Sie diese Wand dort hinten?« fragte ich leise, während ich mit einer weit ausholenden Geste auf die verschiedenen Weißtöne deutete.

»Ja, klar.«

»Könnten Sie mir bitte erklären, was Sie sich dabei gedacht - haben?«

Er kratzte sich hinter dem Ohr: »Wieso?«

»Weil das eine Zumutung ist!« schrie ich und sah, wie der Mann zusammenzuckte. »Dieses Geschmiere ist keine Malerarbeit! Das ist einfach unglaublich! Für diesen Mist können Sie Eintritt nehmen!«

Der Teppichleger griff sein Material und schlich an mir vorbei aus dem Zimmer. Der Künstler starrte mich erschrocken an.

»Und oben? Was ist das für eine Kunstrichtung, wenn man die paar Zentimeter bis zur Zimmerdecke nicht streicht? Wer das Wochenende am See verbringt, obwohl er einige Arbeiten fristgerecht zu erledigen hat, der hat sicherlich triftige Gründe dafür. In einer halben Stunde kommt unser Möbelwagen. Wie stellen Sie sich das hier weiter vor? Nicht nur, daß Sie nicht fertig sind – auch das *Wie* ist so entsetzlich!«

»Da oben is meene Freundin nich ranjekommen. Weil se nich so lange Arme hat.«

Ich schnappte nach Luft: »Der Gedanke an eine Leiter ist Ihnen nicht gekommen? Und weiter?«

»Na, ick nehme jetzt den Pinsel und bessere hier überall noch ...«

»Daß Sie so gut zu uns sein wollen, kann ich nicht ertragen! Sie werden hier nie mehr etwas anfassen! Nie mehr! Das Honorar dafür, daß Sie diese Flächen für Ihre Versuchsreihe genutzt haben, rechne ich noch aus. Und jetzt verschwinden Sie. – Und nehmen Sie Ihre Sachen mit!« Ich stapfte hinter ihm her und genoß den Anblick, wie er zu seinem Auto rannte.

Beide Teppichleger hatten rote Gesichter und sahen nicht auf, als ich zufrieden an ihnen vorbei ins Grüne schwebte.

Am Abend war das Haus mit zweihundertvierzig Umzugskartons vollgestellt. Ein Großteil der Möbel war in die Garage geräumt worden – zu der Einrichtung für meine Boutique. Auch der Stall war noch immer ein Stall und für Mode so gar nicht geeignet. Fritz und ich setzten uns in den Garten. Er hatte eine Flasche Rotwein aufgetrieben. Oskar hatte keine Zeit zum Essen, er krakehlte laut und glücklich auf seinem Fahrrad um das Haus herum.

»Ist das nicht herrlich hier?«

Ich wußte, daß Fritz sich über meine Gelassenheit wunderte. Ab morgen müßte ich dieses Haus wohnlich herrichten. Fritz würde in seiner Klinik verschwinden und an demselben oder, wenn er auch noch Nachtdienst hatte, am nächsten Abend abgekämpft zu uns kommen. Ich würde wegen meiner bisherigen Selbständigkeit nicht einmal Geld vom Arbeitsamt bekommen und mich von nun an allein meiner Familie widmen dürfen.

»Sieh mal, da! Lu! Da kommen Rebhühner!« flüsterte Fritz neben mir.

»Das sind bestimmt andere Vögel. Rebhühner sind doch so scheu.«

»Nein, nein! Sieh' mal!«

Tatsächlich zogen fünf Rebhühner in wenigen Metern Entfernung an uns vorbei.

Als wir an diesem Abend ins Bett gingen, schaute ich durch die blinden Scheiben des Schlafzimmerfensters. Nur auf der gegenüberliegenden Straßenseite standen Laternen, die ein spärliches, orange-gelbes Licht auf die Fahrbahn fallen ließen. Es war wie eine Szene aus einem Agentenfilm, als auch noch ein Trabi vorbeiknatterte.

An den nächsten Tagen strahlte die Sonne. Oskar genoß seine Sommerferien und war mit Mändi Lebek, die ein Jahr jünger war als er und nebenan wohnte, unterwegs. Sie kletterten gemeinsam auf unserem großen Kirschbaum herum, an dem sich zuckersüße Früchte entwickelten.

Frau Lebek zog sich manchmal zum heimlichen Rauchen an unseren Gartenzaun zurück, wo sie sich gerne mit mir unterhielt. Ihr Mann sei zum Glück so scheu, daß er sich nicht zu uns trauen würde.

Wieviel Miete wir zahlen, fragte sie einmal.

»Ja, ja, die Wuttkes sind pfiffige Leute. Dit war'n die schon zu DDR-Zeiten.«

Die Spedition schickte täglich zwei Leute, um die in Weststadt abmontierten Halogen-Lampen wieder aufzuhängen und zum Leuchten zu bringen, was nicht klappte. Sie kamen auch mit den Rückwänden der Schränke nicht mehr zurecht. So konnte ein großer Teil der Kleidung nicht ausgepackt werden, obwohl ich inzwischen das Schlafzimmer gestrichen hatte.

Die Böden für unser Ehebett hatten sie nicht eingebaut. So etwas kannten sie nicht, hatten sie zerknirscht zugegeben, obwohl sie sie in Weststadt abgebaut hatten. Nun standen die Böden in der Garage.

»Na, dit jab's hier ja ooch vor der Wende allet nich'. An solche Systeme muß man sich erst jewöhnen.« Im Schlaf würden wir das nicht merken, und sichtbar war das Manko schließlich auch nicht, hatte ich die Leute getröstet. Uns würde es wohl auch so gehen, wenn wir uns plötzlich und ausschließlich mit Technik der ehemaligen DDR auseinandersetzen müßten.

Ich strich ununterbrochen Wände, rückte Möbel und entleerte Umzugskisten. Dazu türmten sich in der Küche täglich Geschirrberge auf der Fensterbank und im Spülbecken.

»Luise, mach' ganz einfach mal nichts. Leg' dich in den Garten und entspann' dich!« riet Bea bei einem ihrer regelmäßigen Anrufe. »Du hast den Umzug hier alleine gemacht, weil Fritz dringend zum Kongreß mußte! Und du hast alleine die Arbeit und Organisation am Hals gehabt! Als du am Abend hier bei uns am Tisch gesessen hast, da dachte ich, daß du uns bald umfällst. Das schafft man nicht alles alleine. Leg' dich mal einen Tag über nur in die Sonne, oder fahr' nach Berlin, geh' bummeln! Gönn' dir mal etwas!«

Sie hätte genauso gut: »Hab' ich's dir nicht gleich gesagt!« stöhnen können.

»Heute gehen wir ins Konzert, dann kommen wir endlich einmal unter Leute. Ich habe hier noch niemanden kennengelernt«, sagte ich zum Schluß, »bin gespannt, was uns erwartet.«

Es war wirklich erholsam. Um mich herum das Zwitschern der Vögel, die Wärme der Sonne – hier draußen war es wie im Urlaub! Ich hing brav in der Matte und dachte über das Gespräch mit Bea nach. Wegen unserer noch unübersehbaren Finanzlage – Fritzens Gehaltszahlungen waren bisher geringer ausgefallen, als wir uns das gedacht hatten – brachte ich es nicht übers Herz, nach Berlin zu fahren oder mir überhaupt etwas zu gönnen. Ich hatte jahrelang über ein eigenes Einkommen verfügt. Jetzt konnte ich nicht einmal das Haushaltsgeld beisteuern. Auch mein Auto hatten wir aus Kostengründen abgeschafft.

Das Veranstaltungshaus war etwa hundert Meter vom Parkplatz entfernt. Wir legten sie frierend und deshalb beinahe im Dauerlauf zurück, sehr wohl darauf bedacht, zwischen all den Menschen, die mäßigen Schrittes dem Konzertsaal entgegenstrebten, gesittet zu wirken.

Die Blicke einiger Besucher glitten an unserer Kleidung herunter. Fritz im dunklen Anzug und ich in meinem schwarzen Hosenanzug mit dem Paillettenbody gaben Anlaß zu kurzen Tuscheleien und langen Blicken.

Neben uns ein giftgrüner Polyesterpullover mit Goldlurex, dazu eine sehr enge schwarze Hose, zirka Größe 48 und weiße Stiefel. Ich knöpfte meine Jacke zu.

Wir saßen in der ersten Reihe. In Augenhöhe die Bühne, direkt vor uns der Stuhl des Ersten Geigers und das Dirigentenpodium. Fritz sah auf seine Schuhe und zog die Hosenbeine hoch.

»Meine Socken passen wohl nicht so richtig, oder?«

»Es geht«, antwortete ich und sah zu, wie sich jemand in den Sitz neben mir fallen ließ. Leuchtend blauer Nadelstreifenanzug, weißes Hemd. Er streckte seine Beine aus. In braunen Wanderschuhen steckten leuchtend rote Socken.

Inzwischen hatten sich zwei Damen auf der Bühne zwischen den Notenständern durchgezwängt und bei den Harfen Platz genommen.

»Die Harfinistinnen.« Zufrieden konnte Fritz mir auch die anderen Instrumente benennen.

Einige Zuschauer applaudierten begeistert, als das A des Ersten Geigers erklang. Etwas verunsichert lächelte der Mann über die Schulter in den Saal.

»Das war das A.«

Einer der Geiger hatte am rechten Fuß einen Hammerzeh, ich sah die Beule im Schuh aus meiner noch nicht vergessenen krankengymnastischen Sicht. Fritz amüsierte sich neben mir. »Siehst du die Fliege?«

Ich schüttelte den Kopf. Alle männlichen Orchestermitglieder trugen eine Fliege. Während die Stürme und Gewitter aus den Instrumenten donnerten, beobachtete ich angestrengt die Szene. Mir fiel nichts auf. Ich starrte auf die roten Socken meines Nachbarn und dachte an den Hammerzeh.

Fritz beugte sich wieder zu mir: »Der dritte Bratschist in der zweiten Reihe! Sieh mal, wie seine Fliege sitzt. Im Moment kannst du nur sein nacktes Bein sehen! Aber versuch mal zu gucken!«

Als sich die Bratschistin vor ihm vorbeugte, sah ich den jungen Mann. Er hatte blondes, an den Seiten ganz kurz geschnittenes Haar und eine dunkle Brille. Er strahlte seine Noten an. Seine Fliege stand wie ein hochstehender Propeller zwischen seinem Kinn und dem rechten Ohr.

Beschwingt folgten wir nach dem Konzert der Einladung zu einem Empfang im Obergeschoß.

»Die ganze Prominenz ist anwesend«, sagte Fritz ein bißchen ehrfurchtsvoll und schob mich zu einem Paar: »Darf ich Sie mit meiner Frau bekanntmachen, Luise, das ist einer unserer Anästhesisten, Herr Doktor Huber mit seiner Frau.«

»Guten Abend.«

»Guten Abend.«

»Herr Müller, darf ich Sie mit meiner Frau bekannt machen?«

»Guten Abend.«

»Meine Frau sitzt da nun täglich in einem Chaos aus Umzugskartons und nicht gemalerten Wänden und macht alles selbst. Ich bin sehr froh, daß sie so hinter mir steht und in Weststadt alles aufgegeben hat«, erklärte Fritz Herrn Müller und allen, die er in den zwei Monaten schon kennengelernt hatte.

»Komm, Bodo«, zupfte Frau Müller am Ärmel ihres Gatten.

»Hmm. Na, dann wünsche ich Ihnen noch einen angenehmen Abend. Auf Wiedersehen.«

»Wiedersehen. Tja, Luise, so ist das hier. Hart, aber herzlich.«

Fritz schleuste mich zur Bar, wo er die Bedienung um zwei Gläser Sekt bat.

»Trogn oda lieblisch?«

»Trocken, bitte.«

»Für mich bitte auch ein Glas, aber lieblich!« rief jemand hinter uns. »Hallo, Herr Hitzig, na, ist die Familie wieder komplett?«

Ich sah zu, wie das junge Mädchen den trockenen und den halbtrockenen Sekt aus derselben Flasche in unsere Gläser füllte. Fritz macht mich nun mit Herrn Fichtenberg bekannt, der nach der Wende hierher gekommen war, um das Familiengut wieder aufzubauen. Während sich die beiden Männer prächtig unterhielten, griff mich jemand am Arm. Ich drehte mich zu einer zierlichen Frau um, die mich anlächelte.

»Frau Hitzig, oder?«

»Ja?«

»Ich bin Anne Wunder. Es ist vielleicht ein bißchen ungewöhnlich, daß ich Sie so einfach anspreche, aber ich habe neulich über Ihren Mann in der Zeitung gelesen. Na ja, und jetzt habe ich ihn durch das Zeitungsfoto wiedererkannt. Sind Sie regelmäßig an den Wochenenden hier? Dann könnten wir Sie doch einmal zu uns einladen.«

Daß wir schon richtig nach Oststadt umgezogen waren, verschlug ihr kurz die Sprache.

»Ja, kannten Sie Oststadt schon von früher? Oder haben Sie Verwandtschaft hier?«

Sie nannte mich »Leidensgenossin«, was ich nicht verstand.

»Wieso sollten Sie uns einladen?« fragte Fritz wenig später etwas irritiert. »Nöh, also wir hatten hier bisher keine Probleme. Oder Lu?«

Überrascht und ein bißchen verletzt sah sie mich an.

»Na, Sie sind ja noch nicht lange hier. Sonst würden Sie wissen, daß die Mundwinkel von manchen mitgezogenen Ehefrauen immer tiefer hängen, bis sie dann den Rückzug antreten.«

»Ich würde sehr gerne kommen«, fuhr ich dazwischen, »mein Mann sieht die Dinge etwas anders und außerdem hat er viel um die Ohren. Er meint das nicht so.«

Wenige Tage später fuhr ich nach Blumendorf, wo Wunders sich ein Häuschen gekauft hatten. Sie war im Januar aus Münster hierher gezogen, nachdem ihr Mann zweieinhalb Jahre gependelt war. Die Wochenendehe hatten sie als große Belastung, besonders für die beiden Kinder, empfunden.

Robert hatte nach der Wende das zwingende Gefühl entwickelt, er als Steuerberater müßte sich in den neuen Bundesländern engagieren, wo Steuererklärungen, -bescheide oder -vergütungen nicht bekannt waren. Er hatte sich im Westen eine sichere Existenz aufgebaut, so daß er hier zunächst ohne Honorar arbeiten, beraten und Hilfestellungen geben konnte. Sie seien nicht aus materiellen Gründen gekommen, betonte sie, als ich sie das erste Mal besuchte. Man würde das den Wessis aber immer nachsagen.

Anne war Krankenschwester gewesen, bis sie das Fernweh gepackt hatte. Sie hatte sich bei Fluggesellschaften beworben und als Stewardess die Welt gesehen. Nachdem die Kinder aus dem Gröbsten heraus waren und bis zum Umzug nach Brandenburg hatte sie eine Ausbildung als Maskenbildnerin gemacht. Sie erzählte gerade, daß sie sich nun an einem Theater in der Nähe bewerben wollte, als plötzlich ein etwa sechzehnjähriger Junge vor uns stand.

»Tach«, streckte er mir seine Hand entgegen und grinste verlegen.

»Tach«, sagte ich.

»Tach, wo kommen Sie denn her?!« entfuhr es Anne.

Er scharrte mit dem rechten Stiefel im Sand und sah sich dabei um: »Ja, meene Mutta fracht, ob Se nich kommen wollen«, sah er sie verlegen an.

»Ähä, entschuldigen Sie bitte, aber wer sind Sie überhaupt?«

»Na, ick bin Maik, der Sohn von nebenan«, erklärte er errötend.

»Ach, das wußte ich doch nicht! Ja, wann soll ich denn kommen?«

»Na jetßt. Sie hat Kaffe jemacht.«

»Ach, das ist ja nett. Aber so schnell habe ich gar nicht damit gerechnet. Außerdem habe ich jetzt selber Besuch, vielleicht ein anderes Mal?«

»Nee, Mutta hat jesacht, daß Se die Frau ruhich mitbringen können.«

»Ähm, na ja gut, ich pack' hier noch schnell etwas weg. Wir kommen gleich rüber, ja?«

»Is jut«, antwortete er und rannte weg.

»Entschuldige bitte, Luise, aber ich konnte nicht anders – sie hat schon sehr oft gesagt, daß ich mal zum Kaffee kommen solle. Warum ausgerechnet jetzt, kann ich zwar nicht ganz verstehen, aber ich habe immer ein bißchen Angst, daß ich mich nicht richtig verhalten könnte, daß ich Dinge sage oder tue, die sie hier nicht ver…«

Der Rasen des Nachbargrundstücks schien frisch gekämmt. Unter den Bäumen standen selbstgebaute Fliegenpilze aus bemalten Steinen und Gartenzwerge. Anne klingelte an der Haustür, die im gleichen Moment geöffnet wurde. Maik streckte ihr seine Hand entgegen und sagte: »Tach.«

Als seine Mutter hinter ihm erschien, lief er schnell die Treppe hinauf.

»Ach, ja, Tachchen!« begrüßte Frau Mertz uns fröhlich. »Schön, daß Se jekommen sind.«

Sie warf einen kritischen Blick auf unsere Schuhe.

»Ja, also dit hier is die Diele«, begann Frau Mertz und zeigte mit beiden Armen um sich herum, »haben wa vorletßtet Jahr frisch jemacht«, sagte sie und ging auf eine Tür zu.

»Dit hier is unsa Bad, dit ham wa och gleich mit die Diele mitjemacht. War een Abwasch.« Sie hielt die Tür auf und bedeutete, daß wir in das Badezimmer gehen sollten.

Anne schien sehr interessiert.

»Oh, wie schön!« lobte sie und trat in das geflieste Bad, das beige und sauber glänzte.

»Hier an die Ecke hatten wa imma 'ne nasse Wand. Aba dit is jetßt trockenjelecht und nu ham wa keene Probleme mehr mit die Feuchtichkeit«, lächelte die Gastgeberin und ich begutachtete die trockene Ecke. Auch sehr schön gemacht, ja.

»Ick sage ßu meen Mann, sag' ick, Arno, sag' ick, dit is Quatsch, wenn wa dit nich gleich allet mitmach'n, sach ick, wenn wa de Handwerka schon mal inne Bude ham, sag' ick, denn können die dit gleich allet trocken machen, sach ick.« Sie verschränkte die Arme vor der Brust. Sie schien noch ein Weilchen in der etwas düsteren Diele stehenbleiben zu wollen, und wir hörten gespannt zu, wie sie es geschafft hatte, Arno zu der Trockenlegung zu überreden. Schließlich öffnete sie wieder eine Tür.

»Hier is unsere Küche. Na ja«, gab sie verlegen zu, »'n bißchen einfach isse ja, aba allet uff eenmal kann man ja nu ooch nicht gleich schaffen, wa. Ick sage, Arno, sag' ick, wir können doch erßt mal mit die Küche noch wart'n, sag' ick, dit muß doch nich gleich allet uff eenmal jeschafft werd'n, wa, ick sage, imma so pö a pö, wa, sag' ick, und Arno hat dit denn ooch einjesehn.«

Sie hatte in der Zwischenzeit die volle Kaffeekanne aus der Maschine genommen und den Deckel mit einem feuchten Lappen abgewischt.

»Nein, man kann wirklich nicht gleich alles auf einmal neu anschaffen, wem sagen Sie das«, nickte ich ernst. Anne lächelte unsicher und nickte ebenfalls.

»Denn können wa ja jetßt rübajeh'n«, beschloß Frau Mertz zufrieden und stiefelte vor uns her zur nächsten Überraschung. Mit erwartungsvollem Blick hielt sie uns die Tür auf. Dahinter zeigte sich eine große dunkelbraune Schrankwand, die hellbraunen, mit Falte in der Mitte, aufgestellten Sofakissen, die Fertiggardinen und die dunkelbraune Auslegware. Sie strahlte und stapfte zum Tisch, auf dem schon eine Kerze brannte und drei Gedecke um einen Fertigkuchen standen. Sie nahm die Fernbedienung von ihrem Teller und verabschiedete sich von »Gute Zeiten, schlechte Zeiten«.

»Heute kann man so 'nen Fertichkuchen bei Aldi koofen, früher gab's dit ja nich'. Dafür ham die Schrippen bessa jeschmeckt. Vor die Wende war dit ja allet besser. Hat sich Ihr Sohn denn schon jut einjelebt?« fragte sie mich. Kannte sie uns?

»Oskar? – Ja, ganz prima. Es gefällt ihm ausgesprochen gut hier. Darüber bin ich sehr froh.«

»Ja, dit globe ick, dit is ja allet nich so leicht, wa?« fragte sie mitfühlend. Zwischendurch holte sie Familienfotos, und so hatten wir die Gelegenheit, ihren Gatten aus der Nähe zu betrachten.

»Kann ick Ihnen mal wat frag'n? Wat ßahlen Se denn da draussen an Miete?« überraschte sie mich wieder. Anne warf mir hilflose Blicke zu.

»Zweitausendfünfhundert kalt.«

»Waat?! Mensch, da ham die Wuttkes dit jeschafft! Kiek mal an«, schüttelte sie anerkennend den Kopf.

»Wir ham ja imma gesacht, daß die dit für den Preis nich loskriegn. Meen Arno hat jesacht, wer dit Haus mit dit Grundstück nimmt, der kommt aus 'n Westn und hat dit Jeld dafür, sagt er. Ick sage, na, dit wird der Wuttke nich so schnell loswerdn, sag ick, und da warn ja ooch imma wieda Leut mit 'n ßollstock, die da rumjemessn habn, aba denn ham die dit alle doch nich jenommen.«

»Na, also im Geld schwimmen wir leider auch nicht. Ich bin hier ohne Arbeit und mein Mann verdient weniger als früher.«

»Wie? Der kricht doch sicherlich 'ne Buschzulage, wie dit so schön heißt! Und Sie sind ooch janß ohne Arbeit, ja? Aba dafür kriegen Se ja 'n schönet Arbeitslosenjeld und dafür können wa uns dit ßu Hause schön jemütlich machen, oda?« triumphierte sie und verteilte noch eine Runde Kuchen.

»Nein, ich bekomme kein Arbeitslosengeld, weil ich vorher selbständig war.«

Ungläubig sah sie mich an.

»Also, ick jenieße dit ganß doll. Wir habe'n unsern Jarten ja schon seit ßehn Jahren so anjelegt, det wa uns eijentlich voll daraus ernährn können. Und denn noch dit Jeld vom Staat und dit, wat meen Arno nach Hause bringt, is 'n schöner warmer Rejen. Dit is schon janz jut so jekommen mit die Wende«, freute sie sich. »Na ja, nach vierzich Jahre steht einem dit ja ooch ßu, wa?«

In dem Altbau mit frisch renovierter Außenfassade fragte ich eine Dame, die mit einer Kaffeekanne zwischen den Zimmern hin- und herlief, nach dem zuständigen Büro. Sie öffnete eine Tür, auf deren Schild »Amtsleiter« stand.

»Da is' jemand aus dem Neusiedlerweg und will 'nen Mietspiejel«, sagte sie und deutete mit dem Daumen über ihre Schulter auf mich.

»Jeh'n Se mal rin.«

»Danke. – Guten Morgen!«

An einem großen Schreibtisch saß ein Herr, der seine Brille abnahm und mich fragend ansah.

Ich erzählte von Mietpreis, Grundstücksgröße und Ausstattung unseres Hauses und fragte, ob es einen Mietspiegel gäbe. Inzwischen waren wir sehr oft nach der Miete für Haus und Grundstück gefragt worden und hatten bei dem Preis immer nur ungläubiges Kopfschütteln geerntet.

Der Mann sah mich weiter stumm an, kaute nachdenklich auf dem Bügel seiner Brille herum und begann plötzlich zu lachen.

»War wohl nicht so gut, deswegen zu kommen?«

Er war wieder ernst geworden und riß einen Zettel von einem Block: »Wie heißen die Vermieter? Wo wohnen sie inzwischen? Wie hoch ist der genaue Mietpreis? Wieviele Quadratmeter bewohnen Sie?«

Er versicherte mir, daß sich das Wohnungsamt sofort um diese Angelegenheit kümmern würde. »Das ist Mietwucher, darauf steht in diesem Fall eine hohe Geldbuße oder sogar eine Gefängnisstrafe. Sagen Sie, Wuttke, ist das der Autohändler?«

»Nein, Wuttkes sind Landwirte.«

»Ah ja, das ist Rudi Wuttke, der Sohn. Sein Vater war zu DDR-Zeiten Parteisekretär.«

Ich wußte nicht genau, was ein Parteisekretär gewesen war, aber es hörte sich sehr wichtig an.

»Unsere Behörde schaltet sich jetzt automatisch ein. Sie können als Nebenkläger Ihr Recht geltend machen.«

Das wollten wir gar nicht – wir wollten uns ohne Gericht mit Wuttkes einigen, und später das Haus kaufen.

»Nein, Frau äh ..., so geht das nicht. Solche Leute wissen ganz genau, daß sie mit der Mietforderung zu hoch liegen. Ich will Ihnen mal was sagen: hier in der Stadt zahlt man in bester Wohnlage für eine Komfortausstattung pro Quadratmeter sechs bis neun Mark, ja? Im Neusiedlerweg, so weit außerhalb, ohne Abwasseranschluß, ohne diese Komfortausstattung, da könnten die höchstens, also mit viel gutem Willen – vier bis sechs Mark pro Quadratmeter Wohnfläche nehmen. Warmmiete übrigens.«

»Aber das Grundstück ist so groß«, warf ich ein.

»Das zählt nicht.«

»Das würde bedeuten, daß wir höchstens achthundert Mark zahlen müßten?«

»Messen Sie die Quadratmeter der Wohnfläche selbst nach, ich bin sicher, daß es da draußen kein so großes Haus gibt. Zu Ost-Zeiten gab es dort nur ein paar Häuser, die in schlechtem Zustand waren. Ich kenne sie alle«, sagte er freundlich. »Ich habe mir jetzt diese Notiz gemacht und lasse sie noch liegen, damit Sie sich mit ihren Vermietern einigen können. Aber das wird nicht klappen, denen wird das Geld, das Sie monatlich überweisen, gut gefallen. Wenn Sie sich innerhalb der nächsten zwei Wochen nicht melden, geht die Klage raus.«

Ich hatte noch keine Behörde erlebt, die ohne Antrag, Anzeige oder Beschwerde aktiv geworden war. Im Buchhandel kaufte ich die Gesetzestexte zum Mietrecht und arbeitete sie bis zum Abend durch. Die Quadratmeterzahl maß ich anhand einer amtlichen Vorgabe nach. Statt der genannten einhundertsechzig Quadratmeter kam ich auf einhundertzwölf.

»Vermieter, die eine zu hohe Miete verlangen, verhalten sich unter Umständen ordnungswidrig und können mit einer Geldbuße bis zu 100 000,- DM belegt werden. Der Mietwuchertatbestand ist erfüllt, wenn der Vermieter unter Ausbeutung der Zwangslage, des Leichtsinns oder der Unerfahrenheit des Mieters sich eine Wohnungsmiete gewähren läßt, die in einem auffälligen Mißverhältnis zu seiner Leistung steht, z.B. wenn die ortsübliche Vergleichsmiete um mehr als 50% überschritten wird.« Zwangslage, Leichtsinn, Unerfahrenheit – wir waren arm dran.

Wir luden Wuttkes zum Grillabend am Wochenende ein. Die Lage des Hauses war gut, das Landleben gefiel uns. Wir wollten mit ihnen darüber reden, ob wir das Haus samt Grundstück nicht recht bald kaufen könnten, zumal das bei Abschluß des Mietvertrages vereinbart worden war. Fritz wollte seine letzten Reserven, seine angesparten Lebensversicherungen, dafür einsetzen.

Wuttkes Kinder und Oskar tobten durch den Garten und beschäftigten sich mit Hexes unerwartetem zweiten Wurf. Vater dieses Wurfs war ein streunender Kater gewesen, den Oskar manchmal fütterte. Seine erstgeborene Tochter war nach ihm geraten; bunt gescheckt, zeigte sie schon als Kleinkind ungeahnte Fähigkeiten, sich gegen ihre reinrassigen, sanften Geschwister durchzusetzen. Wir nannten sie Margot. Mit ihr sprangen die Genossen Walter, Gregor, Egon, Erich und Hans bei uns über Tisch und Bänke, schaukelten in den Vorhängen und hinterließen Spuren auf dem weißen Teppich, die sich nicht mehr entfernen ließen.

Wir saßen mit unseren Vermietern im Garten und schlichen um das Thema herum. Nein, sagten Wuttkes, zu hoch wäre die Miete nicht. Verkaufen wollten sie vorläufig auch nicht, weil sie mit unseren Mieteinnahmen ihr neues Haus finanzieren würden. Außerdem sei da noch der »Wessi« in Stuttgart, der als Kind mit seinen Eltern aus der DDR abgehauen sei und heute achtzigtausend Mark Abfindung als Wiedergutmachung für das zurückgelassene Haus und Grundstück haben wolle. Ehe diese Ansprüche nicht geklärt seien, dürften sie sowieso nicht verkaufen.

»Sie ham den Vertrag untaschrieben. Und wenn Sie aus dem Westen hierher ziehen und so ein großes Grundstück kriegen können, muß Ihnen dit eben 'ne Mark mehr wert sein. Wenn Se klagen wollen, fallen Se hinten runta«, erklärte Herr Wuttke rundum souverän.

»Meen Ongel is Immobilschenmogler, där kännt sisch aus. Nach seinem langen Würgen in diesem Jebiet können war uns uff dem seine Informotzjionen vollgommen vorlossen.«

Fritz hatte nur die Hälfte verstanden, aber daß sie es auf einen Streit ankommen lassen würden, war auch ihm klar. Ich erwähnte einige Mängel. Vor allen Dingen, daß der Stall nicht umgebaut sei.

»Ick schick' Ihnen 'nen Kumpel, der dit nach Feiaabend macht. Der macht dit jut. Kalle kann morjen anfang'n«, bot Wuttke an.

»Nicht aufregen«, meinte Fritz, nachdem sie gegangen waren, »konzentrier' dich auf dein Bewerbungsgespräch.«

Eine Physiotherapeutin hatte mich zum Vorstellungstermin nach Hause eingeladen.

Vor mir standen achtgeschossige Plattenbauten, einer sah aus wie der andere, alles war sehr verwinkelt. Nachdem ich einen älteren Herrn auf der Straße nach dem richtigen Eingang gefragt hatte, bildete sich in Windeseile eine Ansammlung von elf hilfsbereiten Personen, die mir alle das richtige Haus, allerdings in verschiedenen Richtungen zeigten. Endlich hatte ich es gefunden und drückte auf der aus der Wand hängenden Klingelleiste einen klebrigen Knopf.

»Ja?!« dröhnte es über die Sprechanlage.

»Guten Tag, hier ist Hitzig!«

Schweigen.

»Hallo! Hier ist Hitzig, Frau Krause, wir sind um elf Uhr verabredet!« rief ich in die Klingelleiste. Weil sie nicht reagierte, klingelte ich wieder.

»Na, dann kommen Se ebend hoch«, sagte die Stimme gereizt, »Sie müssen mit dem Fahrstuhl in den dritten Stock fahren, da müssen Se raus, links durch die Tür, da jeht's eine Treppe runter und denn nehmen Se den Fahrstuhl bis in' siemten Stock.«

Das laute Krächzen der Anlage zeigte an, daß sie oben abgeschaltet hatte. Dann schnarrte der Türöffner.

Mühsam versuchte ich mich an ihre Wegbeschreibung zu erinnern, als ich in dem mit Hakenkreuzen und Anti-Kohl-Sprüchen beschmierten Aufzug in den dritten Stock fuhr. Ich ging durch die Türen und Flure, fuhr mit dem zweiten Aufzug und stand in einem engen Hausflur vor einer Wohnungstür, deren Klingelknopf den Namen »Krause« trug. Auf der Tür klebte ein großes Schild von »Pardo-Kosmetik«.

Eine schlanke Frau öffnete mir und ließ mich in eine winzige Wohnung, die wegen der zugezogenen Übergardinen sehr dunkel wirkte.

»Wegen der Sonne«, erklärte Frau Krause und bot mir einen Sessel neben einem ausgeklappten Schlafsofa samt Bettzeug an.

Frau Krause, die mir dicht gegenüber saß, klimperte nervös mit den Augen, die mit blauer Wimperntusche, dunkelblauem Lidschatten und dicken Lidstrichen betont waren. Das Haar, strohblond gefärbt, kräuselte sich in dauergewellten Löckchen um ihr Haupt. Sie war ungefähr in meinem Alter. Ich streckte ihr meinen Ordner mit Zeugnissen entgegen, aber sie nahm ihn nicht.

»Nee, also, ich hab' mir das überlegt«, begann sie, »ich will keine freie Mitarbeiterin. Und wenn Sie mit Ihren vielen Fortbildungen aus dem Westen kommen und glauben, daß ich Ihnen die wenigen krankengymnastischen Patienten, die ich habe, überlasse, liegen Sie falsch. Das will ich Ihnen mal ganz ehrlich sagen.«

Ich hörte sprachlos zu.

»Sie könnten höchstens, wenn überhaupt, Massagen machen und Fangopackungen anlegen. Aber das ist Ihnen ja sicherlich zu wenig und damit können wir das Gespräch beenden«, sagte sie spitz.

Ich stand auf und ging zur Zimmertür: »Ja, vielen Dank, daß Sie mich für diese Mitteilung kommen ließen.«

»Kaninchenschlächter gesucht. Ausbildung nicht notwendig, Arbeitsantritt sofort«. Meine Anzeige erschien darunter: »Neu-Oststädterin mit Organisationstalent sucht nach zwölfjähriger Selbständigkeit kreatives Aufgabengebiet. Chiffre.«

Drei Tage später lag ein Umschlag mit Zuschriften im Briefkasten: »Werte Frau! Bezugnehmend auf Ihr Stellengesuch wenden wir uns an Sie. Aufgrund Ihrer sehr umfangreichen Kenntnisse und Berufserfahrungen im angegebenen Bereich, möchten wir Ihnen unser Angebot kurz unterbreiten.

Bei uns können Sie sich auf ungewöhnlichem Wege ein Einkommen schaffen. Um solche Fragen wie Kapitaleinsatz, Zeitaufwand, Risiko und andere Dinge zu besprechen, macht es sich besser, wenn wir uns in einem persönlichen Gespräch darüber austauschen.« Telefonnummer, kein Name, keine Unterschrift.

Zwei Versicherungsagenturen hatten geschrieben und zwei Büros, die sich mit Wirtschafts- und Finanzberatungen beschäftigten. Kreativ fand ich diese Aufgabenbereiche nicht. Zumindest der Verfasser der letzten Zuschrift setzte Phantasie und schöpferische Fähigkeiten voraus – aus dem Umschlag, der mit Rubbelbuchstaben gestaltet worden war, zog ich den Zettel eines kleinen Notizblocks. Handschriftlich darauf der Befehl: »Rufen Sie mich an!«, darunter eine Telefonnummer aus Oststadt.

Also kümmerte ich mich um Oskar.

Ich fand, daß es Zeit für das Piratenfest sei, das wir für Oskar geplant hatten. Bisher hatte er sich dagegen gesträubt, hatte gemeint, daß sowieso niemand zu ihm kommen würde.

Die Einladungskarten hatten wir selbst gebastelt: eine Landkarte mit dem Hinweis auf einen verborgenen Schatz, dem Oskar schreckliche Totenköpfe hinzugefügt hatte. Als die Einladungen in der Klasse verteilt wurden, schlugen sich die Kinder darum. Alle wollten zu dem Piratenfest kommen. Auf dem großen Grundstück wäre es kein Problem gewesen, die ganze Klasse zu beschäftigen, aber Oskar wollte das nicht: »Nöh, phh, die sind ja auch gar nicht alle nett, erst nennen die mich ›Wessi-Arsch‹, und dann wollen alle den Schatz suchen. Nee, dit will ick nich'.«

Einige Tage später brachte Oskar die Antwortkarten mit, die wir den Einladungen beigelegt hatten. Von den zehn glücklichen Kindern sagten acht ab. Ihre Gründe standen nicht auf den Zetteln. Eine Mutter hatte »Wo soll denn dieser Neusiedlerweg überhaupt sein?« geschrieben.

Oskar erzählte, daß die Eltern nicht zu uns fahren wollten, weil es zu weit sei. Andere Kinder sagten, daß sie an dem Tag mit einem anderen Kind spielen müßten. Ich bot an, die Kinder von der Schule abzuholen und am Abend nach Hause zu fahren. Sieben Minuten dauerte die Fahrt zur Schule.

Nein, es ginge nicht, wurde übermittelt. Es war auch nicht möglich, die Eltern anzurufen, denn sie standen nicht im Telefonbuch, und eine Telefonliste der Klassenkameraden existierte nicht – aus Datenschutzgründen. Oskar war so enttäuscht, daß er auch die beiden Kinder auslud, die zugesagt hatten.

»Nun«, sagte die Klassenlehrerin, »das hätten Sie schon vorher mit mir absprechen müssen.«

»Warum?«

»Na, ich hätte das mit den Eltern besprochen. Dann hätte es geklappt.«

»Wieso muß ich die Klassenlehrerin einschalten, wenn wir nachmittags mit ein paar Kindern feiern wollen?«

»Na, Sie sind nicht von hier.«

»Man muß sagen, daß sowieso viel genörgelt wird«, versuchte Fritz zu philosophieren. »Überall trifft man auf Unzufriedenheit und Mißtrauen. Der Mensch wird als sekundärer Nesthocker geboren und braucht zwanzig Jahre zum Erwachsenwerden. Deshalb braucht er auch zwanzig Jahre zum Umdenken.«

Unsere Gespräche endeten allabendlich bei Ost-West-Problemen. Die Schule war das eine Beispiel, meine Arbeitslosigkeit ein anderes, und die Probleme, mit denen Fritz sowohl in der Klinik, besonders aber in der Zusammenarbeit mit niedergelassenen Berufskollegen konfrontiert war, waren das dritte. Jeder von uns steckte in seiner eigenen sozialen Krise.

Als ich Fritz darum bat, mir einmal seine Klinik zu zeigen, damit ich auch seine Mitarbeiter kennenlernen könne, lehnte er ab. »Ach nein, ich glaube nicht, daß das gut wäre. Ich möchte da nicht so mit meiner Frau hofhalten.« Er versuchte mich mit dem Spruch, den er auf einem Stammbuch gelesen hatte, in das ein neugeborenes Familienmitglied eingetragen worden war, zu erheitern: »Du sollst sauber und anständig leben und Deine Familie achten. Du sollst Deine Kinder im Geiste des Friedens und des Sozialismus zu allseitig gebildeten, charakterfesten und körperlich gestählten Menschen erziehen.«

Eine unserer Nachbarinnen kannte den »Wessi«, der die Altansprüche auf unser Haus angemeldet hatte, von früher, als er als Kind noch hier gewohnt hatte. »Na, der lebt in so 'ner Stadt im Westen, wo so 'ne Straßenbahn an Schienen hängt und durch 'ne Schemiefirma fährt. Da arbeetet der als Professer.«

Es kam nur eine Stadt und eine Firma in Frage, und mit der hatte Fritz jahrelang gemeinsame Forschungsarbeiten durchgeführt. Der Kontakt war schnell hergestellt.

Der Sachverhalt stellte sich nach einem Telefongespräch mit dem Sohn der ehemaligen Hausbesitzer anders dar, als Wuttkes ihn uns geschildert hatten: Zwanzigtausend Mark wollte der Mann für seine noch lebende Mutter als Wiedergutmachung von Wuttkes haben. Er sei an dem Grundstück oder dem Haus nicht interessiert. Zu »unserem« Anwesen gehörte noch ein Stück Wald und eine große Wiese, hatte er erzählt. Diese Flächen waren im Rahmen der Bodenreform 1947 allen Bauern zugesprochen worden, die diese Grundstücke landwirtschaftlich zu nutzen hatten. Sobald sie diese Maßgabe nicht erfüllten, auch wenn sie zu alt und schwach gewesen waren, mußten sie alles, auch das Haus, das dem Arbeiter- und Bauernstaat gehörte, verlassen, erklärte mir Fritz, ehe ich mit Oskar losfuhr, um Sepp abzuholen – einen Berner Sennenhund.

Obwohl er gegen die Anschaffung eines Hundes gewesen war, bestand Fritz darauf, daß der Hund »Sepp« heißen sollte, hatte ihm eine stattliche Hundehütte mit Namensschild gebaut und ein Buch über Hundeerziehung gelesen. Nun erklärte er mir zum wiederholten Male, daß Sepp ein Rudeltier und ich nun erst einmal das Alphatier sei, und, da das arme Hundekind nun von seinen Spielkameraden und Geschwistern weggeholt worden war, besondere Zuwendung brauche. »Deshalb ist es ganz wichtig, daß er bei uns im Schlafzimmer schläft.«

Darüber hatten wir schon mehrfach gestritten. Das kam überhaupt nicht in Frage, so weit würde meine Tierliebe niemals gehen.

Sepp bekam die alte Auflage eines Gartensessels, die ich ihm in eine Ecke der Diele legte und mit den Gittern von Oskars altem Kinderbett umstellte. Er war schließlich noch nicht stubenrein und sollte sich nicht alleine durch das Haus bewegen. Außerdem sollte er sich an seinen festen Stammplatz gewöhnen. So hatte es auch im Buch gestanden.

Fritz wurde mit seinen Anrufen aus der Klinik lästig. Immer wieder diskutierte er die Frage, wo Sepp schlafen würde: »Luise, der Hund gehört jetzt zur Familie, du kannst dem jungen Tier nicht diesen Streß zumuten und es in einer unbekannten Ecke alleine lassen! Bitte hol' ihn zu dir nach oben.«

»Geh' noch mal runter und sieh nach, wie es Sepp geht, ja?« bat er eine Stunde später. »Und danach nimm' ihn mit nach oben.«

Ich tat es nicht.

Nach Mitternacht, ich konnte nicht einschlafen, hatte andauernd an Sepp denken müssen, trug ich den Hund, der die Treppe noch nicht alleine hinauflaufen konnte, nach oben.

Zwei Stunden lang lag ich angespannt auf dem Rücken. Neben mir hechelte der Hund und untersuchte sein neues Domizil.

»Chächächächächächä ...« Inzwischen roch das Zimmer nach ihm. »Chächächächächä ...«

Um zwei Uhr knipste ich das Licht an. Der Hund freute sich, als würde er nach langer Zeit einen alten Kameraden treffen. Es durfte auf keinen Fall passieren, daß er ins Schlafzimmer ...! So stand ich mitten in der Nacht, die zugegeben lau und sternenklar war, im Nachthemd auf der Wiese, während Sepp spielte.

Um vier Uhr entschloß ich mich, das Schauspiel zu beenden.

»Chächächächächä ...« Ich trug sein kleines Reich aus dem Schlafzimmer und setzte ihn wieder in die Diele. Ich roch nach Hund. Mein Nachthemd, meine Umgebung – worauf hatte ich mich eingelassen?! Übernächtigt stand ich um sechs Uhr auf. In seiner großen Wiedersehensfreude schmierte Sepp seinen endlich gelegten großen Haufen mit dem Schwanz wedelnd an der Wand entlang.

» ... da hatte ich die Idee, daß wir doch alle voneinander lernen können, daß wir uns austauschen und Berührungsängste abbauen sollten«, sprach Fritz am Abend zur Begrüßung der Weststädter Kollegen, die sich fröhlich zu ihren Oststädter Gastgebern an die Tische gesetzt hatten, »wir haben ganz bewußt diese Umgebung hier draußen gewählt, um allen angereisten Gästen und Freunden einen kleinen Einblick in das normale Leben hier zu vermitteln. Also kein Vier-Sterne-Hotel, wie das sonst so üblich ist, sondern Ferienhütten aus alten Zeiten.«

Ich hatte Fritz auf die Idee gebracht, ehemalige Kollegen aus Weststadt hierher einzuladen und ihnen seine neuen Kollegen und die neue Umgebung vorzustellen. Auch seinen ehemaligen Chef hatten wir in einer solchen Waldhütte untergebracht. Durchgelegene Feldbetten, kaltes Wasser und Lampen ohne Schirme war die übliche Ausstattung dieser Kolonie.

»Wir wollten vorhin zum See gehen, aber da war eine Schranke, an der wir Eintritt zahlen sollten!« berichtete Edeltraut, eine Hebamme.

»Ich werde meine Schwester besuchen«, erklärte eine Krankenschwester. »Seit ich damals aus der DDR ausreiste, war unser Verhältnis schon sehr gespannt. Auch heute kommen wir nicht miteinander klar.«

»Mit meinen Verwandten auch nicht«, schloß sich Gudrun an, die zur selben Zeit wie Fritz in der Klinik in Weststadt angefangen hatte, nachdem sie die DDR verlassen hatte. »Es war schon zu damaligen Zeiten so kompliziert. Mein Bruder war hier in der Nähe bei der Armee. In Marxwalde. Dort war der Militärflughafen. Der lebte mit seiner Familie da, aber wir durften ihn nie besuchen kommen. Das war verboten.«

»Marxwalde? Wo ist denn das?« fragte ich.

»Das haben sie nach der Wende wieder umbenannt. Wenn ich Ihnen sage, welcher Ort das ist, werden Sie's nicht glauben. Neuhardenberg!«

Die Tagung wurde zum Erfolg. Tagsüber wurde miteinander gearbeitet, sie zeigten sich Stationen, Kreißsäle, Schreibbüros und Verwaltungseinheiten, alles, was zu den täglichen Arbeitsabläufen gehört. An den Abenden dann geselliges Beisammensein und der Besuch des Kabaretts, das erstklassig deutsch-deutsche Probleme aufgriff – besonders die Besetzung der DDR durch die BRD. Wessis und Ossis amüsierten sich gemeinsam über dieses Thema und versprachen sich am nächsten Tag beim Abschied Freundschaft und Zusammenarbeit. »Ich habe hier einige Dinge gesehen, die ich bei uns auf der Station sofort einführen werde«, strahlte Gudrun, »und im nächsten Jahr kommt Ihr alle zu uns.« Die Sticheleien in der Klinik gegen Fritz hörten auf.

»Also, Frau Hitzig, ich kann mir meine Frau unheimlich gut in so 'nem Ding vorstellen«, schwärmte der Herr aus der Klinikverwaltung, als ich einen Samtbody zurück in meinen Koffer stopfte. »Und so etwas habe ich hier in Oststadt noch nirgendwo gesehen, also werden wir's hier im Klinikum mal damit versuchen. Sagen wir mal ...«, er blätterte in seinem Terminkalender, »ab Montag? Ja? Vor der Caféteria können Sie alles aufbauen und verkaufen. Wollen mal sehen, ob das nicht weggeht wie warme Semmeln.«

»Also, ich kaufe auch bei Ihnen ein!« flüsterte Frau Röschen, die nebenan saß.

So fuhr ich am Montagmorgen vor den Haupteingang der Klinik, schleppte Kleider und Accessoires hinauf und drapierte und dekorierte alle Teile über die Sitzgarnituren aus alten Zeiten.

Eine Dame kam, um mit mir den Text für die Durchsage zu besprechen. Auf den Stationen und in den Patientenzimmern würde sie gehört werden und alle Mitarbeiterinnen und gehfähigen Patientinnen würden sicherlich gelaufen kommen, um mir diese tollen Kleider abzukaufen, versicherte sie.

Die Verwaltungsdame kam wenig später mit geröteten Wangen zurück: »Also, das war ja vielleicht schwierig«, begann sie.

»Wieso?«

»Na, lassen Sie mal ›Mode und Accessoires aus Frankreich und Italien‹ von einem Sachsen sprechen!« Entnervt schüttelte sie den Kopf. »Der hat geübt und geübt, aber ›Accessoire‹ kann der nich' sprechen.«

»Hoide verkoofen wa vor der Gaffederria Moudä und Azzeswars aous Wrangreisch und Idalschn.«

»Ja, und? Was ist daraus geworden? Warum mußte es denn überhaupt der Sachse sprechen?«

»Na, wir haben dann ›Zubehör‹ genommen«, sagte sie etwas unsicher.

Fritz kam und nahm ein Abendkleid vom Sofa, als zwei Krankenschwestern an meinem dekorierten Couchtisch vorbeiflanierten. »Phantastisch!« schwärmte er betont laut und zwinkerte mir zu. »Das Kleid ist ja ganz großartig!«

Die Schwestern drehten sich nach ihm um. »Also, ich bin sicher, Sie werden hier auch etwas Passendes finden«, sprach er sie an.

Ich wußte nicht so recht, ob die beiden bei ihrer Leibesfülle noch in die »All-size-Röcke« passen würden.

Unbeeindruckt gingen die zwei weiter.

Fritz nutzte die Gelegenheit, mir mehr Unternehmergeist einzubläuen: »Du müßtest vielleicht mehr mit den Leuten reden, Lu, auf sie zugehen und ihnen sagen, wie gut ihnen solche Sachen stehen.«

Kaum war er verschwunden, hörte ich auf dem Gang Schritte. Vier Frauen in ihren weißen und hellblauen Arbeitsanzügen kamen lachend auf meine Auslagen zu.

»Ha, kiek mal, dit is die Mode aus Frankreich, die dir noch fehlt, Mischelle!« rief eine von ihnen, die das alles anscheinend für urkomisch hielt und einen schwarzen Abendrock von einem Ständer riß. Sie hielt ihn sich an die Hüften und schrie vor Vergnügen: »Oh là là, Madame, dit is der Fummel, für wenn de bei Prinz Scharls einjelad'n wirst!«

Sie schüttelten sich vor Lachen.

»Ja, und kiek ma, hier!« kramte die Dickste von ihnen die cremefarbenen Blusen und Kostüme durch, »Mit die Dinga jehn wa inne Stadt flaniern, wa?!« Sie klatschte sich mit ihren Händen auf die nachhaltig vibrierenden Schenkel.

Während ich still auf meinem Platz saß und das Schauspiel beobachtete, warf sie mir mit gekonnter Eleganz eine der leichten Blusen auf den Tisch: »Globen Se wirklich, daß Se hier sowat loswerden?«

»Warum nicht?« fragte ich.

»Wer soll denn dit tragen?« schaltete sich eine andere ein, während Michele den Schmuck durchwühlte und verächtlich auf den Tisch zurückwarf.

»Na, einer etwas schlankeren Frau steht das«, sagte ich vorsichtig.

»Janz jenau, janz schlank müssen wa noch werdn, wa?!«

»Komm, Mischelle, wir jehn.«

»Nee, laß mal weiterkieken. Sowat jibt's nehmlich nich' alle Tage hier in Oststadt. Wir koofen nehmlich allet in Polen, weil die Klamotten da viel billiger sind, als wie dit Zeug hier.«

»Lu, sei nicht traurig. Die haben hier eben keinen Sinn für solche Sachen. Sieh dir doch mal an, was für Freizeitkleidung getragen wird.«

Nach und nach saßen mehrere Ärzte, die eigentlich zum Essen gehen wollten, neben mir auf dem Sofa.

»Ich bewundere Sie«, sagte Herr Radecki, »Sie sind eine Frau, die Mut hat und das Leben anpackt.«

Bis zum Nachmittag hatte ich ein Paar Ohrringe verkauft, so daß ich am nächsten Tag aus reinem Selbsterhaltungstrieb zu Hause blieb. Immerhin hatte Fritz Sepp dafür gelobt, daß er im Wohnzimmer auf Anhieb das Kommando »Sitz« ausgeführt hatte.

Der Hund fraß auch Katzenfutter, um die Katzen für sich zu gewinnen. Er wollte sich anpassen. Sie wollten ihn aber nicht, rächten den Verlust ihres Futters, indem sie auf seiner Decke eindeutige Spuren hinterließen.

Fritz hatte mit ihm einen Spaziergang zur Klinik gemacht, und als er mit Sepp durch das Verwaltungsgebäude zu seinem Dienstzimmer ging, war er der Klinikleitung begegnet. Am nächsten Tag kam ein Rundschreiben, daß Tiere auf dem Klinikgelände nichts zu suchen hätten.

Oskar rief Bea und Rudi an, um von unseren drei pommerschen Landgänsen, den beiden Perlhühnern, den zehn Legehennen und ihrem Hahn und dem Heidschnuckenbock mit seinen sechs Weibchen und zwei Lämmern zu berichten. Wir hatten uns einen langgehegten Traum erfüllt.

»Ich stelle mir gerade vor, wie du mit Gummistiefeln und Eimern in beiden Händen deine Schafe füttern gehst«, blieb Bea am Telefon ein bißchen verständnislos.

Täglich schien die Sonne, unser Leben spielte sich fast ausschließlich draußen ab. Die Heidschnucken hatten das hohe Gras nach zwei Wochen so kurz gefressen, daß Fritz und Oskar nachmittags die Straßenränder der Umgebung abmähten, um für Futter zu sorgen.

Wir lernten unsere neuen Nachbarn kennen – Lisa, Reinhard und Florian Sommer. Sie waren in unserem Alter.

»Wir sind so glücklich, daß es so gekommen ist, ich bin zwar arbeitslos gewesen, aber alles hat sich gefunden. Und jetzt können wir uns sogar ein Haus bauen – davon haben wir früher nicht einmal geträumt.«

In der Schule habe ihr Sohn noch auf den Gruß des Lehrers »Für Frieden und Sozialismus seid bereit!« mit der Hand über dem Kopf geantwortet »Immer bereit!« und heute müßten sie darüber lachen. »Obwohl das damals schon so lächerlich war, aber man hat das halt mitgemacht. Das war wirklich alles einfach unmöglich! Das wurde zwar nicht *immer* gemacht, aber zum Fahnenappell bei bestimmten Anlässen, zum Schuljahresbeginn beispielsweise, oder am 1. Mai oder 7. Oktober.« Schüler ab der vierten Klasse seien in Pionierkleidung und mit einem roten Halstuch zur Schule gegangen.

»Das hätte jetzt Ihrem Oskar geblüht. Ab der achten Klasse dann der Eintritt in die FDJ, als Zeichen ein blaues Hemd mit dem Emblem am Ärmel.« Bald würden sie einziehen, dann wollten wir uns treffen und ausführlichst plaudern.

»Luise, ich soll dir von Herrn Wilpert, einem meiner Assistenten, einen schönen Gruß bestellen.«

Wir gruben gerade gemeinsam eine massive Holztür, die Wuttkes als Unterlage für ihren Misthaufen benutzt hatten, aus. Fritz wollte den Heidschnucken unbedingt einen Unterstand bieten, und dazu die Tür auf zwei senkrecht stehende Paletten legen.

»Danke«, sagte ich und sank knöcheltief im Stallmist ein.

»Er hat sich darüber beklagt, daß du das Auto manchmal auf der Straße parkst. Dadurch würdest du den fließenden Verkehr behindern. Er sei es gewohnt, zügig durch unseren Ort zu fahren.« Fritz schaufelte emsig den Mist zur Seite.

»Er hat gesagt, daß er vorgestern in der Dreißigerzone hinter dir herfahren mußte. Und weil ihm das zu langsam war, ...«

»Hat er mich überholt und ist vor dem Kreisel links abgebogen, statt die Runde zu fahren. Er fährt einen roten Sportwagen, oder?!«

»Könnte sein, aber …«

»Solange kein Parkverbotsschild auf unserer Straße steht, werde ich so parken, wie es erlaubt ist. Schönen Gruß zurück.«

»Der Mist ist ganz toll, den können wir unter die Erdbeeren …«

»…heben. Guten Appetit.«

Endlich hatten wir die Tür freigelegt. Sie stank, war schwer und der flüssige Mist tropfte herunter.

»So, Lu, jetzt tragen wir sie zum Gehege«, freute Fritz sich, »nun guck nicht so, das gehört zum Landleben dazu!«

»Manchmal frage ich mich, ob ich noch normal bin«, keuchte ich, »so schwer habe ich mir das Ding nicht vorgestellt.«

»Ich auch nicht, aber wir schaffen das schon.« Gnadenlos schob Fritz die Tür hinter mir her, bis wir bei den Paletten angekommen waren, die noch am Boden lagen.

»Ich kann nicht mehr. Wir können doch diese schwere Tür nicht alleine anheben … Wie soll das überhaupt halten?!«

»Das stabilisiert sich von alleine, sobald die Tür oben ist. Wir stellen die Seitenwände auf, du die eine, ich die hier, … und dann schieben wir die Tür drauf. … Und schon ist der Unterstand fertig.«

Voller Zuversicht drückte er mir die Palette in die Hand. Wir ächzten und kämpften gleichzeitig mit den wackelnden Teilen und der Tür. Irgendwie schafften wir es.

»Du meinst, daß das hält?« fragte ich vorsichtig, um ihn nicht zu entmutigen. Fritz tarierte das Bauwerk aus. Er schob mal die linke, mal die rechte Palette ein bißchen zur Mitte und somit den gesamten Unterstand hin und her.

»Ach, das geht schon. Gut, nicht?! – Na, vielleicht ist es doch eher ein Provisorium …« lächelte er verlegen.

»Nicht, daß die Tiere erschlagen werden, falls sie die Bretterbude überhaupt als das annehmen, was du …«

Am Tor wartete Oskar ungeduldig auf seinen ersten Besuch aus der Klasse: »Schacklien wird gleich von ihrer Mutter hergebracht!«

Jaqueline war wenig später von ihrer Mutter draußen am Gartenzaun abgestellt worden. Die beiden spielten im Garten, saßen bei den Tieren und amüsierten sich. Sie kamen aus dem Nebengebäude, in dem Kalles Werkzeuge unberührt herumstanden. Er hatte sich seit Wochen nicht mehr blicken lassen, obwohl sich der Stall noch immer nicht in einen Laden verwandelt hatte.

»Mami, ich werde später Bauer. Und Schacklien wird auch Bauer.«

»Bäuerin.«

»Ja. Und dann bauen wir unser Haus auf das Grundstück neben euch. Und ich mähe bei euch den Rasen, wenn ihr alt seid.«

Er war glücklich. Er öffnete beide Arme weit, drehte sich zu den Tieren und schmetterte »Schacklien gefällt es hier draußen, sie liebt die Weite des Landes!«

»In der Garage haben wir uns geküßt.«

Beeindruckt nickte ich.

Inzwischen führte ich Selbstgespräche. Ich diskutierte Erlebnisse mit mir durch, wiederholte Dialoge, die ich bei meinen Einkaufstouren geführt hatte, korrigierte nachträglich meine Antworten. Ich wollte schlagfertiger auf manche Anspielung reagieren können.

Anne und ich telefonierten regelmäßig miteinander. Sobald ich den Abwasch gemacht, die Zimmer aufgeräumt und gesaugt hatte und mich mit einer Tasse Kaffee in den Garten setzen konnte, quälte mich mein schlechtes Gewissen. Ich lief eher unruhig auf und ab, als ein Buch zu lesen oder eine Radtour zu machen, weil ich die Freizeit nicht ertragen konnte. Die vielen notwendigen Renovierungs- und Verbesserungsarbeiten im Haus drängten mich täglich, aber solange die Mietsituation nicht geklärt worden war, wollten wir keinen Pfennig investieren.

Die Einkäufe waren zeitaufwendig. Das einzige Kaufhaus der Stadt war ein Kramladen, in dem man bei schlechter Beleuchtung und ebensolcher Bedienung an veralteten Verkaufstischen nur Tinnef und geschmackloses Zeug bekam. Es sollte sowieso bald geschlossen werden.

Eines Tages standen Fritz und ich in einem Supermarkt vor dem Kühlregal und suchten Joghurts aus. Er brauchte für die Nachtdienste in der Klinik Zwischenmahlzeiten und wünschte sich Aprikosenjoghurts, die wir unter den Bechern mit Kirschgeschmack hervorholten.

»Können Se dit nich' von oben nehmen!«

»Meinen Sie mich?« verstört sah ich die kahlgeschorene Verkäuferin an, der zwei übriggebliebene schüttere Strähnen um die Ohren wehten: »Ja! Sie sollen die Ware von oben nehmen!«

»Ich möchte aber keinen Kirschjoghurt kaufen.«

»Aber zuerst müssen die von oben weg! Immer dieset Jekrame da!« schimpfte sie.

An der Kasse traf Fritz eine Dame, mit deren Ehemann er manchmal über den Alten Fritz oder den Zweiten Weltkrieg philosophierte.

»Ich empfinde das alles hier nicht so schlimm«, sagte sie, als Fritz das eben Erlebte zum Besten gegeben hatte, »Frau Hitzig, kommen Sie doch einfach mal zu unserem Lesekreis. Wir sind mehrere Damen der Gesellschaft, die zur Zeit gemeinsam das Matthäus-Evangelium lesen. Wir treffen uns einmal wöchentlich.«

»Oh, äh, das ist aber nett«, stammelte ich, »aber mir fehlt die notwendige Reife für solchen Stoff. Bitte nehmen Sie mir das nicht übel, ich bin so ausgelastet mit unserem Haus und meinem Sohn.«

Vor unserer Haustür warteten zwei junge Männer mit glasigen Blicken. Kalle, der unseren Stall umbauen sollte, hätte es beim Autofahren nicht ertragen können, als letzter in einer Kolonne zu fahren, erzählten sie uns. Beim Überholen seiner Kollegen sei er gegen einen Alleebaum gefahren. Die Baumaschine, die er auf der Rückbank transportiert hatte, war durch den Aufprall nach vorne geflogen und hatte ihm das Genick gebrochen.

Durch unseren kleinen Ort, der noch bei unserem Einzug so ruhig und idyllisch gelegen war, fuhren laut Verkehrszählung täglich bis zu viertausendfünfhundert Autos, manche schneller als hundert Stundenkilometer. Brandenburg lag inzwischen weit oben in der europäischen Unfallstatistik.

Fritz hatte mehrmals keine Antwort auf unsere Einladung bekommen, aber dann hatte Herr Abraham zugesagt. Schließlich waren er und seine Frau die ersten und einzigen Menschen gewesen, die Fritz einmal eingeladen hatten, als er noch alleine hier in Oststadt gewohnt hatte. Auch die beiden Gästehaus-Bewohner, Radecki und Rubayi, hatten überglücklich zugesagt. Sie litten nämlich zunehmend unter Problemen mit ihrem Herd. Das alte Ding mußte morgens, ehe sie zum Dienst gingen, angeschaltet werden. Tagsüber erwärmte er sich langsam und ohne Sicherheitsrisiko bis zur kochfähigen Phase am Abend. Rubayi kochte dann abends für beide – fast immer Lammragout.

Als Vorspeise gab es Tomaten mit Mozzarella und frischem Basilikum, das endlich in einer Ecke unseres Gartens wuchs. Früher hätte ich meine Freude darüber als albern empfunden. Als Hauptgericht sollte es ein gekräutertes Roastbeef mit gemischtem Salat geben und zum Nachtisch Vanilleeis mit Früchten. Der Tisch war mit Blütenblättern und einer Schale mit bunten Schwimmkerzen geschmückt. Ich freute mich auf diesen Abend mit netten Menschen.

Herr und Frau Abraham kamen überaus pünktlich – statt um halb acht standen sie um sieben Uhr an der Tür. Sie entsprachen nicht so recht Fritzens Beschreibung. Herr Abraham war zurückhaltend, seine Frau wirkte schon bei der Begrüßung schlecht gelaunt und streckte mir eher widerwillig die Hand entgegen. Sie schenkten uns einen Tonvogel auf einem Stab, den man an einer windigen Stelle des Gartens aufstellen sollte, weil er dann mit den Flügeln schlagen würde. Frau Abraham hatte das Gerät selbst gebastelt – anscheinend auch ihre Hose, die am Bund mit einer Art Wäscheleine zusammengehalten wurde.

Sie hatte rotgefärbtes Haar und ihr vollbärtiger Mann schlurfte in Gesundheitslatschen neben ihr durch den Garten. Es war sehr windig, deshalb hatte ich mich nicht darauf eingestellt, daß man sich draußen hinsetzen würde, aber sie wollten die Abendsonne genießen. Hilfsbereit boten sie mir Kontakte zu Spinn- und Klöppelgruppen an.

Herr Rubayi erschien mit orientalischer Gelassenheit und vierzig Minuten Verspätung. Er hatte den Auftrag, Herrn Radecki zu entschuldigen. Inzwischen war ich durchgefroren, der Wind war durch meinen Sommeranzug gepfiffen, während Frau Abraham unermüdlich die großen Freiheiten der DDR gepriesen hatte. Die Vorspeise schwamm immer schlapper im Öl.

Herr Rubayi drückte lange meine Hand, blickte mir fest in die Augen und überreichte einen Strauß zwanzig knackiger Baccara-Rosen, wozu Fritz über das ganze Gesicht strahlte.

Zur Vorspeise befaßte sich Frau Abraham abermals eingehend mit den Problemen der neuen Bundesländer. Schließlich, so sagte sie, seien sie von uns Wessis vereinnahmt worden, der Fall der Mauer hätte in ihnen, den Ost-Bewohnern, die Hoffnung auf einen Sozialismus ohne Grenze zum Westen bedeutet. In ihren Augen hätte das prima klappen können, schließlich hätten sie ja alles gehabt und von uns nichts gebraucht.

»Wir müssen den Solidaritätszuschlag auch zahlen! Den schenkt uns niemand! Und deshalb bedanke ich mich nicht!«

Sie bestritt die Unterhaltung alleine. Ihrem Mann war das sichtlich peinlich. Er versuchte, das Gespräch auf Oskars unverfänglichen Heuschnupfen zu lenken, aber sie schimpfte gerade über die Leitung ihrer Arbeitsstätte, die jeden einzelnen der Belegschaft zu strengster Geheimhaltung seines neuen Gehalts ermahnt hatte. Das hätte es vor der Wende nicht gegeben, daß sie nicht gewußt hätte, wieviel ihre Kolleginnen verdienten. Da wäre das alles einheitlich und übersichtlich gewesen! Mit verächtlicher Miene stocherte sie im Roastbeef herum.

Herr und Frau Abraham waren bei der Verabschiedung vollkommen erschöpft.

»Du bist ganz toll, Luise«, sagte Herr Rubayi. Fritz sah ihn überrascht an.

Die Flügel des Tonvogels flatterten nicht einmal bei einem Sturm.

Beim Zuziehen der Schlafzimmervorhänge sah ich, daß im Fenster gegenüber eine Lampe an- und ausgeschaltet wurde. Immer wieder. Es war das Zimmerfenster von Kevin, in dem eine schwarzrot-goldene Fahne hing. Er beleuchtete sie für uns. Als ich mich ins Bett legte, konnte ich nicht mehr sagen, ob es das alte oder neue Modell der Fahne gewesen war.

»Wir heißen Gustow, kommen Se mal rin«, sprach uns ein Mann im Nachbarort an, der gerade mit seiner Frau im Garten stand, als wir Sepp ausführten. Ihr Rottweiler sprang gefährlich am Tor hoch und fletschte die Zähne. Sie bewirteten uns mit einer Art Malzbier, das, wie sie sagten, in einem nahegelegenen Kloster gebraut wurde: »Se sind die Wessis, wa? Ham wa ja allet schon jewußt«, sagte er. »Ham Se sich schon einjelebt?«

Mit Begeisterung antwortete ich, wie schön es hier sei. Diese Natur ... Nein, das Haus sei innen noch nicht so, wie wir uns das vorstellen würden, die Küche, nein, leider hätten wir auch noch keine Spülmaschine.

»Also, wir brauchen ja so wat nich', 'ne Spülmaschine, wa, Marja?!« grinste er seine Frau an, die nicht ganz seiner Meinung zu sein schien.

»Bei Ihnen is' dit wat anderes: Sie essen von Tellern, wir jenerell von Brettern. Außa Suppe«, erklärte er zufrieden. »Aba Ansprüche ham Sie nich', ne? So wie die ehemalijen Junker da, wie heißen die denn noch, Marja? Na, so von den Socken, von der Stange, von Wegen ...«

»Na, denn werd'n wa uns ab jetßt ja öfta seh'n, wa?« unterbrach ihn seine Frau und stand auf.

»Der eene hat für de Kirche in seinem Dorf neue Glocken anjeschafft. Nu' is der häppi, daß die wieda bimmeln.«

»Na, die Leute im Dorf aba ooch, Karl, so kann'ste dit nich' sagen.«

»Aba wat die hier alle wieda wollen, wa? Ham dit doch so schön jehabt, da drüben. Hat dit nich' jereicht?«

Nachdem sie uns durch ihren Garten geführt hatten, beschenkten sie uns mit Aprikosen und Petersiliensträußen.

»Wir brauchen dit Obst nich' mehr. Dit koofen wa jeßt bei Aldi. Früher ham wa uns um die Äppel oda die Flaumen gekloppt –

weeste noch, Marja?! Aba heute muß man sich die Mühe nich' mehr machn, wo man dit Zeuch in Dosen koofen kann.«

»Wir haben uns schon darüber gewundert, daß niemand diese wunderbaren Früchte aufhebt. Ich habe neulich mit Oskar einen ganzen Wäschekorb voller Pflaumen aufgelesen. Das ist ein absoluter Knüller!«

»Vor der Wende jab's ooch schon Obst in Dosen«, korrigierte Frau Gustow ,»im Russenmagazin – weeste dit nich' mehr? Die Russen hatten 'nen kleenen Laden, wo's ne janze Menge zu koofen jab, wat wa sonst nich' jekricht ham. Radeberger Bier, saure Sahne und so. Manchmal, wenn man kam, hat die sich jebückt und unterm Tresen 'ne Tüte vorjeholt. Dann hat man dit beßahlt, obwohl man nich' wußte, wat drin war. – Na, mal 'ne Dose Pfirsiche oda Ananas ...«

»So'n Köter is' schon janß jut hier draußen«, erklärte Herr Gustow, den die nackte Angst in meinen Augen amüsierte, »außadem killt der jede von die Ratten, die hier nachts rumloofen.«

»Ratten?! Sind die auf allen Grundstücken?«

»Klar. Aber die eene, die sich ßu uns verläuft, liecht morgens zerbissen uff unserer Fußmatte. Neulich hat er sich die Schnauze an 'nem Ijel blutich jebissen. Aber der war hin!« strahlte er anerkennend.

»Aba eenß kann ick Ihn'n noch ßum Abschluß sag'n«, kicherte Frau Gustow vertraulich, »meen Alta fährt aus Übaßeugung Trabbi und uff'n Westauto steicht der niemals im Lehm um. Der is' nehmlich wendejeschedicht.«

»Stimmt ja ooch. Nehmse nur die Polleßei! Lächerlich ist doch dit. Keene Jesetze mehr, dit is die Freiheit. Daß man sich abends nich mehr alleene auf de Straße traut. Dieser Arsch da, wie heißt Euer Kanzla da im West'n? Der hat uns hier noch jefehlt jehabt. Wir ham ja ooch jewußt, wo die Terroristen waren, die bei Euch verfolcht wurden«, schob er noch vielsagend hinterher. »Hier janß inne Nähe sind die untajekommen, wenn Se nach die Attentate bei Euch verschwinden mußten. Wir ham dit ja jewußt ...«

»Wissen Sie, die janzen neuen Lebensmittel, die man jetzt so koofen kann, schmecken aber ooch nich alle«, schüttelte Frau Lebek den Kopf, als ich sie und ihre Familie am Wochenende zum Grillen einlud, »neulich habe ick mal Mozzarella mitjebracht. Der sieht im Fernsehen immer so lecker aus. Na, was meinen Sie, wie mein Mann das Gesicht verzogen hat, als er sich den auf die Stulle legt und reinbeißt. – Nach nischt schmeckt der! –

Also ist gut, ich werde mit Mändi rüberkommen. Mein Mann ist für solche Einladungen nicht zu haben und unser Junge auch nicht.«

Wir waren eine nette Runde. Bergmanns und Fröhlichs von gegenüber hatten keine Zeit, Frau Lebek mit Mändi, Reinhard, Lisa und Florian Sommer, Melanie, Norbert und Gernot Wedell, die ihre Doppelhaushälften inzwischen bezogen hatten – alle hatten beste Laune und Appetit. Selbstverständlich stand auch eine Schale mit Tomaten und Mozzarella bereit.

Nach dem Essen gingen die Kinder zu den Heidschnucken, Frau Lebek nach Hause und der Rest zum »Du« über.

»Macht Ihr in diesem Jahr noch Urlaub?« fragte Melanie und lehnte sich zurück.

»Eigentlich wollten wir Fritzens Fünfzigsten in Portugal feiern, um seiner Familie zu entrinnen«, lächelte ich, »aber zu dem Zeitpunkt sind leider keine Ferien, so daß wir nicht fahren können.«

Lisa und Melanie sahen sich an.

»Ejh, wißt Ihr eigentlich, daß Ihr ganz liebe Nachbarn habt?« Melanie schüttelte den Kopf. »Ist doch klar, daß Oskar zu uns kommt, oder Lisa? Eene Woche zu Euch, die andere zu uns!«

»Klar. Ist überhaupt kein Thema – Ihr fliegt nach Portu ...«

»Maaamiiiii! Maaamiiii! Ich bin vom Baum gefallän! Mein Aaarm! Maaaamiiii!«

»Geht das schon wieder los!« schüttelte Fritz den Kopf. »Oskar hat in letzter Zeit andauernd irgendwo Schmerzen, mal im Bauch, mal im Kopf, er wird immer wehleidiger.«

»Stimmt«, bestätigte ich, obwohl mir sein Schreien durch und durch ging, »aber ...«

»Heute bleiben wir bei dem, was wir uns vorgenommen haben, Luise, wir reagieren nicht darauf.«

»Aber der schreit ziemlich echt«, meinte Lisa, während Oskar immer näher und lauter zu uns kam.

»Ja, ja, das hat er drauf.«

»Maaaammmiiiiiii! Das tut so weh!« Er stand vor mir und hielt sich den linken Ellenbogen. Krebsrot im Gesicht, die Tränen liefen ihm über das verschmierte Gesicht.

»Zeig' mal.«

»Wenn ich die Bewegung mache, dann tut es noch mehr weh!«

»Dann mach' sie halt nicht« lächelte ich ihn an.

Melanie schüttelte ungläubig den Kopf.

»Luise, er weint aber ziemlich echt!«

Fritz untersuchte den Arm. »Er kann ihn bewegen – schmerzhaft zwar, aber das Gelenk ist frei.«

»Ist bestimmt bald wieder gut«, sagte ich. »Komm, ich mache dir eine Eispackung. Das hilft bestimmt.«

Die Frauen sahen uns zweifelnd hinterher, die Männer grinsten. Ich holte die Packung und legte Oskar auf das Sofa im Wohnzimmer.

»Komm, hör auf, Oskar. Du hast in der letzten Zeit oft geheult und dann war nichts. Papi hat das ganz richtig gesehen. Jetzt kühlen wir den Arm. Wenn ich in ein paar Minuten nach dir sehe, dann lachst du bestimmt wieder.«

Ich setzte mich zu den anderen, denen Fritz gerade erklärte, wie man mit Hypochondern umgehen müsse.

»Das ist jetzt ein ganz entscheidender Punkt. Wenn wir immer auf seine Leiden eingehen, wickelt er uns demnächst mit allen möglichen Krankheiten ein.«

»Er hat aber wirklich sehr herzzerreißend geweint«, wandte Reinhard ein.

»Florian hat das zeitweise auch so durchgezogen. Erinnere dich mal«, gab Lisa zurück.

Innerlich war ich unruhig, konnte es aber nicht zugeben. Nach einigen Minuten ging ich ins Haus, um nach Oskar zu sehen.

»Fritz, ich fahre mit ihm in die Klinik« sagte ich wenig später, den heulenden Oskar neben mir.

»Gut, Luise, ich kündige euch in der Ersten Hilfe an. Aber ich kann mir nicht vorstellen, daß ...«

Zwei Stunden später präsentierte Oskar unseren Gästen stolz seinen Gips, während Fritz und ich ziemlich still in der Runde saßen.

»Jedenfalls habt Ihr nun den richtigen Eindruck von uns bekommen«, versuchte ich eine zaghafte Erklärung.

Fritz kaute an seiner Pfeife. »Ausgerechnet dann, wenn er wirklich mal was hat, bleiben wir konsequent.«

Gemeinsame Sprache

Herr Zeitschel war Geschäftsführer des Therapiezentrums, mit dem ich schon von Weststadt aus wegen einer Stelle telefoniert hatte. Damals hatte er hocherfreut und dringend um meine Unterlagen gebeten, weil sie jemanden einstellen wollten. Ich hatte seitdem nichts mehr von ihm gehört.

»Ich wollte nachfragen, wann ich bei Ihnen mit der Arbeit anfangen soll, nachdem ich Ihnen vor einem guten halben Jahr so schnell wie möglich meine Unterlagen schicken sollte«, witzelte ich am Telefon: »Ach, Herr Zeitschel, fassen Sie es nicht persönlich auf«, schob ich hinterher, weil er nicht reagierte, »aber vielleicht könnten Sie mir die Papiere zurückschicken?«

»Also Frau Hitzig, wir würden Sie sehr gerne kennenlernen und das möglichst schon morgen.«

Das Gebäude war zum Teil eine Baustelle, so daß ich nur über Umwege zum Ziel gelangte und fünf Minuten zu spät kam.

Die Hosenbeine klebten naß an mir, den tropfenden Schirm in der Hand, mit vermutlich verlaufenem Make-up, so meldete ich mich bei einer jungen Frau in Weiß. Durch eine Glaswand sah ich eine Fitnessecke, die von Menschen über Fünfzig benutzt wurde. Ein schmaler Mann kam langsam auf mich zu. Er sah krank aus.

»Zeitschel. Sie warten auf mich, oder?«

»Hitzig, ja, guten Tag! Wir sind miteinander verabredet«, streckte ich ihm meine noch regenfeuchte Hand entgegen. Er erwiderte scheu den Gruß und begann mit mir einen Rundgang durch die Abteilungen. Einzeltherapie – Fango – Massage – Elektro – Fitness – alles war vorhanden.

»Jetzt stelle ich Sie unserem Chef der Physiotherapie vor.«

Ich trug noch immer den klatschnassen Schirm mit mir herum und begann in meinem dicken Anorak zu schwitzen. So lernte ich Herrn Kladow kennen. Die beiden Männer stellten Stühle um eine Behandlungsbank, auf der ich meinen Schirm ablegte.

»Sie möchten also bei uns arbeiten?« übernahm Herr Kladow nun die Gesprächsführung.

»Eigentlich wollte ich meine Unterlagen abholen. Meine Bewerbung hat sich nach der langen Zeit sicherlich erledigt.«

Sie sahen sich verlegen an. Herr Zeitschel schwieg und Herr Kladow rutschte auf seinem Stuhl hin und her.

»Wir sind sehr an Ihrer Mitarbeit interessiert«, sagte er und zog von hinten den Ordner, den ich geschickt hatte, vom Schreibtisch. Die Kaffeeflecken und Eselsohren kommentierte er mit verlegenem Grinsen. »Also, wir haben Ihre Fortbildungsnachweise genau gelesen, sie sind ja umfangreich«, lobte Herr Kladow. »Einige Sachen kenne ich gar nicht. Und darum sind Sie genau die Frau, die hier fehlt, die hier andere Formen der Behandlung einführt und andere Wege aufzeigt. Aber wir fangen ja auch erst richtig an.«

Wir lachten alle etwas gekünstelt.

»Sehen Sie, Frau Hitzig, die Möglichkeiten der zusätzlichen Qualifikationen haben wir erst in den Jahren seit der Wende bekommen. Früher war unsere Ausbildung mehr auf Massagen und Bäder ausgerichtet. Inzwischen haben alle, die hier bei uns arbeiten, Cyriax oder manuelle Therapie gelernt«, erklärte Herr Zeitschel nicht ohne Stolz.

»Es ist doch so, daß wir hier alle eine gemeinsame Sprache sprechen müssen«, pflichtete Herr Kladow seinem Kollegen bei. »Ich habe gesehen, daß Sie noch keine Weiterbildung in den Methoden nach Cyriax oder manueller Therapie gemacht haben. Das wäre uns aber sehr wichtig, weil alle aus unserem Kollektiv diese Kurse besucht haben.«

Ich mußte das erst einmal ordnen, ehe ich antworten konnte.

»Die Belege über die Grundkurse dieser Behandlungsmethoden sind im Ordner. Aber ich arbeite lieber mit anderen Therapien.«

Er nickte und öffnete den Mund, aber ich redete weiter: »Immerhin habe ich hineingeschnuppert, so daß man mir nicht sagen kann, daß ich nicht weiß, worum es geht.«

»Ja, schon, aber es geht uns darum, daß wir hier alle eine Sprache sprechen müssen. Wir wollten Ihnen vorschlagen, daß Sie erst einmal anfangen. Sie bauen sich Ihren eigenen Patientenstamm auf, wobei wir selbstverständlich behilflich sind, und dann besuchen Sie die Kurse, die Ihnen noch fehlen.«

»Ja«, nickte Herr Zeitschel zufrieden, »dann sprechen wir hier alle eine Sprache.«

»Mir fehlen aber keine Kurse, ich möchte niemanden nach Cyriax behandeln. Ich spreche doch ›Ihre Sprache‹, wie Sie sagen. Ich spreche Deutsch.«

Beide schwiegen. Herr Zeitschel verschränkte die Arme vor der Brust, Herr Kladow lehnte sich auf die Liege, und ich war von meinen Worten selbst überrascht.

»Aber hier haben sich alle Mitarbeiterinnen an diesen Methoden orientiert. Einige machen gerade diese Ausbildung. Warum wehren Sie sich so dagegen?«

»Das kann ich Ihnen ganz genau erklären. Aus den Unterlagen wissen Sie, wie oft ich mich niedergelassen und von vorne angefangen habe. Ich habe meine Spezialisierung gefunden und erfolgreich gearbeitet.«

»Sehen Sie mal, Sie kommen doch aus dem Westen? Da müßten Sie sich hier schon an unser Kollektiv anpassen, hier wird eben nach diesen Methoden gearbeitet. Das sind ja auch die Kurse, die man im Westen lernt«, trumpfte er auf.

»Aber nicht für Atemwegserkrankungen. Nee, also daraus wird nichts«, lächelte ich beide an.

Weil sie nichts sagten, überraschte ich sie mit der Gehaltsfrage.

»Zweitausendfünfhundert«, sagte Herr Zeitschel und schaute an die Decke.

»Netto?«

»Nee, brutto natürlich.«

»Halbtags«, sagte ich monoton.

»Vierzig Stunden, inklusive der beiden Gruppen, die zweimal pro Woche um zwanzig Uhr kommen.«

Ich runzelte die Stirn.

»Also mehr ist nun wirklich nicht drin«, schaltete sich Herr Kladow ein. »Vielleicht, wenn Sie die Kurse hinter sich haben. Dann wären Sie ja auf einem ähnlichen Stand wie unser Kollektiv.«

Ich nahm meinen Schirm aus der Wasserlache und stand auf. Herr Zeitschel begleitete mich zum Ausgang. »Also, wir wären wirklich sehr an Ihnen interessiert«, brachte er etwas heiser hervor.

Oskar präsentierte sechs Gold-, acht Silber- und drei Bronzemedaillen mit der Aufschrift ›Schulspartakiade‹ und dem Arbeiter- und Bauernemblem.

»Was ist das denn?!«

»Wertvolle Preise. Die haben die hier früher andauernd gewonnen. Weil ich nicht beim Sport mitmachen kann, mußte ich den Müllbeutel mit den Medaillen wegbringen. Aber ich hab' die rausgenommen und mit ein paar Kumpels geteilt.«

»Wie war's denn sonst?«

»Och, janz jut. Ich freunde mich jetzt mit Frank Müller an. Weil sein Vater der Rektor ist, hat der auch keine Freunde in der Klasse. Du – der kann einen Knoten mit der Zunge aufmachen.«

»Wie geht das denn? Hat er es dir gezeigt?«

»Er hat mit den Fingern einen Knoten in den Bindfaden gemacht. Dann hat er ihn sich um die Zunge gelegt, …« er begann zu kichern, »… dann hat er aus Versehen den Faden verschluckt. Aber wir sind in der Pause zu seinem Vater gegangen. Der hat mir dann gezeigt, wie das geht.«

Ich lud Gustows zum Abendessen ein. Schließlich wünschte sich Marga, daß ich einmal für sie kochte, nachdem ich ihr lang und breit meine Vorstellungen von guter Küche erläutert hatte.

»Was soll's denn geben?« fragte ich Fritz etwas ratlos. Er glaubte nämlich, daß Gustows nicht gerade zu den Gourmets zählten. »Auf keinen Fall drei Gänge! Irgendetwas halt. Zünftig und gemütlich.«

»Aber ich habe Marga schon von unseren schönen Essen erzählt, und sicherlich erwarten sie nun etwas in der Richtung. Das können wir nicht machen. Außerdem wissen sie, daß wir den Bock geschlachtet haben. Du hast ihnen selbst erzählt, daß Heidschnukkenfleisch so phantastisch schmeckt. Sie denken, daß wir eine Keule machen.«

»Glaub mir, ein normales Essen wird ihnen viel besser gefallen.«

»Ich hab's! Wir machen ein Raclette-Essen!«

Fritz war davon nicht begeistert.

»Meinst du? Das ist doch auch nichts.«

Zunächst einmal kramte ich im Keller das Raclette-Gerät aus den noch nicht ausgepackten Umzugskartons hervor. Alles war komplett.

Mit Salaten und Gemüsen, verschiedenen Brotsorten, Aufschnitt, sauren Gurken, Peperoni, Zwiebeln, Rinderfilet, Hühnerbrust und Partywürstchen kam ich vom Einkauf zurück. Ich war mir sicher, daß auch für den heiklen Karl etwas Schmackhaftes auf dem Tisch stehen würde. Marga hatte oft darüber geklagt, daß er ihre neuen Rezepte aus dem Westen regelrecht boykottierte.

Der Tisch war übervoll mit all den Zutaten, sogar Raclette-Käse hatte ich bekommen.

»Ist natürlich viel zuviel«, lobte Fritz.

Als ich die Kerzen auf der Fensterbank anzündete, sah ich zwei Gestalten auf dem Weg zu uns. »Sie kommen!«

»Nicht zu gut anziehen, ganz normal bleiben«, hatte Fritz geraten. Wir hatten uns für Jeans und Pullover entschieden. Als wir die Tür öffneten, sprang Sepp mit einem Knochen im Maul herein.

Karl strahlte über sein rundes Gesicht. Er war frisch gebadet und glänzte. Marga sah nichts durch ihre beschlagene Brille und tastete sich mit ausgestreckten Armen auf uns zu.

»Hier ham wa euch ooch wat mitjebracht. Außn Jarten die letßtn Blumen. Und hier is'n Suppenhuhn, selbstjeschlachtet. Und hier haste och noch ßehn Eia.«

»Aber Marga! Das ist doch wirklich nicht nötig. Kommt rein.«

»Na, ßuerßt möcht' ick ma die Jacke außßiehn, wenn's jenehm is.«

Karl hatte ein frisches Hemd an und Marga stand in einem Abendpullover aus schwarzem Polyester mit Silberlurex vor uns. Aus dem Stoffbeutel alter Zeiten brachte sie zwei Paar selbstgehäkelte Hüttenschuhe in rosa-weißem Hahnentrittmuster zum Vorschein, die sie gegen ihre Stiefel tauschten. Erwartungsvoll folgten sie uns zur Wohnzimmertür. Was würden sie wohl sagen?

Im Türrahmen blieben sie stehen: »Wat is'n ditte?« fragte Karl, als er wieder Worte finden konnte.

»Na, wir haben uns gedacht, daß wir mal einen Raclette-Abend machen.«

Gustows sahen gebannt auf den Tisch.

»Na ja, jut, denn woll'n wa mal.« Marga versuchte, ihre Gedanken zu verstecken, rieb beide Hände fest aneinander und steuerte einen Stuhl an. Karl schob sich stumm auf den Stuhl neben mir.

»Bier oder Wein, Karl, was möchtest du trinken?« übernahm Fritz die Organisation.

»Na, wie ick dit so sehe, habta ja Weinjläser jedeckt. Denn trink'n wa ooch Wein.«

Nach unseren Beteuerungen, daß er selbstverständlich auch etwas anderes trinken könnte, erklärte uns Karl, daß er vor der Wende sowieso nur Milch getrunken habe. Die schmeckte jetzt aber nicht mehr, so daß es für ihn seitdem nur noch eine bestimmte regionale Schwarzbiersorte gäbe. Aber heute würde er unseren Wein probieren, weil wir ›Wessis‹ dieses Bier sowieso nicht kaufen würden.

Fritz schenkte Rotwein ein, und wir erhoben die Gläser auf unsere Gäste. Marga runzelte die Augenbrauen: »ßu sauer«, schüttelte sie sich. Karl hatte sein Gesicht verzogen, als hätte er bittersten Zitronensaft geschluckt.

»Schmeckt dir nich, wa?« triumphierte Marga strahlend.

Wir versuchten, ihn zu einem Getränk seiner Wahl zu überreden, aber Karl blieb stur. »Nu' müßta uns dit mit dit Essen noch erklären«, forderte Marga mich auf, »sowat jab's ja früha hier allet nich.«

Zwei Pfännchen für jeden, Zutaten drauf, Käse drüber, ins Gerät stellen, überbacken, fertig.

Wir schalteten das Gerät ein und belegten unsere Pfännchen. Marga grinste entwaffnend breit und Karl wurstelte vor sich hin. Fritz war auch sehr beschäftigt Nur langsam kam ein Gespräch auf. Wir erfuhren, daß diese Informationen über die Machenschaften des Staatssicherheitsdienstes Blödsinn seien.

»Weeste, da wird ein Mist jesendet! Glob'ste wirklich, daßet sowat jejeben hat und sich da keener jewehrt hätte? Die woll'n nur unsern Staat schlechtmachen und denken sich so'n Müll aus.«

Karl war empört, daß ich nicht an das Gute der Stasi glauben wollte.

»Hier war dit vor der Wende so sicher, daß man nachts bedenkenlos rumloofen konnte. Keener hat jeklaut, keener hat 'nen andern umjebracht, dit jab's einfach nich!« unterstützte Marga ihren Mann.

Karl hatte die Brutzelei satt und verlangte nach Butter. Er schmiere sich jetzt lieber eine Stulle, sagte er, ich solle mir keine Sorgen machen, er würde schon satt werden. Marga strahlte schadenfroh und schob ihr Pfännchen unter den Grill.

Karl schmierte nach und nach vier Butterstullen. Seine Ellenbogen lagen weit auf dem Tisch, der Kopf befand sich fast auf dem Teller. Zwischendurch schluckte er angewidert seinen Wein.

Marga's Triumph über Karl's unübersehbares Unbehagen war deutlich. Ich lief in den Keller, um eine zweite Flasche Wein zu holen.

»Ick hatte mir uff 'ne Lammkeule jefreut. Mit Klöße und mit Rotkohl«, erklärte Karl gerade, als ich wieder ins Zimmer kam.

»Ohh ...« Fritz behielt die Fassung.

»Also Karl, wenn ich 'ne Heidschnuckenkeule mache, dann gibt's die mit Kartoffelgratin und einer besonderen Sauce!«

»Nee, fui Deiwel, dit schmeckt doch nich, Mensch! Mit Klöße und Rotkohl daßu muß die sein!« beharrte Karl.

Fritz und ich tranken, nachdem sie gegangen waren, am noch nicht abgeräumten Tisch alten Rum aus Jamaika. Sie hatten ihn nicht probieren wollen.

Märchenwälder

»Ja, Tachchen, hier is Karl! Wir war'n heute in die Pilze und ham so ville mitjebracht, det ick Euch und den Kleenen fragen wollte, ob Ihr nich jleich mal ßum Essen rübakommen wollt? Marja is' schon am Kochen und mir macht dit nischt aus.«

So schnell hatten wir nicht mit einer Gegeneinladung gerechnet. Marga hatte sich gemeldet, um sich ihren Ehekummer von der Seele zu reden. Über das Raclette-Essen schwiegen wir.

»Äh, das ist aber nett, ... aber Fritz hat heute Nachtdienst, und Oskar liegt schon im Bett, ich bin auch schon im Schlafanzug ...«, flüsterte ich überrascht.

Wenige Minuten später holte ich den freudestrahlenden Oskar wieder aus dem Bett.

»Komm' rin! Mänsch, find ick dit jut, daß de jekommen bist!« freute sich Karl und kramte mir Hausschuhe aus einem Schrank: »Damit de warme Füße hast.«

Ich zog meine Schuhe aus.

Er ging in der Zwischenzeit zu seiner Frau in die Küche. Oskar war schon mit Swetlana verschwunden.

»Guten Abend, Marga!«

»Na, haste dir aufraffen können ? Bist mit'n Auto jefahr'n wa ? Biste nich' jewöhnt wa, so abenß im Dunkeln noch raus, wa? Wat?! Habt'a keene Angst jehabt, so janß inne Dunkelheit? Meen Alta wäre ooch dit kleene Stück noch mit 'n Auto jefahren.«

»Wat will'ste trinken? 'N Bier, wa?«

»Ja, gerne .«

»Setßt Euch schon mal hin, ick komme gleich mit dit Essen.«

Der zurückhaltend beleuchtete Eßtisch war mit einer lilafarbenen Lacktischdecke bedeckt. Karl schenkte das Bier in die Senfgläser, als Marga mit einer großen Pfanne ins Zimmer kam.

»So, nu können wa.«

In einem kompakten Mehlbrei schwammen frische Pilze.

»Mir bitte nicht soviel, ich habe vorhin schon gegessen«, bat ich, aber Marga füllte den Teller bis an ihren Daumen.

»Ach, sowat kricht man doch imma runta!«

»Das sieht aber gut aus!«

»Ja, wenn meene Marja eens kochen kann, denn sind dit Pilße.«

Karl machte es sich auf dem Tisch bequem und löffelte los.

Ich wartete auf die Hausfrau, die sich nun auf ihren Stuhl fallen ließ und wortlos zu essen begann.

»Guten Appetit«, wünschte ich, und Karl schob zufrieden seinen leeren Teller ein Stückchen von sich.

»Ist das nicht nett?!« freute sich Fritz, als ich ihn später anrief, »Wie man sich hier zusammenrauft, obwohl man so unterschiedlich gelebt hat.«

»Ich gehe ran, Mami!« rief Oskar und lauschte so gespannt in den Hörer, daß Anne und ich aufmerksam wurden.

»Wer ist denn dran?« fragte ich. »Ist es für mich?«

Er zuckte mit den Schultern und schüttelte den Kopf, hörte weiter zu.

»Oskar – wer ist es?«

»Hmm, einen Moment mal, da muß ich Ihnen mal meine Mutter geben, ja?« ratlos hielt er die Sprechmuschel zu. »Da ist eine Frau dran, die will mal mit Papi sprechen, weil die irgendwie einen Ausflug machen will, ich hab' das nicht richtig verstanden. Aber in der Klinik ist Papi wohl nicht.«

Anne sah mich fragend an, während ich nach den Telefonhörer griff: »Ja, bitte?«

»Ja, ick möchte mal einen Termin vereinbaren, weil ick schon seit Monaten Ausfluß habe. Deshalb rufe ick an.«

»Bitte?! Sie wissen sicherlich, daß Sie hier eine Privatnummer angerufen haben, oder?«

»Ja, aber in der Klinik habe ick Ihren Mann nich' erreicht, und 'ne Schwesta hat mir diese Nummer jejeben. Ick möchte bald mal kommen.«

»Entschuldigen Sie, aber hier vereinbaren wir keine Kliniktermine, hier findet unser Familienleben statt.«

»Aber ick habe Ihren Mann in der Klinik nich' erreicht.«

»Wenn er nicht in der Klinik, sondern zu Hause sein sollte, dann hat mein Mann Feierabend, ja! Und weder meinen Sohn noch mich interessiert Ihr Ausfluß!«

»Das hast du richtig gemacht«, sagte Anne, »schämt die sich nicht?«

»Och, das kommt hier häufiger vor. In Weststadt hatten wir das auch – da standen sie sogar mit Blumengestecken und verrutschten Perücken vor unserer Haustür. Und zum Nikolaus hatte Fritz auch schon mal ein nettes Stiefelchen vor seinem Dienstzimmer. – Er hat nur den Fehler gemacht, sich dafür bei mir zu bedanken.«

Fritz hatte damit begonnen, Fotos von den Alleen der Umgebung zu machen. Eine besondere Fotoserie galt einem kleinen Apfelbaum, der alleine an einer großen Wiese stand. In allen Wetterphasen hatte er das Bäumchen aufgenommen und anhand der Fotos registrierten wir auch die Veränderungen der Umgebung und der Jahreszeit.

Mit Oskar und Sepp holte ich Fritz von der Klinik ab, und von dem verabredeten Treffpunkt an jagten wir hinter Gustows Trabi her. Marga und ihr Mann saßen eng aneinandergezwängt darin, wodurch man von hinten kaum mehr durch die Frontscheibe sehen konnte. Gustows hatten uns für diesen 3. Oktober zum gemeinsamen Pilzesuchen eingeladen. Sie wollten uns zu »ihrer« Pilzecke führen.

Irgendwann stoppten sie und gestikulierten, daß wir angekommen seien. Karl Gustow strahlte stolz, Marga kramte Trinknäpfe für ihre drei Möpse, die Ilse, Biggi und Doris hießen, aus dem Auto. Der Waldboden war mit grünem, frischem Moos und unzähligen Fliegenpilzen bedeckt. Durch die Äste der hohen Bäume fiel schräg das Sonnenlicht, in dem kleine Insekten tanzten.

»Die Szene kenne ich! Es ist das Bühnenbild von Hänsel und Gretel der Deutschen Oper in Berlin.« Fritz nahm mich in die Arme.

»Was für ein Reichtum«, flüsterte ich leise, um die Stimmung nicht kaputtzumachen.

»Ja, meene Kleenen, dit tut jut, wa, nach' die olle Autofahrt.«

Ich hatte natürlich nicht daran gedacht, Wasser für Sepp mitzunehmen.

»Na, dit macht doch nischt, ick habe damit jerechnet, daß de sowat nich weest und habe jenuch Wassa für die Möpse und Dein' Sepp mitjenommen«, erklärte Marga. »ßuerst jeh'n wa mal kieken, ob wa Pilße finden und denn frühstück'n wa, wa?« drängelte sie.

Mit unseren Körben und Messerchen zogen wir durch den Märchenwald aus Kinderträumen. Oskars fröhliche Stimme war ununterbrochen begleitet von ausgelassenem Hundegebell. Karl Gustow ging einen eigenen Weg zu seiner Pfifferlingsstelle.

Nach nur wenigen Minuten fand ich den ersten Steinpilz meines Lebens. Zwei Stunden später brachte jeder von uns einen großen, mit Pilzen gefüllten Korb zurück zu den Autos. Die Stimmung war ausgelassen und fröhlich. Gustows waren zwar stolz auf ihren Wald, konnten unsere Begeisterungsstürme aber nicht recht nachvollziehen.

Wir breiteten unsere große Decke auf dem moosbedeckten Waldboden aus, bestückten sie mit Schnitzeln, belegten Brötchen, Lachs, Kartoffelsalat, Kaffee, einer Flasche Sekt und Saft.

»Am Tag der Deutschen Einheit sitzt Ihr mit uns ›Wessis‹ im Wald und trinkt Sekt!« entfuhr es Fritz, und alle lächelten etwas verschämt. »Hätten wir wohl alle vor einem Jahr nicht gedacht, oder?«

»Nee, bestimmt nich'. Ick trinke ooch keenen Sekt«, lehnte Karl das Glas ab, »sowat jab's früha nich und da sind wa ooch jut ausjekommen.«

»Aber wir könnten wenigstens miteinander anstoßen!« bat ich.

»Nu hab dir mal nich so, jetßt nimmste dit und trinkst wenigstens eenen Schluck. Wo wa jerade beim Thema sind«, Marga war verlegen und setzte sich bequemer, »ick weeß nich, ob ihr ab heute noch wat mit uns ßu tun ham wollt.«

Sie sah ihren Mann an, aber der betrachtete eingehend das Muster der Decke.

»Wieso nicht?« fragte Fritz.

»Na, weil ..., naja, der Karl hat ooch für'n Stasi jearbeitet, vor der Wende.« Sie sah in den Wald hinein, an ihrem Mann vorbei, der auf der Decke herumrutschte und mit dem Fingernagel einen Krümel wegschnipste. Fritz, der auf einem Putenschnitzel kaute, schien unbeeindruckt.

»Ick war bei de Volkspolleßei«, erklärte Herr Gustow mit fester Stimme.

»Beim Stasi sind janß ville jewesen. Für jeden würde ick meene Hand ins Feua legen«, ereiferte sich Marga. »Sogar der eene, der nach der Wende den janß abjegriffenen Stadtplan von West-Berlin hatte und sich überall ausjekannt hat. Die waren schon alle okeeh.«

Ich sah mich nach Oskar um, der mit den Hunden spielte.

»Na, der hat ooch die West-Uhr und imma die Krönung ßum Kaffe jehabt, dit war klar«, kam Karl auf den Kollegen zurück. »Deshalb war der keen schlechta Kerl.«

»Na, und nu muß sich Karl vonne Leute in unsan Dorf sag'n lassen, daß er ßu die Mördern jehört hat!«

»Hast du denn jemanden umgebracht?« fragte ich doch etwas überrascht.

»Nee, natürlich nich!« rief Marga.

»Ach wat!« sagte Karl. Er habe in der Tschechoslowakei jugendliche Skinheads aus der DDR beobachtet, um zu melden, ob sie rechtsradikale Äußerungen machten.

»Dit war völlich harmlos. Aba ick hatte imma 'ne jeladene Waffe dabei.«

»Der Karl war damals 'n janz anderer Mensch. Hat mir imma wat mitjebracht.«

In allen Blicken lagen andere Gedanken und Empfindungen.

»Ich beurteile Menschen danach, wie sie sich zu ihren Mitmenschen verhalten haben. Wenn sie niemandem geschadet und ein reines Gewissen haben können, werde ich sie heute nicht verurteilen«, sagte Fritz. »Und trotzdem – ein Staat, der es nötig hatte, sein Volk zu bespitzeln, ist in meinen Augen krank. Wenn das nötig war, dann stimmte an der Grundidee etwas nicht. Deshalb laßt uns darauf anstoßen, daß wir hier und heute zusammensitzen können.« Nach diesen Worten hob Fritz feierlich sein Glas.

»Prost Karl! Prost Marga! Prost Lu!« Ganz wohl war ihm dabei nicht. Die Gläser klirrten, wir sahen uns scheu an.

Am nächsten Wochenende zogen wir allein in die Pilze. Fritz war auf der Fahrt nach Cottbus durch einen Wald gefahren, den er für ein gutes Pilzgebiet hielt. »Ich fuhr durch eine wunderschöne Allee von Roteichen. Die Sonne schien so phantastisch auf das Laub. Da könnten wir Glück haben.«

Beim Aussteigen hätte ich den ersten Steinpilz fast zertreten.

Zufrieden griffen wir unsere Körbe und folgten Oskar und Sepp. Weit kamen wir nicht, denn wir waren von Steinpilzen regelrecht umzingelt. Eine Stunde lang bewegten wir uns nur in der Hocke durch das kleine Waldgebiet.

Glücklich fuhren wir zurück. Nun hatten wir sogar unsere eigene Pilzecke gefunden und fühlten uns in unserer neuen Heimat immer wohler. Zu Hause wogen wir die Pilze. »Zehn Kilo! In einer Stunde!«

Während Fritz den Westen telefonisch über unseren Fund informierte, schnitt ich die Pilze in Scheiben und legte sie auf Backbleche, um sie im Herd zu trocknen.

» … und du kannst dir nicht vorstellen, wie gut das duftet!« hörte ich Fritz seiner Mutter erzählen. »Im ganzen Haus!«

» … nee, das dauert ganz schön lange, bis die richtig trocken sind, Luise wird morgen auch noch damit zu tun haben …«, erfuhr Rudi. »… aber es lohnt sich … Ihr solltet wirklich mal kommen. Diese Wälder sind so unglaublich schön und reich! Wo ist es denn noch möglich, sich an Steinpilzen richtig satt zu essen! Das ist doch absoluter Luxus.«

Zwei Tage später suchte ich nach der Tageszeitung. Obwohl ich sie noch gar nicht gelesen hatte, lag sie schon beim Altpapier in der Diele. »Vorläufig können wir Strom sparen«, bemerkte ich beim Abendessen

»Wieso?« Verwundert sah Fritz mich an.

»Die Wälder nach Cottbus, besonders an der Allee mit Roteichen, sind voller Phosphorgranaten aus dem Krieg. Man sollte dort keine Pilze sammeln, weil der Boden so verseucht ist. Jetzt leuchten wir auch im Dunkeln.«

»Du hast den Artikel also gelesen?« fragte er kleinlaut. »Ich habe keine Bedenken und werde die Pilze essen. Außerdem stand dort nirgendwo ein Schild. Normalerweise sind diese Gebiete durch Zäune gesichert. Da haben sie vierzig Jahre Zeit gehabt, aber die Wälder und Städte sind noch immer voll von dem Zeug!«

Sauerteig

Rudi Wuttke zitierte immer wieder seine Frau, die auf der Zahlung der vereinbarten Miete bestand, als er uns den nächsten Besuch abstattete. Die drohende Klage durch das Wohnungsamt wehrte er mit einer großzügigen Handbewegung ab.

»Globen Se mir, wenn Sie aus dem Westen hierher kommen, kriegen Se nischt jeschenkt.«

»Das hat doch nichts damit zu tun, woher man kommt. Die Gesetze gelten hier wie da.«

»Na, dit werden wa ja seh'n. Passen Se mal uff, Frau Hitzich, wir lösen den Mietvertrag uff, ja, denn hocken Se uff der Straße!« sagte er wütend.

»Nein, wir möchten den Mietvertrag nicht auflösen. Wenn überhaupt, dann sind wir damit nur einverstanden, wenn Sie uns anderweitig adäquaten Wohnraum beschaffen. Ansonsten bleiben wir hier wohnen, weil es uns gefällt. Wir haben zum Auflösen des Vertrages keine Veranlassung.«

Er sah es nicht ein. Man merkte ihm den Druck an, unter dem er stand.

»Als Chefarzt kann sich Ihr Mann *die* Miete leisten«, versuchte er es etwas freundlicher, als Fritz kurz den Raum verlassen hatte.

»Es geht um die Rechtmäßigkeit Ihrer Forderungen. Es gibt die Möglichkeit, nicht gleich ins Grundbuch eingetragen zu werden, solange die Besitzverhältnisse noch nicht geklärt sind, so daß Sie das Haus verkaufen könnten.«

»Dit wees ick.«

Fritz, der inzwischen wieder am Tisch saß, wirkte angegriffen und nachdenklich: »Wir haben Wuttkes doch immer für ehrliche Leute gehalten«, lenkte er ein. »Wieviel Geld fehlt Ihnen monatlich, damit Sie nicht in Schwierigkeiten geraten?«

»Na, die volle Mietsumme.«

»Du, Lu, ich finde …«

»Hör' auf damit, Fritz, es reicht. Du wirst doch nicht aus Mitleid dein Geld zum Fenster rausschmeißen wollen?!« Fast schrie ich ihn an.

»Ick sage nochmal: wenn Sie hier aus dem Westen so'n Haus in so'ner Lage kriegen, kostet dit 'ne Mark mehr.«

»Wir haben keinen Pfennig zuviel übrig, um Ihnen Ihre überzogenen Ansprüche zu finanzieren«, begann ich so ruhig, daß Fritz mich zum Schweigen bringen wollte.

»Nein, Fritz, ich sage jetzt ganz deutlich, was ich denke und was ich gehört habe. Sie wissen ja, Herr Wuttke, daß Oststadt ein Dorf ist, hier spricht sich alles herum. Es ist erstaunlich, wie Sie und Ihre Frau, die dafür bekannt sind, daß sie keine Gelegenheit ausgelassen haben, mit der Parteifahne und Flugblättchen der SED durch die Lande zu ziehen, sich reichlich schnell zu kapitalistischen Abzockern entwickelt haben!« Meine Stimme versagte schon.

Fritz wischte sich die Augen, während unser Vermieter krebsrot vor Wut seine Ellenbogen auf den Tisch lehnte. Er war sprachlos.

»Luise, bitte, das meinst du doch nicht so! Bitte, Herr Wuttke«, flehte Fritz, der seine Chance Hausbesitzer zu werden, schwinden sah, »lassen Sie uns normal über den Kaufpreis des Hauses sprechen. Ich setze mein letztes Geld, meine Lebensversicherungen, ein, damit wir alle zufrieden aus der Sache gehen.«

»Fritz! Wieso gehst du vor diesen Leuten in die Knie?« flüsterte ich. »Bitte gehen Sie, Herr Wuttke. Machen Sie für heute, daß Sie hier rauskommen.«

Überrumpelt stand er auf.

Wir diskutierten und stritten über das Wagnis, dieses Haus zu kaufen. Es war ein älteres Haus, Baujahr 1950. Wir mußten davon ausgehen, daß nicht nur die uns sichtbaren Sanierungsarbeiten auf uns zukommen würden. Schließlich fällten wir eine Entscheidung.

Fritz vereinbarte einen Termin in der Klinik mit Herrn Wuttke. Sie einigten sich auf einen überhöhten Kaufpreis für das Haus und 1500 Quadratmeter Grund. Mehr konnten wir nicht bezahlen.

Aber Wuttkes hatten mehrere Kaufinteressenten für die restliche Fläche. Der Anwalt des Alteigentümers hatte eine Einspruchsfrist versäumt, so daß Teilung und Verkauf des Grundstücks kein Problem mehr waren.

Zum Pilzesuchen am Sonntag hatten wir Herrn Radecki eingeladen. Der Porsche rollte auf unser unbefestigtes Grundstück, Herr Radecki entstieg in schwarzer Sonntagshose und Krawatte. »Lieber Herr Hitzig, liebe gnädige Frau!« schnurrte er wie der Motor seines Autos und beugte sich galant über meine Hand, die ich ihm ganz undamenhaft entgegengestreckt hatte.

Herr Radecki wollte bei uns mitfahren, um seinen Wagen zu schonen. Er hatte eine Plastiktüte und ein kleines Messerchen mitgebracht. Wir plauderten über das Leben im Gästehaus, und da es dort keine Aufregungen gab, weil Herr Radecki inzwischen ganz alleine dort wohnte – Herr Rubayi hatte Oststadt inzwischen verlassen – war das Gesprächsthema schon bald erschöpft.

»Haben Sie ein Häuschen nach Ihren Vorstellungen gefunden?«

»Nein, noch nicht«, seufzte er, »meine Frau hat da so ihre festen Vorstellungen. Aber die kann ich einfach nicht finanzieren.«

Seine Frau, so erzählte er, schwebe eine Villa mit Wassergrundstück vor. Die Angebote, die er sich angesehen hatte, kosteten ab einer Million Mark aufwärts. Er selbst wäre mit einem so kleinen Häuschen, wie wir es hätten, zufrieden, aber sie …

»Und dann kommt sie ja auch gar nicht mal her. Sie hat mich nur wenige Male besucht und sich mit mir nur ein einziges Haus angesehen«, jammerte er.

»Was soll ich machen, Frau Hitzig? Ich kann sie doch nicht zwingen.«

»Aber sie hat vorher, als Sie sich bewarben, gewußt, was auf sie zukommen würde. Ich kann doch meinen Mann nicht dabei unterstützen, einen Vertrag zu unterschreiben, und ihn dann alleine lassen.«

Fritz und Oskar lärmten im Unterholz, Sepp bellte übermütig.

»Vielleicht sollten wir uns auch mal durch das Dickicht schlagen, hier auf dem Weg werden wohl keine Pilze stehen«, schlug Herr Radecki vor und trottete etwas lustlos vor mir her.

Es war trotzdem ein schöner Spaziergang. Fritz hatte einige Pilze im Korb, die wir nicht bestimmen konnten, während an Herrn Radecki's Handgelenk die leere Tüte im Wind wehte. Auf dem Rückweg fingerte er ein zirka vier Zentimeter großes Steinpilzchen hervor. Das würde nun seine Abendmahlzeit sein – von unseren Pilzen wollte er nichts mitnehmen, geschweige denn mit uns essen.

Am Nachmittag saß Fritz mit vier Büchern zur Pilzbestimmung am Gartentisch und betrachtete stirnrunzelnd seine Ausbeute.

»Ich bin extra wegen Ihnen länger geblieben«, säuselte der Sachbearbeiter in der Bank, auf den wir zwanzig Minuten gewartet hatten. Ich kam mir wie eine armselige Bittstellerin vor.

Anton Untermair stammte aus Rosenheim, und entriß gerade mit geschäftiger Miene seinem Schreibtisch ein Din-A4-Blatt. Er hämmerte auf die Tastatur seines Computers ein, drehte den Bildschirm mit einem fast verärgerten Blick auf mich zur Seite, damit ich nur ja nichts erkennen konnte.

Fritz saß entspannt auf seinem Stuhl und betrachtete unseren wichtigen Ansprechpartner. Das glänzende Gesicht unseres Gegenübers beugte sich nun über die lose am Handgelenk hängende

Armbanduhr, danach kritzelte er angespannt Datum und Uhrzeit auf den Zettel – oben rechts.

»So, nun sind wir gleich soweit, nur noch ein kleines Momentchen, bitte«, lächelte er Fritz an, dessen Blick auf Anton Untermairs Krawatte haftete.

»Sind Sie aus Entenhausen?«

»Bitte?« Unser Ansprechpartner sah irritiert zu ihm herüber.

»Na, wegen Ihrer Krawatte. Die Micky-Mäuse!«

»Aber nein. Finden Sie die nicht schön? Ich äh … finden Sie sie nicht so passend für hier? Also, ich werde das beim nächsten Mal bedenken. Bitte entschuldigen Sie.«

Durch mein Gekicher verlor ich den letzten Hauch seiner Sympathie.

Den Zettel zierte eine einzige Zahl, als er ihn in einen Ordner heftete. »Das wär's dann für heute. Nun habe ich mir einen kleinen Überblick machen können und darf Ihnen, Herr Doktor Hitzig, sagen, daß wir, die Bank in Oststadt, Ihr Bauvorhaben gerne begleiten werden. Bitte bringen Sie mir in den nächsten Tagen die fehlenden Unterlagen. Dann werde ich auch mit einer passenderen Krawatte vor Ihnen sitzen.«

Als wir zurückkamen, lernten wir das neue Nachbarehepaar kennen, das gerade die beiden Mütter über das Grundstück humpeln ließ: »Jut'n Tach. Isch bin Glaus Weiß.«

»Charlotte Weiß, hallöchen!« strahlte die Mittfünfzigerin. »Ja, bald geht's bei uns mit dem Bau los!«

»Auw gude Nochborschawd, nä.«

»Hier draußen hat sich viel getan, seit wir das Grundstück besichtigten«, Frau Weiß nestelte verträumt an ihrem Pferdeschwanz, »sind die Nachbarn in Ordnung?«

»Sehr! Sie werden sich bestimmt wohlfühlen«, plapperte ich drauflos, und wußte mit Fritzens Gesichtszuckungen nichts anzufangen.

»Haben Sie sich schon für einen bestimmten Haustyp entscheiden können«, fragte ich, »das Angebot ist wahnsinnig groß, oder?«

»Doch, doch, wior nähmen so een gleenet Haus von där Würma ›Gabler un' Moisel‹.«

»Moisel – das ist doch der Versicherungsvertreter, von dem Robert neulich erzählt hat«, wunderte sich Fritz.

»Ja, ja, der vertreibt auch Versicherungen und macht Finanzberatungen. Und Fertighäuser vertreibt er auch. Ist ein Wessi«, erklärte Frau Weiß eifrig.

»Wir suchen uns morgen einen Zaun für das Grundstück aus«, sagte Fritz nachdenklich. »Schon wegen Sepp.«

»Ja.«

»Herr Witt, er arbeitet auch im Klinikum, hat mich gefragt, ob wir schon wüßten, wer das Grundstück nebenan gekauft hat. Ich hatte keine Ahnung, aber er war schon informiert – wie das hier so geht. Also, Herr Weiß war ein hoher Mitarbeiter beim Stasi. Herr Witt sagte, daß er einer der unangenehmen Genossen gewesen sei – Herr Witt ist nicht sehr gesprächig und würde solche Behauptungen nicht aufstellen, wenn sie nicht wahr wären. Und Frau Weiß sei informelle Mitarbeiterin gewesen. ›Hohe Zäune machen gute Nachbarn‹, hat er noch gesagt.«

Herr Radecki teilte mit, daß seine Frau am kommenden Wochenende vor Ort sei. »Wir möchten nur kurz vorbeikommen, damit Sie Elli mal kennenlernen.«

»Ja gerne, dann könnten wir zusammen essen«, schlug ich vor, aber Herr Radecki blieb ablehnend. Sie wollten sich um acht Uhr kurz die Ehre geben. Fritz stellte eine Flasche Weißwein kühl, ich füllte etwas Gebäck in Schälchen.

Wir fütterten gerade die Heidschnucken, als sie kamen. Herr Radecki entstieg seinem Auto, wie immer galant, und öffnete seiner Gattin den Schlag.

Sie schritt in einem mintfarbenen Hosenanzug neben ihm her, trug dabei würdevoll drei zusammengebundene Nelken vor sich. Rote, aufgetürmte Haare, mit viel Haarspray wetterfest gemacht, reichlich Make-up, erstklassig lackierte Fingernägel.

Fritz kam mit Heu im Haar und auf dem Hemd dazu.

Frau Radecki ließ die mit Lippenstift verzierten Zähne zu einem Begrüßungslachen aufblitzen, während Fritz ihr einen kräftigen Händedruck verpaßte.

Das angebotene Glas Wein lehnte sie dankend ab. Sie trinke ausschließlich Mineralwasser. Herr Radecki schloß sich kleinlaut an. Sie erzählten von ihren Töchtern, die Studienplätze suchten. »Ausgerechnet unsere Lieblingstochter geht nach Amerika!« jammerte er, und sie nickte sorgenvoll.

»Wie finden Sie das Leben hier in Ostdeutschland?« fragte sie mich.

»Man muß Kompromisse machen und sich umstellen. Aber vieles ist hier natürlicher, urwüchsiger – man muß sich nicht schminken, muß nicht so auf die Kleidung achten – das ist hier alles ganz normal.«

Herr Radecki lächelte. Elli Radecki verzog nur das Gesicht.

»Was machen Sie beruflich?« fragte Fritz ohne Umschweife.

Sie faltete ihre Hände und blickte ihn an. »Ich bin Kosmetikerin.«

»Aha.«

Nun sah sie mich mit kühlem Blick an.

»Da habe ich mir einen festen Kundenstamm aufgebaut und jetzt, wo ich mich selbständig machen könnte, soll ich alles aufgeben! Das sehe ich nicht ein.«

»Aber warum haben Sie das erst jetzt festgestellt? Das müssen Sie doch schon gewußt haben, als Ihr Mann in der Phase der Bewerbungsgespräche war. Mir ist es nicht anders gegangen: ich habe meine dritte Praxis aufgegeben.«

»Das ist schön dumm von Ihnen gewesen«, schüttelte sie ihr Haupt. »Wenn mein Mann nicht bereit ist, uns hier ein gutes Haus zu kaufen, mit einer Bootsanlegestelle und einem schönen Blick auf einen See, nein, dann gebe ich das nicht auf«, sagte sie und sah mich herausfordernd an.

»Solche Villen kann man nicht von einem Ost-Gehalt bezahlen. Und Sie haben zwei Kinder in der Ausbildung!«

»Dann muß ich eben dort bleiben«, lächelte sie lässig.

In Jogginghose und T-Shirt stellte ich Schüsseln und Backzutaten zusammen. Marga wollte lernen, wie man Sauerteigbrot bäckt.

Mit beschlagenen Brillengläsern flüchtete sie gerade vor Sepp ins Haus und stolperte dabei über seinen Wassernapf. Am Schuhregal entlang tastete sie nach einem Garderobenhaken für ihre Jacke und zog die Schuhe aus, obwohl ich sie eindringlich bat, das nicht zu tun. Als Gastgeberin war ich aber für ihre warmen Füße verantwortlich und mußte ihr ein Paar Schuhe von Fritz in Größe 45 anbieten, meine waren ihr zu klein. Marga bewegte sich im Storchengang und munter plappernd hinter mir in die Küche.

»Mänsch, meen Alter, der jeht mir uffe Nervn. Seit der ßu Hause is, mit die Arbeitslosichkeit, is der ßu nischt ßu jebrauchn.«

»Ist es so schlimm?« fragte ich anteilnehmend und stellte die Schüsseln auf die Arbeitsfläche.

»Ach weeste, man kann dit janich erßähln, wat der so allet loßläßt. Jrausam, sach ick dir«.

Ich drückte ihr eine Packung mit Roggenmehl in die Hand.

»Ach, also dit nimmste imma, ja?!«

Ich brachte Hefewürfel, die wir in die eingedrückten Mehlmulden bröselten. Marga plauderte munter weiter. Ich war inzwischen an diese Art gewöhnt und kannte auch Margas Sorgen wegen Karl, die sie mir, seitdem wir uns duzten, bis zu dreimal täglich telefonisch oder bei einem ihrer spontanen Besuche nahebrachte. Auch ihre Verwandten und Bekannten kannte ich mit all ihren ausgeprägten Charakterschwächen.

Ich holte eine Tüte mit Brotgewürzen und bot sie ihr als Zutaten für ihr Brot an.

»Nur'n bißchen! Nur weil euch ›Wessis‹ dit schmeckt mit die Jewürze, muß uns dit noch lange nich' schmeck'n«.

Wir kneteten unsere Teige.

»Weeste, dit hat sich ja allet jeändat nach die Wende. Mit dit Backpulva kann man nich mehr backen und dit Mehl is ooch anders jeword'n«, versuchte sie die klebrige Pampe in ihrer Schüssel zu entschuldigen. »Meen Nappkuch'n schmeckt übahaupt nich mehr so wie früher«.

Mir blieb Zeit, ihr durch ein bedauerndes Kopfschütteln meine Anteilnahme an diesem Schicksal zu signalisieren.

»Weeste, wir hatten damals, also vor die Wende, ja, da hatten wa ja ooch Hasen jehabt. Denn hat Karl eenen jeköppt und inne El-Pe-Je gebracht und für ßwee Mark verkooft. Und denn issa an die andere Tür jejangen und hat dit Vieh für eene Mark ßurückjekooft. Denn hatten wa dit Jeld und den Braten. Dit war jut«, strahlte sie über ihrer Schüssel.

»Toll.«

»Dit jbt's allet nich mehr.«

»Aber es geht euch doch gut. Haus und Garten gehören euch, von dem Arbeitslosengeld könnt ihr leben. Miete müßt ihr nicht zahlen, ihr habt keine Schulden. Und der Garten ernährt euch über das ganze Jahr«, wandte ich vorsichtig ein.

»Na, dit is ja ooch nich leicht, wenn de andauernd ßum Arbeitsamt loofen mußt und ßusehen mußt, daß de nich vermittelt wirst. Ick habe jetß schon die zweete Umschulung mitjemacht, weil ick die ßeit damit überbrücken kann. Inne Ausbildung mußte nämlich nich vermittelt werden und kriegst weiter dit Jeld.«

Marga rubbelte inzwischen unter warmem Wasser an ihren Fingern. Wir stellten beide Schüsseln in den Backofen. Der Teig sollte nun zwanzig Minuten ruhen und aufgehen. Marga faltete die leere Mehltüte zusammen.

»Die nehm ick mit, damit ick dit richtije koofe.«

»Aber ich habe kein besonderes Mehl gekauft. Man kann sogar noch besseres bekommen«.

»Nee, nee, ick nehm die Tüte mit, oder brauchße se noch?«

Wir gingen ins Wohnzimmer, wo schon seit zwei Tagen das Bügelbrett neben zwei Wäschekörben stand. Ich räumte alles in die Diele und ärgerte mich darüber, daß ich trotz meines Nur-Hausfrauendaseins die Arbeit nicht schaffte.

»Wenn ick abenß so in meen Seßl sitze, liegen die Möpse links und rechts von ma ßusammjerollt wie Embrios. Meen Alta, der verprüjelt se imma, wenn ick arbeeten jehe, also jeh ick ooch nich mehr.« Eben habe sie eine vom Arbeitsamt vermittelte Stelle ausgeschlagen.

»Der is erblich vorbelastet, der kann einfach nich nett sein. Wenn ick abends komme, steht der hinta der Tanne und fracht, wo ick so lange jewesen bin. Denn fährt er für mich tanken und rechnet imma jenau nach, wieville ick jefahrn bin. Laß den Theo mal ßahl'n, sachta, wenn dit Arbeetslosenjeld kommt. Na, ja, is' ja och wahr, wa, virßich Jahre ham wa jearbeetet und nu reicht et.«

»Heute gibt's Zeugnisse in der Schule«, sagte ich, um das Thema zu wechseln.

»Wat isn eigentlich mit die von jejenüba, kennste die, die da jetß bauen?«

»Ein Bauunternehmer.«

»Nee, dit is'n Bauleita, hat Helja jesacht. Die kennt auch eure neuen Nachbarn.«

»Ja?«

»Hm. Die war'n beede in der Firma.«

»In welcher Firma?«

»Stasi.«

Marga folgte mir in die Küche. »Und wat is mit die uff der annan Seite?«

»Mit wem?«

»Na, die da, die ßuerst dit jrößte Haus hatten und jetzt ham se nur noch ne kleene Klitsche ßwischen all die neuen Bauten, haha. Sach' mal, euer Tierarzt, der wohnt ja ooch schön da draußen, wa?«

»Ja« bestätigte ich.

»Na, sie is ja ooch janz vernarrt in euer'n Hund«, berichtete Marga stolz darauf, daß sie auch Kontakt zu unserem noch bescheidenen Bekanntenkreis hatte.

»Wie isn dit eijentlich, wohnt ihre Mutta da mit in dit Haus oder hat die nen eijenen Einjang?«

»Weiß ich nicht.«

»Wat?«

»Ich weiß es nicht und es interessiert mich auch nicht!«

Sie fragte nichts mehr.

Wir kneteten wieder in unseren Schüsseln.

»Den Teig geben wir nun in die Backformen und dann muß er noch einmal zwanzig Minuten gehen.«

Das Backen dauerte eine ganze Stunde.

»So, nun haben wir Zeit für uns. Möchtest du einen Kaffee trinken? Ich habe gestern Baumkuchen gebacken.«

»Nee, Dein Kaffe schmeckt mir nemlich nich', aba der Baumkuch'n schmeckt janß ordentlich. Wat isn dit für'n Reßept?«

»Steht im Backbuch.«

»Jetzt kiek ick mia mal Eure CD-Sammlung an, ob ick mir wat ßum übaspiel'n mitnehme.

Marga kniete schon vor dem Regal und griff nach den CD's, die Fritz nicht verlieh.

»Och ja, Mozart is ooch nich schlecht. Und Flamenco find ick ooch jut.«

Schnell legte ich die Musik auf, um das Thema im Keim zu ersticken.

»Ick wollte dir sowieso noch sag'n, daß du ruhich mit deinem Fritz uff Reisen jehn kanß, ick nehm dann nich nur Sepp, ick nehme och den Oskar ßu mir. Inßwischen find ick den Oskar ja janß jut. Er hat sich ja schon unheimlich jemacht hier.«

Hatte Oskar sozialistische Ansichten geäußert?

»Ich denke, daß er seine Anfangsschwierigkeiten überwunden hat. Sieh mal, er ist zum dritten Mal innerhalb von drei Jahren in eine neue Schulklasse gekommen.«

Sie nickte verständnisvoll.

»Ja, und denn is dit ja hier ooch allet so unkomplißiert, dit seid ihr ja allet übahaupt nich jewohnt! Ihr da auß'n Westen habt allet imma beßahlt und nischt is selbßtverständlich und aus Freundschaft jewesen.«

»Wir haben sehr nette Freundinnen und Freunde. Auf die lasse ich nichts kommen!«

Sie nahm sich noch ein Stück Baumkuchen.

»Aba mit den Oskar und Swetlana klappt dit inßwischn ooch viel besser, ick mag ja manche Kinda nich, aba mit Oskar, dit jefällt mir jut.«

Die Brote gelangen gut. Marga war zufrieden.

»Na, mal kieken, wat meen Olla daßu sacht. Der hat ja imma wat ßu meckern.« Sie packte die Brote in den mitgebrachten Beutel.

»So Luise, nu werd' ick dir nich weita uffhaltn. Aba du hattest ja sowieso keene Lust wat ßu tun, wa?« Sie sah sich um: »Übrijens fängt hier inner Nähe bald so'n Bauchtanzkurs an. Wenn ick meenem Alten erßähle, daß ick mit dir hinjehe, darf ick ooch hin«.

Es war inzwischen November. Oskar buk gerade Mandeltaler, als Fritz mit einem Beil in der Küche erschien.

»Luise, ich schlachte mal eben eine Gans.«

»Jetzt noch ? Es ist schon dunkel draußen.«

»Das macht nichts. Irgendwann muß ich es machen.«

»Aber du siehst nichts mehr! Außerdem mußt du sie auch noch rupfen. Das kannst du nicht im Haus machen …«

Ich sollte heißes Wasser vorbereiten, weil man die Gans damit übergießen müsse, erklärte er. Dadurch würden sich die Federn besser ziehen lassen. Ich stellte vier Töpfe mit Wasser auf. Oskar schob sein erstes Blech in den Herd.

»Lu! Du müßtest jetzt mit dem Wasser kommen!«

Ich jonglierte den ersten Topf zur Haustür und spähte von dort in die Dunkelheit.

»Hierher, Luise, ich sitze vor dem Schuppen!«

Fritz saß auf einem Hocker aus meiner ehemaligen Praxis, an den Füßen nach unten baumelte mit ausgebreiteten Flügeln eine Gans vor seinem Schoß, aus deren Schlund noch Blut tropfte.

»Iiiih …«

»Ja, ich habe in der Dunkelheit einmal daneben gehauen«, gab er zerknirscht zu. »Du mußt sie jetzt mit dem Wasser übergießen.«

»Mami, kannst du mir das Blech mal aus dem Herd holen, das ist so heiß!«

Es war schon recht kalt draußen, so daß ich froh war, wieder in die warme Küche zu kommen.

»Ich bringe Papi einen Keks«, verkündete Oskar und kam wenige Minuten später zurück:

»Papi braucht noch mehr Wasser. Das sieht ja eklig aus … und Sepp hat den Kopf gefressen.«

Wir begossen die Gans ein zweites Mal mit heißem Wasser.

»Das geht ganz schön schwer, Luise. Vielleicht könntest du mir ein bißchen helfen. Sieh mal, du mußt die Federn kräftig …«

Ich zog an einer Feder. »Ich kann das nicht.«

Nach etwa einer Stunde ging ich wieder hinaus, um nach ihm zu sehen.

Fritz hatte sich inzwischen in den Schuppen gesetzt. Die Gans lag auf seinem Schoß und hatte trotz seiner Mühen noch ihr komplettes Federkleid.

Er saß zwischen all dem Gerümpel im trostlosen Licht einer 40-Watt-Birne. Seine Nase leuchtete rot.

»Du müßtest mir nachher mal einen Behälter bringen, in den ich die Daunen werfen kann. Sieh mal, ein bißchen vom Daunenkleid kommt schon zum Vorschein. Ist eigentlich kein Wunder, daß die nicht frieren …«

Oskar schlief schon, als ich mit einem Kissenbezug durch die Dunkelheit zum Stall ging. Ich traute mich kaum die Tür zu öffnen, weil ich ahnte, welches Bild mich erwartete. Fritz saß mit triefender Nase und verfrorenem Gesicht unter der Lampe.

»Mach' bloß keinen Wind! Dann fliegt hier alles hoch! Gut, daß du kommst. Ich bin schon bei den Daunen. Du könntest die Wanne mit den anderen Federn schon mal in den Müll bringen.«

»Ist dir nicht kalt?« fragte ich voller Mitleid, als ich seine glasigen Augen und die in Rupfhaltung gefrorenen Finger sah.

»Na klar ist mir kalt. – Wir haben die Haut verbrüht. Hier – sieh mal. Brandblasen«, klagte er.

»Aha. Dann war das Wasser zu heiß. Aber ich wußte nicht, wie warm ich es machen sollte.«

»Hhhm. Die nächste Gans werden wir nicht mit heißem Wasser übergießen. Ich werde sie bügeln.«

»Was?! Bügeln?! Mit dem Bügeleisen?!«

»Ja, klar. Das hat Marga mir geraten. Aber ich wollte es erst einmal so probieren.«

Es war kurz vor Mitternacht. In der Küche flämmten wir mit einer Kerze die restlichen Daunen ab. Es stank entsetzlich.

Die zweite Gans schlachtete er einige Tage später. Die Bügeltechnik funktionierte auch nicht so recht. Das dritte Tier verschenkten wir lebend an einen Bauern.

Bauchtanz

Wir standen vor dem Haus von Ellen und Hendrik Lindow, und fingerten nach den Streichhölzern für die Adventsschale, die wir statt der üblichen Nelken mitbrachten. Ich hatte die Schale mit Zucker gefüllt, in dem Weihnachtsmänner Handstand oder Purzelbäume neben kleinen Häusern und Kerzen machten.

Herr und Frau Hirsch waren schon da: »Vom Himmel in die tiefsten Klüfte / ein milder Stern herniederlacht; / Vom Tannenwalde steigen Düfte / und hauchen durch die Winterlüfte, / und kerzenhelle wird die Nacht«, rezitierte Herr Hirsch nach der Begrüßung.

Fritz hatte die Unterhaltung an sich gerissen und fesselte die Zuhörerschaft mit der Frage, inwieweit sich Schafe und Mufflons unterscheiden.

Als Aperitif tranken wir Cognac, und in das kurze Schweigen hauchte Herr Hirsch seiner Liebsten zu: »Mir ist das Herz so froh erschrocken, / das ist die liebe Weihnachtszeit! / Ich höre fernher Kirchenglocken / Mich lieblich, heimatlich verlocken / In märchenstille Herrlichkeit«.

»Ja, also dieser Cognac ist schon ein besonderer«, dozierte Fritz. Ich sank in meinen Sessel zurück. Es war wie in einer Werbesendung.

»Ja, nicht?« fragte der Gastgeber mit stolzem Lächeln. Ellen hatte rote Flecken im Gesicht und am Hals.

»Ach, das wird schon!« meinte Frau Hirsch ermutigend zu mir, nachdem ich meine Bewerbungserlebnisse geschildert hatte, und alle nickten.

»Ja hoffentlich, wir könnten …« Es klingelte an der Haustür.

»Kommt noch jemand? Ja, sag mal Hendrik, hast du noch jemanden eingeladen?«

»Na ja, den Herrn Radecki!« rief er über die Schulter, als er zur Tür eilte. Dabei fiel mir auf, daß er Badesandalen zum Anzug trug, während wir unsere Hausschuhe mal wieder vergessen hatten.

»Daß man sich die Straßenschuhe auszieht, ist eine ganz liebe- und rücksichtsvolle Geste gegenüber den Gastgebern«, hatte Fritz einmal gesagt.

»Ach, du meine Güte«, Ellens rote Flecken vereinigten sich, sie eilte hinter ihrem Mann her, um den neuen Gast zu begrüßen, »das hat er mir ja gar nicht gesagt!«

Fritz lächelte vor sich hin, Hirschs streichelten sich die Hände, und ich nippte an meinem Cognac.

»Ein frommer Zauber hält mich wieder, / anbetend, staunend muß ich stehn; / …«

Ellen – in Hausschuhen – kam mit fünf Nelken und Herrn Radecki im Schlepptau zurück ins Wohnzimmer.

»Ich kann leider nur ein halbes Stündchen bleiben, da ich noch einen dringenden Termin habe«, hörten wir seine Erklärung. Er bekam seinen Cognac, während Ellen in der Küche klapperte.

»Ich habe so lange auf mein Taxi warten müssen«, erklärte er neben mir und lächelte.

»Warum? Ist ihr Auto kaputt?«

»Nein, aber der ist mir zu schade. Der steht vor der Klinik.«

Hendrik Lindow tröstete uns mit einer weiteren Runde Cognac.

Ich hing im Sessel und spürte den Alkohol im Kopf. Es duftete noch so gar nicht nach Essen.

»Wissen Sie, wir sind ja auch nicht aus Oststadt – sind sozusagen hierher zwangsversetzt worden, weil mein Mann nicht in der Partei war. Als es damals hieß, wir könnten ja dann nach Oststadt gehen, haben wir zuerst gefragt, ob man hier Westfernsehen kriegt«, berichtete Frau Hirsch. »Wir wollten zum Beispiel niemals nach Dresden, weil die da wie hinter'm Mond waren – ohne Westfernsehen!«

Hendrik fiel ihr ins Wort: »Ist der Zwiebelkuchen nun fertig, so daß wir uns rübersetzen können?«

Ellen schnellte aus ihrer entspannten Lage hoch und sah ihren Mann erschrocken an.

»Was für ein Zwiebelkuchen?! Ich habe keinen gemacht! Was erzählst du da?«

»Na, du hast doch gesagt, daß du Zwiebelkuchen machen willst. Ich habe jetzt auch den Wein danach ausgesucht!« wandte Hendrik sich hilfesuchend an Fritz.

»Na, dann gibt es eben keinen Zwiebelkuchen! Irgendwas Gutes wird Ihre Frau schon vorbereitet haben!« Fritz war sehr froh darüber, keinen Zwiebelkuchen essen zu müssen.

»Zwiebelkuchen habe ich heute wirklich nicht geschafft.« Ellen wand sich aus ihrem Sessel, Hirschs erhoben sich vom Ledersofa und auch Herr Radecki, Fritz und ich folgten in den Wintergarten. Dort stand ein gedeckter Gartentisch.

»Boah, hab' ich Hunger, das sieht aber hübsch aus!«

»Frau Hitzig, vielleicht könnten Sie mit Frau Hirsch und mir auf dem kleinen Sofa sitzen, für die Herren habe ich Stühle und die Sessel hingestellt«.

Mich traf der amüsierte Blick von Herrn Radecki.

»Na klar, das werden wir wohl schaffen!« erklärte ich fröhlich und klemmte mich vorsichtig hinter das Tischchen auf das Sofa, das eher ein breiterer Sessel war.

Die Herren standen etwas verlegen herum. Frau Hirsch klemmte sich an meine rechte Seite, Frau Lindow an meine linke.

»Bitte, greifen Sie zu!« eröffnete Frau Lindow das Essen, aber ich konnte meine Arme nicht zum Tisch bewegen, ohne daß eine der beiden Nachbarinnen aufstehen mußte. Also aß ich die Brokkolisuppe erst, nachdem die beiden anderen mit ihrer Vorspeise fertig waren. Sobald ich aufblickte, begegnete ich den Grimassen von Fritz oder Herrn Radecki. Also sah ich nicht mehr auf.

»Wenn man sich mal vorstellt, wie schwierig es noch vor wenigen Jahren gewesen ist, so manche Gemüsesorten zu bekommen«, sann Frau Hirsch.

Hendrik Lindow nickte bestätigend.

»Ja, ein Kilo Gurken hat Ende Februar sechs Mark achtzig gekostet. Ich erinnere mich deshalb so genau, weil ich …«

»Ein Ei kostete neunundreißig Pfennige. Hundertfünfundzwanzig Gramm Kaffee – Gramm, Frau Hitzig«, ereiferte sich Frau Hirsch wieder, »kosteten acht Mark fünfundsiebzig! Und was waren das für Bohnen! Ich darf gar nicht daran denken. Da geht mir das Messer in der Tasche auf!«

»So, ich muß mich jetzt leider verabschieden. Würden Sie mir bitte ein Taxi rufen? Es tut mir wirklich leid, aber ich muß noch ganz dringend …«

»Aber die Versorgung war gut, wenn man in einer Kaufhalle gearbeitet hat«, verteidigte Herr Hirsch zaghaft, »wir haben von hier aus sogar Pakete nach Dresden geschickt, weil die da so manche Sachen nicht hatten, die es hier gab.«

»Oder wenn man beim Stasi gearbeitet hat. Die hatten ihre besonderen Geschäfte, in denen die einkaufen konnten. Und doppeltes Gehalt gab's auch …«

»Aber mal ehrlich«, schaltete sich Ellen ein, »die Schokolade aus dem Westen hat früher viel besser geschmeckt, oder?«

Dann holte sie das Hauptgericht – Brokkoliauflauf.

»Aber es gab zum Schluß, ja, da gab's ja oftmals nicht mal mehr Butter! Und diese Margarine, die konnte man nicht essen, so scheußlich schmeckte die. Und dieser eklige gekörnte Joghurt! Und eine halbe Stunde beim Metzger anstehen, das war jahrelang normal! Man mußte essen, was der hatte.«

»Aber in dem Delikat-Laden, da hab' ich schon öfter mal eine Dose Pfirsiche be…«

»Aber das hat Sie doch das Doppelte gekostet, Frau Hirsch! Und jeder ist da auch nicht reingekommen.«

»Doch, in die Delikat-Läden schon. Aber nicht in die anderen.«

Kaum hatte ich mich wieder in meinen Ledersessel fallen lassen, zeigte der Kohl die erste Wirkung. Wenn ich ausnahmsweise mal nicht auf meinem Bauch herumdrücken mußte, um die Geräusche zu dämpfen, schnappte ich Gesprächsfetzen auf: »Wir hatten damals viel schlechtere Farben.« … »Der Metzger rannte mit der Kochmütze auf dem Kopf, in Gummistiefeln und mit den gewetzten Messern am Gürtel hinter unserem Bock her …« … » … und dann mußtest du doch immer irgendein sozialistisches Symbol auf deinen Bildern vorkommen lassen. Wie oft steht ein Arbeiter mit Bauhelm in deinen Landschaften!« … »Ach Liebste laß uns eilen, / wir haben Zeit: / es schadet das Verweilen / uns beiderseit …«

»Geht's dir nicht gut?« fragte Fritz im Taxi.

Karl würde uns zum Bauchtanz fahren und wieder abholen, hatte Marga mitgeteilt. Ich war noch nie mit einem Trabi gefahren, deshalb stand ich ganz gespannt und pünktlich draußen.

Marga saß frierend auf der Rückbank des Autos, Karl qualmte nervös eine Zigarette. Durch die kleine Fahrzelle hämmerte Techno-Musik.

Nach der knappen Begrüßung gab Karl Gas, während ich noch nach dem Verschluß des Sicherheitsgurtes suchte.

»Brauchst dir nich' anschnall'n.«

»Doch.«

»Laß' dit! Hier brauchste dir nich' anßuschnall'n!« rief Marga und schlug leicht auf meine tastende Hand.

Ich hielt den Gurt krampfhaft in Höhe der sonst üblichen Befestigung fest, die hier aber anscheinend fehlte.

Derweilen knatterte Karl mit achtzig Stundenkilometern durch die Dreißigerzone des Nachbarortes. Es war inzwischen winterlich kalt, die Straßen glatt. Wir erreichten die Plattenbausiedlung. In einem dieser Häuser sollte der Kurs stattfinden.

»Frach die mal«, forderte mich Karl auf, als er rasant auf eine Frau am Straßenrand zufuhr.

»Nich' die Scheibe runtakurbeln! Mänsch! Die jeht doch nich' mehr ruff!« schrie Marga von hinten. Aber zu spät: nach nur zwei Umdrehungen mit der Plastikkurbel war die Fensterscheibe in den unteren Teil der Tür geknallt. Ein halber Zentimeter ragte noch hervor.

Die Frau erklärte uns den Weg, ohne daß Karl das musikalische Gehämmer leiser stellte. Er gab wieder Gas, ich kämpfte mit der Scheibe.

»Für 'n Trabi braucht man eben Jefühl«, dozierte Marga. Karl zog stumm an seiner Zigarette.

Trotz der kalten Winterluft schwitzte ich.

»Da isset«, bremste Gustow und deutete mit der gerade neu angesteckten Zigarette auf ein Wohnhaus »ick stehe in jenau anderthalb Stund'n jenau hier.«

Der Raum, in dem uns eine dunkelhäutige, blond-gefärbte Frau begrüßte, wurde von einer schummrigen Funzel beleuchtet.

Fritz hatte mir vor Jahren aus der Türkei ein Bauchtanzkostüm mitgebracht. Ich zog die Pumphose an, Marga räumte ihre Jeanshose und Stiefel zur Seite und stand in einer hautfarbenen Nylonstrumpfhose, unter der eine große Unterhose Falten schlug, vor mir.

»Denn woll'n wa mal«, sagte sie und schloß sich selbstbewußt und unternehmungslustig der Gruppe an.

Die Marokkanerin war begeistert von meiner Ausstattung. Nach gekonnter Anleitung stampften wir in Strumpfhosen und Unterwäsche, ich immerhin im orientalischen Kostüm, im Kreis herum. Verbissen schleuderten und schüttelten wir unsere Körper durch die Probestunde, die aber auch die letzte war, denn vierzig Mark pro Monat war den meisten zu teuer. Und einen Zuschuß vom Arbeitsamt für diese Art von Fortbildung gab es nicht …

Marga und ich beeilten uns, um Karl nicht zu verärgern.

»Na, wat is nu dran an Eure Hottentottenmusike?« fragte er.

Fritz rückte mit der Neuigkeit heraus, daß ich eine Weihnachtsfeier für die Chefarztfrauen organisieren solle. Er hatte in der Sitzung gefragt, ob ich auch zur Weihnachtsfeier eingeladen sei. In das betretene Schweigen der Kollegen hatte der Direktor dann die Lösung des Problems formuliert: »Dann gann ihre Gaddin, Herr Hidzisch, sich ja um die Organisazjion einor Weihnochssfeior füor unsere Wrauen gümmorn.«

»Alle deine Kollegen haben eine Ehefrau, die diese Aufgabe übernehmen könnte. Warum ausgerechnet ich? Ich leide nicht darunter, daß du alleine zur Weihnachtsfeier gehst!«

Am nächsten Tag ließ Fritz die Einladungskarte offen auf seinem Schreibtisch liegen: »Werte Mitarbeiter des Klinikums, am Mittwoch, dem 20. Dezember um 19 Uhr können wir auf das arbeitsreiche, bewegende und erfolgreiche vergangene Jahr anstoßen. Wir treffen uns in der›Suppenschüssel‹.«

Nach einiger Verärgerung und einem langen Telefongespräch mit Anne sah ich ein, daß mir keine Wahl blieb, wenn ich Fritz nicht bloßstellen wollte. Meine Hoffnung war, daß meine Suche nach einer geeigneten Gaststätte erfolglos ausgehen würde, da die Zeit schon sehr knapp war.

»Paß' bloß auf, daß du keine zu teure Gaststätte nimmst«, hatte Anne geraten.

Ich war erfolgreich: es gab noch einen Tisch in einer Pizzeria, aber ausgerechnet für denselben Tag, den 20. Dezember. Alle anderen Termine oder Gaststätten waren restlos ausgebucht. Die »Suppenschüssel« lag fast neben der Pizzeria, so daß es wie eine Gegenveranstaltung wirken könnte.

Ich nahm die fade Einladung der Klinik zum Vorbild. Vielleicht würde jemand den Witz verstehen: »Sehr geehrte Damen, sehr geehrter Herr Schmitz!« – es gab nämlich auch einen Ehemann! – »Am Mittwoch, dem 20 Dezember 1995 um 19 Uhr können wir, wenn auch Sie Lust dazu haben, im »Ristorante Amore mio« auf das arbeitsreiche, bewegende und erfolgreiche Jahr unserer Ehepartner/in anstoßen und uns einen fröhlichen Abend machen! Bitte teilen Sie mir wegen der Tischreservierung bis zum 14.12. mit, ob Sie kommen. Mit freundlichen Grüßen! Luise Hitzig«.

Das Schreiben verzierte ich mit Weihnachtsaufklebern und legte es Fritz zum Fotokopieren und Verteilen hin.

Weihnachtsgala

Gerade hatte ich es Oskar im Wohnzimmer bequem gemacht, als das Telefon klingelte. Er hatte sehr hohes Fieber, mußte gepflegt und ein bißchen verwöhnt werden.

»Hallo, Frau Hitzig, mein Name ist Beauregard«, meldete sich eine leise Frauenstimme am Telefon. Ich kannte sie nicht und wartete darauf, daß sie weiterreden würde. Vermutlich eine begeisterte Ehefrau, die für die Weihnachtsfeier zusagen wollte.

Aber sie schwieg.

»Ja, bitte? Kennen wir uns?«

»Nee, nee, wir kennen uns noch nich«, flüsterte sie, »ick habe rein zufällig gehört, daß Sie Physiotherapeutin sind und Arbeit suchen. Ich habe eine Praxis in der Stadt und weil ich nach Weihnachten ins Krankenhaus muß und auch sonst viel zu tun habe, bräuchte ick Hilfe. Da hab' ick mir gedacht, daß ick Sie mal frage.«

»Aber ich bin doch nicht von hier«, stotterte ich. Es klingelte an der Tür.

»Na, ick mache viele Massagen und Fango, ja und Elektrotherapie kommt viel und na ja, Atemtherapie«.

Wir verabredeten einen Termin in ihrer Praxis, ich rannte zur Haustür, vor der unser verärgerter Postbote stand.

»Der Junge hat's wohl nich' nötich, sich vom Sofa ßu erheb'n, wa?« schimpfte er los.

»Wie bitte?«

»Na, Ihr Sohn! Ick kieke durch dit ßimmafensta, da liecht der vor der Glotze und hattet nich' nötich uffßusteh'n, obwohl der mich jenau jesehen hat!« Ärgerlich streckte er mir ein Weihnachtspaket von Bea entgegen.

»Oskar hat vierzig Fieber! Der muß Ihnen nicht öffnen.«

»Ach so.«

»Vielleicht versteht ihr euch, und du steigst mit in ihre Praxis ein«, meinte Fritz beim Abendessen. »Dann wüßte ich auch, wohin ich mit gutem Gewissen meine Patientinnen schicken kann. Und du hättest wieder eine Aufgabe.«

»Also, Aufgaben habe ich hier genug! Ich putze von morgens bis abends, versorge die Tiere oder bin den ganzen Tag über unterwegs, um einzukaufen. Langweilig wird's mir nicht. Aber wir könnten das Geld gut gebrauchen. Darum geht's zuerst einmal«, regte ich mich auf. »Und außerdem habe ich die Frau noch nicht gesehen. Wie kommst du also jetzt schon auf die Idee, daß ich in deren Praxis einsteigen möchte?«

Ich war gereizt, weil die Weihnachtsfeier immer näherrückte, ohne daß sich einer der »Gäste« gemeldet hatte. Aber Fritz hatte noch eine Geschichte zu erzählen, die meine Probleme eher lächerlich erscheinen ließ.

Die Frauenklinik in Sofia, deren Chef Fritz persönlich kannte, hatte einen dringenden Hilferuf geschickt. Die Versorgung sei so schlecht, daß sich die werdenden Mütter Verpflegung und auch Medikamente und Windeln für die Neugeborenen selbst mitbringen mußten. Es gab dort nichts mehr, die Heizungen liefen nicht, die Zustände waren katastrophal. Fritz hatte ein Rundschreiben auf seinen Stationen aushängen lassen und die Ärzte und Schwestern um Geld- und Sachspenden gebeten.

»Wir mußten im Krieg ooch sehen, wie wa üba die Runden kamen«, hatte ihm eine der Krankenschwestern geantwortet. »Jetzt sollen die ooch mal sehen, wie se klarkommen.«

Am nächsten Morgen suchte ich das Ärztehaus, von dem Frau Beauregard gesprochen hatte. Die Lage war gut, vom Stadtzentrum aus zu Fuß erreichbar, mitten in einem großen Wohngebiet. Am Ende der Straße standen die Zentralen der Geldinstitute.

Die Praxis befand sich im Keller neben einer Druckerei. Den Weg nach unten fand ich ohne Schwierigkeiten. An der robusten Kellertür hing ein Block mit einem Zettel : »Werte Patienten, ich bin zur Zeit auf Hausbesuch. Wenn Sie sich anmelden wollen, werfen Sie Ihr Rezept in den Briefkasten und schreiben Sie Ihre Telefonnummer auf den Block. Danke.«

Freundliche Formulierung, dachte ich und klopfte an die verschlossene Eisentür, weil es keine Klingel gab. Das Licht ging aus, ich tastete nach dem Schalter, wartend stand ich zwischen alten Fahrrädern und Pappkartons. Meine Begeisterung schwand. Nach zwanzig Minuten kam sie.

»Frau Hitzig? Ick hab's nicht schneller geschafft.«

Nachdem sie aufgeschlossen hatte, schenkte sie mir keine Beachtung, sondern beschäftigte sich am Schreibtisch. Ich stand unschlüssig in der Tür und sah mich um. Zweckmäßig und nüchtern waren die Räume eingerichtet. Frau Beauregard war jünger als ich.

»Sollen wir mal schnuppern?« fragte sie.

»Ja.«

Wieder Schweigen – nach einiger Zeit übernahm ich die Initiative. Ich beschrieb ihr meine berufliche Laufbahn und legte ihr meinen Ordner mit Zeugnissen und Arbeitsbescheinigungen auf den Schreibtisch. Sie öffnete ihn nicht und – wieder Schweigen. Nun fragte ich: ab wann, wie oft, wie lange?

»Dit können Sie machen, wie Sie wollen und Zeit haben. Ick bin ja nur froh, wenn Sie mich überhaupt erstmal vertreten und danach können Sie kommen, wie Sie wollen. Nur eens muß ick noch sagen«, zögerte sie, »ick arbeite lieber alleine. Also müßten Sie dann kommen, wenn ick nicht hier bin.«

»Da muß ich erst mal sehen, ob sich der Aufwand dafür überhaupt lohnt!« sagte ich, nachdem sie über die Bezahlung gesprochen hatte.

Sie nickte. Wir gingen die Liste ihrer wichtigsten Patienten durch. Von Atemtherapie war keine Rede mehr. Massage, Massage, Elektrotherapie, Heißluft, Massage, Massage, Gymnastik.

Fritz versuchte, mir Vorfreude auf die Arbeit zu machen, die ich am zweiten Januar beginnen sollte.

Bis zum Abend des vierzehnten Dezember hatte ich noch keine einzige Reaktion auf meine Einladung bekommen.

»Sie lassen dich erst einmal auflaufen«, vermutete Anne.

»Das ist diese Hemmschwelle«, entschuldigte Fritz.

Ich verließ mich auf Annes Meinung und überprüfte, ob ich vielleicht versehentlich auf der Einladung vermerkt hatte, sie sollten auf keinen Fall vor dem fünfzehnten Dezember anrufen.

Dann rief Frau von Knieperow an und erklärte überschwenglich, wie sehr sie sich über diese Einladung gefreut habe. »Es wird sich noch niemand bei Ihnen gemeldet haben«, verblüffte sie mich, »aber ich darf Ihnen verraten, daß Sie heute von mehreren Damen angerufen werden. Es ist schön, daß Sie die Initiative ergreifen.«

Und tatsächlich, die Anrufe kamen. Einige Damen erklärten, daß sie froh seien, sich endlich kennenzulernen. Ihre Ehemänner würden teilweise schon seit Jahren im Klinikum arbeiten, ohne daß sich die Frauen kannten. Nur zwei hatten sich bis zum Abend nicht gemeldet. Diese Anrufe kamen am nächsten Tag: »Na, Sie wissen wohl mit einem Abend allein zu Hause nichts anzufangen?! Es ist nett von Ihnen, daß Sie da an unsere Gesellschaft dachten!« formulierte Frau Seiler ihre Zusage zartfühlend.

»Dann erklären Sie mir mal, wo diese Scheiß-Pizzeria ist« – Frau Abraham war die letzte, die anrief.

»Kannst du nicht 'ne Grippe bekommen?« riet Anne. »Du hast keine Chance, Luise, ich bewundere dich zwar dafür – aber mußt du auch noch Baumkuchen für solche Leute backen?«

Ich buk achtzehn kleine Baumkuchen. Für jede der Frauen und für Herrn Schmitz. Niemand sollte mit leeren Händen von unserer »Weihnachtsfeier« nach Hause kommen.

Der Tisch war für achtzehn Personen gedeckt. Ich schmückte jeden Platz mit einem in Klarsichtfolie verpackten Baumkuchen und kleinen Engelchen.

Der italienische Oberkellner schwirrte um mich herum, freute sich über das zu erwartende Geschäft. Er erhielt den Auftrag, den Gästen als Aperitif ein Glas Champagner zu servieren – auf meine Rechnung. Nervös zupfte ich die Bänder an den Kuchenpäckchen zurecht, als hinter mir jemand »Gud'n Obend« sagte.

Erschrocken fuhr ich herum und stand vor zwei an den Unterarmen eingehakten Damen in dunkelblauen Kostümen. Frau Sittich stellte mir Frau Scheffler vor. Sie setzten sich mir gegenüber.

Schulter an Schulter saßen sie da und tuschelten miteinander, als die nächsten Gäste eintrafen, sich vorstellten und möglichst schnell auf einen der Stühle rutschten. Manche kamen zu zweit, aber niemand redete. Auch Herr Schmitz war da. Er hatte mich mit einem gütigen Lächeln begrüßt.

Es waren noch Plätze frei. Frau Abraham fehlte und eine der geladenen Damen hatte sich gar nicht erst auf die Einladung gemeldet. Am Morgen hatte Frau Kranzler wegen einer Erkrankung ihres Mannes abgesagt.

Bis auf die Damen Scheffler und Sittich, die ununterbrochen ihre Augen schweifen ließen und flüsternd jede Regung am Tisch kommentierten, starrten alle anderen wenig gesprächig vor sich hin oder mich an.

Der Kellner stand mit den gefüllten Champagnergläsern im Hintergrund. Ohne Rücksicht auf die noch nicht besetzten Plätze gab ich ihm das Zeichen zu servieren, woraufhin er aufmunternd mit den Augen zwinkerte. Er nahm dann den Gesichtsausdruck an, mit dem er sonst wahrscheinlich Trauergemeinden bewirtete.

Der Inhalt der Gläser steigerte die Stimmung enorm – Champagner! Als die Gläser verteilt waren und das Schweigen unerträglich wurde, riß ich mich zusammen. Ich stellte mich hinter meinen Stuhl, während ihre Blicke herausfordernd und abschätzend auf mir lasteten. Von den Worten, die ich mir zurechtgelegt hatte, fiel mir keines mehr ein.

Es waren lange Sekunden des Schweigens, in denen wir uns gegenseitig anstarrten. Keine andere Situation meines Lebens war bisher so angespannt gewesen. »Also, ich schlage vor, daß wir anfangen, obwohl noch nicht alle Plätze besetzt sind«, stotterte ich und sah die beiden Damen gegenüber amüsiert tuscheln. »Ich habe ja nun einmal die Initiative ergriffen und dieses Treffen organisiert. Äh, … ich muß gestehen, daß ich noch niemals in meinem Leben eine Rede gehalten habe, bitte sehen Sie mir das nach.«

Während ich in undurchdringliche Gesichter blickte, stammelte ich verzweifelt weiter: »Also, äh, ich möchte mich dafür bedanken, daß Sie so zahlreich erschienen sind. Ich möchte auch betonen, daß ich hier keine Gegenveranstaltung zu der unserer Ehepartner machen wollte. Viel eher sollten wir diese Gelegenheit nutzen und uns miteinander bekannt machen. Ähm, ja, ... ich kann Ihnen später ja auch etwas von mir erzählen«. – Mir wäre nicht einmal mehr mein eigener Name eingefallen.

Mechanisch bewegte ich langsam meine für alle deutlich sichtbar zitternde Hand dem Champagnerglas entgegen und riß es vom Tisch. Die beiden tuschelnden Damen stießen sich an und lächelten, nachdem ich dieses köstliche Getränk über meine Bluse gegossen hatte. »Darum möchte ich mit Ihnen auf einen netten und harmonischen Abend trinken. Zum Wohl.« Erschöpft ließ ich mich auf meinen Stuhl fallen. Die Runde schien so berührt wie vorher.

»Wenn Sie's nicht selbst gesagt hätten, Frau Hitzig, hätte niemand hier am Tisch bemerkt, daß das ihre erste Rede war«, lächelte Herr Schmitz.

Niemand lachte.

Leise begannen Gespräche, meist zu zweit und so, daß sich niemand sonst hätte beteiligen können.

»Selbstgebacken?« fragte Frau Wacker neben Herrn Schmitz. Wie auf Kommando war aus dem Gemurmel am Tisch interessiertes Schweigen geworden. Einige hatten den Baumkuchen schon beiseite gestellt.

»Ja«, piepste ich. »Ich backe zur Weihnachtszeit neuerdings Baumkuchen. Hoffentlich mögen Sie ihn«.

Keine Antwort.

Der Kellner wollte die Bestellung aufnehmen. Ratlosigkeit in den Gesichtern, niemand reagierte. Er sah mich fragend an.

»Also, ich möchte bitte eine vegetarische Pizza und dazu ein Viertel Chianti«, sagte ich mit wieder gefestigter Stimme. Jetzt könnten sie mich alle mal gernhaben, beschloß ich, jetzt würde ich mich um nichts mehr kümmern.

»Das ist eine gute Idee, ja, das möchte ich auch«, hörte ich am anderen Ende des Tisches, und der Ober nahm von sechzehn Erwachsenen die Bestellung von vierzehn vegetarischen Pizzen und vierzehn Vierteln Chianti auf. Herr Schmitz und Frau Seiler bestellten selbständig.

Auf die Frage, ob ich mich inzwischen gut in Oststadt eingelebt hätte, pries ich die Stadt, das Haus, das Landleben, Oskars Schule. Als ich erzählte, daß uns die Nachbarn einmal Petersilie geschenkt hätten, was ich für schier unfaßbar und großartig hielt, unterbrach mich Frau Scheffler mit scharfer Stimme: »Mir mußte hier noch niemand Petersilie schenken.«

Darauf schwiegen wir wieder.

Nachdem der Wein auf dem Tisch stand, bemerkte jemand, daß wir doch auf das Wohl unserer Ehegatten trinken wollten, wie es in der Einladung formuliert gewesen sei.

»Ja, dann heben wir vielleicht gemeinsam das Glas auf unsere erfolgreichen Partner und auf Frau Schmitz«, schlug ich vor.

»Glauben Sie, daß die da drüben auf uns trinken? Nee, auf die trinke ich keinen Schluck!« antwortete Frau Scheffler mit lauter Stimme über den Tisch.

Sieben Anwesende hoben trotzdem mutig ihre Gläser.

Dann berichtete eine der Frauen, die als niedergelassene Ärztin eine große Praxis in der Stadt hatte, wie peinlich es ihr sei, Mahnungen für nicht bezahlte Rechnungen an Privatpatienten zu verschicken. Solche Methoden aus dem Westen würde sie nicht übernehmen, weil sie sich dafür schämen müßte. Im Westen würde man ja, ohne mit der Wimper zu zucken, solche Briefe verfassen, da würde man ja schon als Kind so erzogen. Ich hatte nichts mehr zu verlieren, deshalb gestattete ich mir die Frage, ob sie alle Menschen der alten Bundesländer für skrupellose Ausbeuter hielte.

Gleich nach dem Essen verabschiedete sich ein Kollektiv von zehn Personen.

»Auf Nimmerwiedersehen«, dachte ich.

Ich mußte auf Fritz warten, weil er das Auto hatte und die wenigen Verbliebenen sollten auch abgeholt werden.

»Na, wie war's?« hörte ich Fritz vom Eingang her schmettern.

Im Auto erzählte er mir von seiner Feier. Es war kein Tisch vorbestellt gewesen, man saß halt bei einem Bier zusammen. Offizielle Worte seien nicht gesprochen worden. Ein Kollege hatte kein Geld dabei gehabt, um sein Würstchen zu bezahlen, und einige hatten nur ihr Bier getrunken, weil sie nichts ausgeben wollten.

»Du wirst sehen, Lu, sie haben das alles nicht so wie du empfunden. Morgen werden sie eine nach der anderen bei dir anrufen und sich für den tollen Abend bedanken.«

»Vielleicht hätten Sie Schnaps statt Champagner bestellen sollen«, überlegte Ellen Lindow, der ich einen der vierzehn stehengelassenen Baumkuchen brachte.

Ich hatte Karten für die »Weihnachtsgala« besorgt, die ich mit Oskar in der Stadthalle besuchen wollte. Die Tickets für die Veranstaltung waren nach wenigen Tagen schon im Vorverkauf vergriffen. Obwohl ich die Namen der auftretenden Künstler noch nie gehört hatte, versprach es ein besonderes Fest zu werden, denn es wurde von der Lokalzeitung und einem großen Brandenburger Sender gesponsert. Auch das Fernsehen hatte ein Team geschickt.

Wir betraten die Festhalle, die mit dem roten brandenburgischen Adler geschmückt war, und bahnten uns den Weg zu unseren Plätzen, vorbei an außergewöhnlichen Garderoben. Diesmal fielen neben viel Lurex und Polyester auch Straß und Farben ins Auge. Mein Nachbar zur Rechten, um die sechzig Jahre alt, trug einen leuchtendblauen Anzug. Seine Frau saß in schrillem Pink mit hoher Duttfrisur daneben. Eindrucksvoll auch Oskars Nachbar, der einen gewagten zitronengelben Anzug ausführte. Er hatte viel für den Halt seiner Frisur getan, und nicht nur seine Frau sollte ihn bei Dunkelheit am Duft erkennen dürfen.

Ein etwa fünfzigjähriger Sänger stellte sich als »Opa« vor und auch seinen Enkel, mit dem er ein Liedchen trällerte. Das Publikum tobte vor Begeisterung, so daß es Zugaben hagelte. Auch die allseits vertraute »Oma«, die ihre Enkelin wegen deren Stimmbegabung mitgebracht hatte, versetzte unsere Umgebung in Wallung. Oskar war sehr angetan.

Zur Auflockerung rannte ein dem Volk schon aus alten Zeiten gut bekannter und beliebter Komiker über die Bühne, rupfte die

Blumen aus der Dekoration, sang mit dem Publikum Lieder, die wir nicht kannten, die übrigens auch nichts mit Weihnachten zu tun hatten. Als ich keinen Beifall klatschte, sah mich mein kobaltblauer Nachbar im Halbdunkeln länger und vernichtend an.

»Haben Se ooch Westverwandtschaft?« fragte der Schelm auf der Bühne das vor Vergnügen kreischende Publikum im Saal. »Ja? Sie armen Schweine! Dann kommen Ihnen jetzt zur Weihnachtszeit bestimmt auch die Erinnerungen an damals hoch. Damals, als die netten Wessis zu Weihnachten zu Ihnen kamen, vorgefahren mit 'nem großen Schlitten, die immer sagten ›Ach, schade, daß ihr uns nicht mal in Düsseldorf besuchen könnt!‹. Hähä! Kamen den weiten Weg von Düsseldorf, um hier bei uns ihre Weihnachtsgans zu fressen!« Der Saal tobte, das Lachen nahm kein Ende. Auch Oskar fand das alles sehr lustig.

»He, du alter Sack, da unten! Ja, du!« schrie der Künstler einen Mann in der zweiten Reihe an. »Schlaf mir hier nich' ein! Ich stehe hier nicht zum Vergnügen! – Und am nächsten Tag, ne, da hat die dämliche Verwandtschaft sich mit ihren fetten Ärschen wieder ins Auto gesetzt und ist abgefahren: ›Kommt doch bald mal zu uns‹, und draußen am Tor, da haben sie gewendet und sind zurückgekommen!« Die Leute neben mir fielen fast von den Stühlen, nestelten nach Taschentüchern, weil die Tränen nur so rannen.

»He, du da, kleines Ärschchen!« zeigte er auf eine Frau im Publikum. »Schön aufpassen, ja?! Warum sind die lieben Verwandten umgekehrt, na?! Na?! Na, ist doch klar! Die haben gefragt, ob sie den Rest von der Gans mitnehmen können!«

Bis zur Pause unterhielt uns dann noch ein Schlagersternchen im Nachthemd. Den überglücklichen Fans – das war offenbar der ganze Saal außer mir – erklärte sie schnaufend, daß sie ja gerne mit jedem einzelnen die Nacht verbringen würde, was von allen mit einem glücklichen Raunen aufgenommen wurde. Mein Nachbar nestelte abermals gerührt ein Taschentuch hervor.

Wir gingen in der Pause.

Als die Kritik der »Oststädter Allgemeinen« am nächsten Tag positiv und jubelnd ausfiel, verfaßte ich den ersten Leserbrief meines Lebens. Ich berichtete vom alten Sack, dem Ärschchen, den miesen Wessis, von Opa und Oma und dem Girl im Nachthemd.

Groß und deutlich hatte ich den Umschlag beschriftet. Ich brachte den Brief persönlich zum Verlag und bat den Pförtner, ihn weiterzuleiten. Seine Augen ruhten lange auf dem Umschlag.

»Mit dem Kleinschreiben ham Se wohl so ihre Schwierichkeiten, wa?!« meinte er kopfschüttelnd.

Unter der Überschrift: »Unmut über niveaulose Veranstaltung« veröffentlichte die Zeitung am nächsten Tag meine Meinung. Ein führender Mitarbeiter der Zeitung erzählte Fritz, daß man sich diesmal mit der Unterstützung der Veranstaltung sehr vergriffen habe. Der Kritiker der Zeitung hatte wegen des tosenden Beifalls nicht den Mut gehabt, einen entsprechenden Artikel zu schreiben. Er sei aus dem Westen, teilte mir später der Chefredakteur mit.

Glück & Freude

In der Praxis war die Heizung abgestellt. Bis zum ersten Termin war noch etwas Zeit. Ich hatte an Kaffeepulver und eine Tasse gedacht, doch leider scheiterte mein Vorhaben an einer Möglichkeit, heißes Wasser zuzubereiten.

Aber ein Radio war vorhanden, so daß ich über den Sender erfuhr, welche Volkssolidaritäten heute mit Heimatgesängen ihre Genossen grüßen ließen. Auch der Bund der Antifaschisten ließ grüßen. Immerhin hatte Frau Beauregard versucht, mit gelben Rollos etwas Frische an die Lichtschächte, durch die man die Füße der Leute auf der Straße sehen konnte, zu bringen. Einige Grünpflanzen standen nicht auf den Fensterbänken, wo sie wenigstens einen Hauch von natürlichem Licht bekommen hätten, sondern in den dunkelsten Ecken. Lila Gymnastikmatten. Zwei Gymnastikstäbe, ein Ball. Ein großer Spiegel mit Ballettstange. Im Raum nebenan zwei Kabinen mit Elektrogeräten und altertümlichen Liegen. Alles zweckmäßig.

»Kann nur besser werden«, murmelte ich beim Abendessen, als meine kleine Familie mit erwartungsvollen Augen vor mir saß und mich im Freudentaumel hoffte. »Keine besonderen Krankheitsbilder. Die wollen alle ihre Massage, weil sie die früher nicht bekommen durften. Bloß nicht anstrengen und Krankengymnastik machen. Ich habe noch nie so gearbeitet«, jammerte ich, »ich sitze herum und warte darauf, mit einem Schallkopf zehn Minuten eine Schulter reiben zu dürfen, mit einem Vorkriegsmodell eine Rotlichtbehandlung zu machen und dann zu massieren. Heute habe ich in fünf Stunden knapp neunundzwanzig Mark erarbeitet. Davon kann eine Praxis nicht existieren.«

»Nun warte mal ab. Vielleicht ändert sich das noch.«

»Ich habe schon nachgesehen, was morgen und in den nächsten Tagen kommt. Immer der gleiche Trott. Keine Panik.«

»Ändere es doch. Sprich die Ärzte an. Laß die Rezepte umschreiben. Sprich mit den Patienten. Die wissen es vielleicht noch nicht besser.«

»Ich kann nicht das Praxiskonzept vollkommen umkrempeln! Es ist nicht meine Praxis!«

»Aber die Leute hier sind daran interessiert, neue Erfahrungen und Methoden auszuprobieren.«

»Ein Rezept habe ich ändern lassen, bin in der Arztpraxis gewesen und habe eine andere Behandlungsmethode vorgeschlagen. Die Ärztin hat das hocherfreut unterschrieben.«

»Na siehste. Warte mal ab. Ich sehe schon, daß du doch noch mal deine eigene Praxis aufmachst. Wenn es den Patienten durch deine Therapie besser geht, werden immer mehr kommen. Und ich kann mit den Kollegen in der Stadt reden!«

»Ja, genau. Du nimmst das für mich in die Hand! Hier, wo alle miteinander versippt und verschwägert sind. Du hast es schon schwer genug, deine Kollegen in der Stadt und in der Klinik bei Laune zu halten.«

Fritz zuckte nur noch hilflos mit den Schultern.

»Und zu Hause bleibt alles liegen. Du kommst ab und zu abends kaputt aus der Klinik geschlichen und setzt dich an deinen Schreibtisch. Und ich fange in der Küche mit dem Abwasch vom Frühstück an. Und Sepp haben wir uns unter der Prämisse angeschafft, daß ich zum Arbeiten nicht aus dem Haus muß. Denn den netten und ehrlichen Wuttkes haben wir es zu verdanken, daß es mit dem Laden nicht funktioniert.«

»Dann mach doch deine Praxis zu Hause auf.«

»Wo denn?! Soll ich die Leute auf dem Küchentisch behandeln oder lieber im Stall?! «

Kevin Lebek schickte uns wieder seine Fahnengrüße zur guten Nacht.

»Ei, wissen Se«, babbelte Frau Schall beim Neujahrsempfang der Stadt, »ihr Mann, nä, der dreht siesch ja auch des Hemd auf links für seine Batiendinnen, ne. Isch happ ja auch räscht lang bei ihm off de Station geleschen, und isch muß ärlisch sag'n, des war enne wahre Freud' mit ihrem Mann.«

»Ach, ja?«

»Hmm, also, alle himmeln denn jo an, ne. Also, Frau Hidzisch, was isch Sie emmol frag'n wollde, is, ob Sie nicht auch emmol zu unserem Schdammdisch kommen möschten.« Das sei immer recht interessant, erklärte sie mir. Schließlich sei das Leben für West-Frauen hier schrecklich und alleine kaum auszuhalten.

»Paß' auf, überlege dir, ob du zu diesem Stammtisch gehst!« raunte mir Anne zu, die schon einmal dort gewesen war. »Da sitzen die genervten, feinen Westfrauen wie in einer Selbsthilfegruppe zusammen und trinken sich Mut bis zum Wiedersehen an. Du solltest nur daran teilnehmen, wenn du depressiv werden möchtest.«

Sie hatte inzwischen mit der Telefonseelsorge Kontakt aufgenommen, um ihre Hilfe anzubieten.

»Da könnte ich dich ja auch mal anrufen!«

»Du, die wollen mich da nicht«, erklärte Anne. »Ich spüre das. Nicht einmal ehrenamtlich könnte ich dort arbeiten, weil ich nicht von hier bin.«

»Das ist mir genau umgekehrt passiert«, mischte sich Stella Frei ein, die uns in der Menge entdeckt hatte.

Ihr Mann war kurz nach der Wende aus Berlin in die hiesige Brauerei versetzt worden. »Ich habe mich im Heiligenschein-Krankenhaus gemeldet, um dort umsonst ein bißchen Pflegedienst zu leisten. Ich wollte mich um die alten Menschen kümmern, ihnen etwas vorlesen und so weiter. Erst wollte man mich da auch nicht, aber nach zwei Wochen bekam ich abends telefonisch mitgeteilt, daß ich am nächsten Morgen um sechs zum Dienst kommen solle.«

»Einfach so?«

»Ja, sie hatten mich im regulären Dienstplan eingeteilt. Ich ging drei Wochen morgens zum Dienst, hatte meine Patientin, die ich badete und fütterte.«

»Das haben Sie wirklich gemacht? Aber gegen Bezahlung, oder?« staunte Anne.

»Nein, dafür bekam ich kein Geld. Das wollte ich auch gar nicht, ich wollte mich einfach sinnvoll betätigen. Aber wenn ich morgens so gegen neun Uhr, wenn meine Patientin versorgt war, wieder gehen wollte, erntete ich entsetzte Blicke und Sprüche. Nachdem ich selbst krank geworden bin, haben sie mich nicht mehr eingeteilt.«

»Im Gegensatz zu Ihnen gab es sicher etliche, die den Osten als schnelle Aufstiegschance entdeckt haben«, warf ich ein, »wir kannten in Weststadt einen Architekten, der dort kaum Aufträge bekam. Aber gleich nach dem Fall der Mauer war er im Osten, kaufte Häuser und Grundstücke zu äußerst günstigen Preisen. Heute geht es ihm glänzend.«

Stella machte mich aufmerksam, daß hinter mir jemand etwas von mir wolle. Als ich mich umdrehte, stand eine verlegen wirkende, sehr schmale und blasse alte Dame vor mir. Ich merkte, daß sie all ihren Mut zusammennahm, um auf mich zuzugehen. »Verzeihen Sie bitte, daß ich Sie störe«, begann sie, während sie mir ihre Hand entgegenstreckte, »Sie sind die Frau von Herrn Professor Hitzig, ja?«

»›Professor‹ stimmt nicht, aber sonst …«

»Ich habe Ihren Leserbrief gelesen, den Sie zu der Weihnachtsveranstaltung geschrieben haben. Frau Hitzig, was Sie da erlebt haben …«, stammelte sie, »…deshalb muß ich Sie heute ansprechen«, sie griff wieder meine Hand und hielt sie sehr fest. »Ich habe mich so entsetzlich geschämt, Frau Hitzig. Es gibt sehr viele Menschen hier, die anders denken.«

Frau Schreiber, die mich von der alten Dame wegzog, war eigens zu diesem Empfang aus Darmstadt angereist. »Wissen Sie, ich habe mein Kind ja recht spät bekommen. Ich bin damals ganz bewußt schwanger geworden.« Das hatte ich beinahe schon vergessen – im Westen wurde man ja ›ganz bewußt‹ schwanger! » … und heute ist mir der Philipp-Alexander mit seinen neun Jahren sehr wichtig. So sehr, daß ich mit ihm zurück nach Darmstadt gezogen bin. Wir hatten ihn hier eingeschult, aber das ging so schief, daß wir uns zu diesem Schritt entschlossen haben.«

»Und Ihr Mann?«

»Der ist hier geblieben. Jetzt führen wir eine Wochenendehe.«

Nach zehn Urlaubstagen meldete sich meine Chefin mit leiser Stimme am Telefon zurück. »Hallo, Frau Hitzig, hier ist Beauregard. Na, allet in Ordnung?«

»Nee, es ist nicht alles in Ordnung. Bis Mittwoch klappte es, aber danach waren alle Türen verschlossen. Ich konnte nicht arbeiten, weil ich in keinen Raum mehr hineinkam.«

Sie antwortete nicht.

»Wissen Sie, wer in der Praxis gewesen sein und abgeschlossen haben könnte? Vielleicht die Putzfrau?«

»Also, dit is natürlich schlecht. Sehr schlecht. Aber ick reiße Ihnen dafür nicht den Kopf ab.«

»Sehr freundlich. Die Schlüssel, die Sie mir gaben, paßten nicht mehr. Ich habe bei den Ärzten und in der Druckerei nachgefragt, aber niemand wußte etwas! Und Sie waren nicht erreichbar und haben sich leider zwischendurch nicht gemeldet«.

»Na, dit wird ja morgen was, wenn ick die Patienten wieder übernehme. So ’n Mist. Dann sehen wir uns morgen?« fragte sie.

Plötzlich wurde sie redseliger: »Ick bin ja so froh, daß Sie mich jetzt entlasten und ick mich mal um meinen Sohn kümmern kann. Den hab' ick in den letzten zwei Wochen so richtig jenossen.«

So sehr ich ihr das gönnte, konnte ich nicht verstehen, daß sie sich nicht ein einziges Mal nach ihrer Praxis erkundigt hatte.

»Ja, ich komme morgen um elf Uhr. Habe nur zwei Patienten. Vielleicht können wir kurz miteinander reden.«

»Nee, ick muß gleich weg, wenn Sie kommen. Vielleicht können wir mal abends zusammen Essen gehen und in Ruhe reden«, schlug sie vor.

»Geht das übermorgen?«

»Ja, mir is dit egal. Denn sagen wir übermorgen.«

»Ich muß aber trotzdem noch einmal darauf zurückkommen: warum sind plötzlich die Türen abgeschlossen? Das haben Sie mir noch nicht so richtig erklärt.«

»Dit muß die Putzfrau gewesen sein, aber die Schlüssel von der Kellertür passen auch an den Türen«.

Ich sprach mit Fritz darüber.

»Warum sollte sie das sagen, wenn's nicht stimmt? Du kannst es morgen wieder ausprobieren. Du hast doch die Schlüssel.«

Ich holte Frau Beauregard in der Praxis ab. Sie sah müde aus.

»Ach, dit is bei mir chronisch« Sie kramte ihre Sachen zusammen. »War doch nicht so schlimm mit den Patienten, die umsonst gekommen waren.«

Über dieses Thema wollte ich nicht mehr sprechen. Ich hatte die Schlüssel vor unserem Treffen noch einmal ausprobiert.

»Wohin sollen wir denn gehen?« fragte ich in der Hoffnung, daß sie zum Italiener, Griechen oder Araber wollte.

»Na, ick dachte, wir jeh'n um die Ecke in dit Restaurant, dit is nahe.«

»Hoffentlich bekommen wir keinen Durchfall.«

»Dit Essen ist hier recht gut«, versicherte sie, während sie sich ihren Schal vom Hals wickelte und setzte.

Ich beugte mich etwas über den Tisch zu ihr und senkte die Stimme: »In der vergangenen Woche stand in der Zeitung, daß der Besitzer wegen Salmonellen zu einer Geldstrafe verurteilt wurde.«

»Ach, schon wieder?« Die Bedienung brachte die Speisekarten und fragte nach unseren Getränkewünschen. Frau Beauregard grübelte lange und bestellte schließlich einen Tee.

»Ich würde gern ein Bier trinken.«

»Och, sonst ißt man hier aber sehr gut«, wiederholte Frau Beauregard, »Is' doch was Besonderes. «

Wir bestellten auf ihren Rat schwäbische Maultaschen. Die hatte Frau Beauregard in der vergangenen Woche, da waren hier nämlich Schwäbische Wochen, mit ihrem Mann gegessen. Sie war also nicht auf Reisen gewesen. Aber ich schwieg. In meiner Handtasche lagen die beiden Schlüssel, die ich ihr zurückgeben wollte.

Am Nachbartisch wurde einem Paar gerade die Suppe serviert.

»Ick habe heute wieder zwei Patienten für Sie eingetragen. Da kamen zwei neue Massagen und da hab ick jedacht, daß Sie mehr machen müßten.«

»Ich möchte keine Massagen übernehmen« sagte ich. »Geht es Ihnen denn gesundheitlich besser?«

»Och ja.«

Aus dem Augenwinkel sah ich, wie die Dame am Nachbartisch mit ihrem Löffel in der Suppentasse suchte.

»Wie stellen Sie sich das denn nun weiter vor?« fragte ich.

»Na, wie wir schon gesagt haben.«

»Aber ich möchte lieber anspruchsvollere Behandlungen machen. Sehen Sie…«

Sie nickte und zuckte mit den Schultern.

Die Dame präsentierte ihrem Mann gerade den Inhalt ihres Löffels: »Das ist kein Hummer, das ist Rindfleisch.«

»Wenn die Ärzte uns die Rezepte schicken, müssen wir danach arbeiten«, schnaubte Frau Beauregard in ein großes Männertaschentuch, während der errötete Herr am Nachbartisch nach dem Geschäftsführer rief. Der hatte noch schnell seine Kochmütze abgesetzt und kam mit gewichtigen Schritten an den Tisch.

»Klappt es nicht mit der Zusammenarbeit? Ich hatte den Eindruck, daß man mit den Ärzten im Haus gut reden kann, daß sie sogar sehr aufgeschlossen für neue Vorschläge und Ideen sind.«

Am Nachbartisch beschwerte man sich darüber, daß die Hummersuppe keinen Hummer, sondern Rindfleisch enthalte. Der Geschäftsführer gestikulierte mit seinem Handtuch über dem Arm und antwortete laut und betont, daß es sich nicht um Rindfleisch in der Hummersuppe handeln könne, weil er schließlich die besten Dosen mit Hummersuppe gekauft hätte.

»Ja, jut, ick soll ja auch wöchentlich mit denen eine Besprechung machen. Aber dit schaff' ick nich' ooch noch«, beschäftigte mich Frau Beauregard weiter.

»Das muß aber machbar sein, es geht doch um den Ruf Ihrer Praxis und um die Qualität. Das bringt Ihnen Patienten!«

»Ja, aber dit schaffe ick nich.« Sie tunkte ununterbrochen den Teebeutel ins Wasser.

Ich prostete ihr zu.

»Na, denn lassen Sie sich's mal schmecken. Also, eins muß ick Ihnen mal sagen, Frau Hitzig, ick arbeite nicht, um reich zu werden.«

»Na, das kann man mit einer physiotherapeutischen Praxis ja sowieso nicht«, warf ich ein.

Sie sah genervt aus. »Ick brauche dit auch nicht. Ick brauche keen eigenes Haus, keinen Garten, ick fahre Fahrrad, ick brauche keen Auto, ooch im Winter nicht, ick brauche keene zwei Urlaubsreisen, möglichst noch mit Flugzeug, und teure Klamotten trage ick ooch nich.«

Sie sah mich nicht an.

»Sie denken, im Westen hätten wir alles geschenkt bekommen. Aber Irrtum, ich hatte dort keine Unterstützung durch Großeltern oder einen Hort nach der Schule. Ich mußte alles selbst finanzieren. Alle Extras, zum Beispiel eine Haushaltshilfe, mußte man teuer bezahlen. Ich hatte so hohe Ausgaben, daß ich weniger verdiente als meine Mitarbeiterinnen. Ich hatte mich daran gewöhnt eigenständig für mein Geld zu arbeiten – es machte mir Spaß! Und wenn ich von meinem Geld verreisen kann, freut es mich um so mehr!«

Gerade wurde das Essen gebracht. Sie hatte zugehört. Die pappigen Maultaschen ließ ich zur Hälfte stehen.

An diesem Abend wurde nebenan keine Fahne gehißt. Kevin Lebek hatte sich schon am Nachmittag mit einer frischrasierten Glatze sehen lassen.

Ich hatte meine Habseligkeiten aus der Praxis geholt, die Frau Beauregard sich noch für einige Tage ausgeliehen hatte, und wollte im Elektromarkt vorbeigehen, um nach einer CD für Oskar zu fragen, die ich dort schon vor drei Wochen bestellt hatte.

Auf dem Weg in die Stadt war mir an unserem Ortseingang das Plakat einer Partei aufgefallen, die »Ein Herz für Deutsche« hatte.

Die rothaarige Verkäuferin, die mich jedesmal auf Übermorgen bestellt hatte, wenn ich nach der CD fragte, war nicht zu sehen. Ich steuerte auf den jungen Mann in der grün-schwarzen Weste des Marktes zu, der sein Outfit durch Springerstiefel und einen Ring in der Augenbraue aufgemöbelt hatte.

»Ihre Kollegin wollte mir die neue Techno-CD von Michael Schanze zurücklegen!« rief ich ihm zu, weil laute grelle Töne über den Lautsprecher liefen und jede Kommunikation im Keime erstickten.

Hatte er mich akustisch oder inhaltlich nicht verstanden? Er blickte mich müde an, schien plötzlich einen Geistesblitz zu haben, denn er fuhr sich mit den Fingern unter der Nase entlang, und quetschte sich mit den Worten: »Da liegt aba nischt«, an mir vorbei. Mit langen Schritten eilte er davon.

Ich folgte ihm, der nun am Tisch von Benjamin Blümchen und Pumuckl stand, woraus ich schloß, daß er sich meines Problems angenommen hatte.

Lässig blätterte er die CDs durch. »Is' aba nich' da. Ha'm wa ooch nich!«

»Aber ich sollte heute wiederkommen!« beharrte ich.

»Na, denn is' de Ware noch nich' ausjepackt!«

»Das hat mir Ihre Kollegin jetzt schon mehrfach genauso erklärt und mich wieder herbestellt!«

Mit seinem CD-Berg fegte er wieder an mir vorbei und wippte auf einen großen Pappkarton zu. Ohne sich seiner Last zu entledigen, wühlte er wieder nur mit der rechten Hand in einem Haufen von Kassetten: »Da is' nischt!« rief er mir genervt zu.

»Die muß aber heute hier sein! Ich bin jetzt schon das vierte Mal hier!«

»Aber heute noch nich!«

»Wie?«

»Heute sind Se noch keene viermal hier jewesen!«

Statt der CD nahm ich auf dem Rückweg das Plakat vom Ortseingang mit und rief zu Hause die Polizei an. Ein Beamter kam innerhalb einer Stunde, um das Plakat abzuholen. Es wäre keine verbotene Partei, sagte er, man habe in der vergangenen Zeit vermehrt deren Aktivitäten in der Stadt beobachtet.

Kadergespräche

Von der Musikschule war mit der Post ein Gebührenbescheid gekommen, den ich mitnahm, als ich zum Einkaufen in die Stadt fuhr.

Auf dem Grundstück von Familie Weiß tat sich wieder etwas. Als ich rückwärts von unserem Grundstück herausfuhr, standen auf beiden Seiten unseres Tores Baufahrzeuge auf dem Bürgersteig.

»Sind Sie doch bitte so nett, und fahren Sie ihre Wagen vom Gehweg, ich sehe beim Rausfahren nicht, ob auf der Straße ein Fahrzeug kommt«, bat ich einen der Arbeiter.

»Dit is jetzt hier 'ne Bauphase. Da müssen Se durch!« rief jemand mit roter Nase aus der Baggerkabine.

»Aber Sie müssen mich dazu nicht gleich so zuparken, daß ich nichts mehr sehe. Außerdem ist überall viel Platz für Ihre Fahrzeuge. Was Sie da machen, ist doch unnötig.«

»Dit bleibt aba so.«

Einer der Männer ging zu seinem Auto und schloß die Fahrertür auf. Beim Wegfahren sah ich im Rückspiegel, daß er sie wieder schloß und mir einen Vogel hinterherzeigte.

In Oststadt fielen mir auf dem Weg zur Musikschule die üppig geschmückten Schaufenster ins Auge. Heute war der 8. März – Frauentag. »Dit wird imma janz doll jefeiert. Da saufen wa uns einen an. Dit is imma urkomisch.« Mir fiel Margas Bericht über einen besonderen Frauentag ein, vor ein paar Jahren, als sie noch in der LPG gearbeitet hatte.

»Da war dit so, daß Carla, wa, von ihrem beknackten Alten, diesem Jeizkragen, ßum ersten Mal wat ßum Frauentach jeschenkt jekricht hat. Mensch, wat war die stolz! Der Alte hatte ihr 'nen Kasten Pralinen gekooft. Die Carla, die hat sich den janßen Tach uff Arbeet nich' einjekricht. Und als se denn am Abend ßu Hause ihre Küche uffjeräumt hat und danach ins Wohnzimma jeht, um sich jemütlich vor'n Fernseher ßu setzen, da liecht der Olle im Sessel, schläft und hat den Kasten Pralinen leerjefressen.«

»Guten Morgen, sind Sie Frau Holden?«

Sie nickte kurz und las dann weiter in der Zeitung.

»Entschuldigen Sie bitte, wenn ich störe, aber ich habe ein Problem, bei dem Sie mir vielleicht helfen können«, ich hielt den Gebührenbescheid etwas höher.

»Ja, und?«

»Darf ich reinkommen?«

Sie senkte ihren Kopf zwischen die kompakten Schultern. Ich setzte mich auf den Stuhl vor ihrem Schreibtisch, den sie mir nicht angeboten hatte. »Ich habe hier einen Gebührenbescheid für den Klavierunterricht meines Sohnes bekommen. Ich bin übrigens Luise Hitzig, mein Sohn Oskar nimmt bei Frau Senft Klavierunterricht.«

Keine Reaktion.

»Auf dem Bescheid steht, daß Oskar seit dem sechsten Juni hier Unterricht hat. Aber das stimmt nicht. Er hat erst am zehnten September damit begonnen. Also müßte das geändert werden.«

Frau Holden hatte während meiner Worte einen roten Kopf bekommen. Nun brachte sie Bewegung in ihren Körper. Sie ballte ihre Finger zu Fäusten und klopfte im Takt zu den Worten, die sie mit zackiger Stimme hervorbrachte, auf die Zeitung: »Wenn da steht, daß Ihr Sohn am sechsten Juni mit dem Unterricht angefangen hat, dann hat er das auch!«

»Aber er war nicht hier. Das ist ein Irrtum. Ich habe ihn doch selbst im September zu Frau Senft gebracht. Wir sind erst im Juni nach Oststadt gezogen.«

Sie stemmte sich nach hinten ab und von ihrem Stuhl hoch. Mit kühlem Blick fixierte sie mich, als sie um den Schreibtisch herumging: »Wenn Sie einen Bescheid ab Juni haben, müssen Sie den auch so bezahlen«.

»Man muß ja wohl nur für Leistungen bezahlen, die erbracht wurden.«

Sie zog auf Anhieb die richtige Akte heraus, schlug den Aktendeckel auf und pochte im Takt ihrer Worte auf das Blatt.

»Hier steht's! Am-sech-sten-sech-sten-hat-Ihr-Sohn-in-die-sem-Hau-se-den-Kla-vier-un-ter-richt-auf-ge-nom-men! Also bitte!«

»Das ist ein Fehler.«

»Nein, hier steht es so!«

»Aber es stimmt nicht!«

»Und wieso steht's nicht anders in der Akte?! Hä?!« Sie ließ die Schranktür offen stehen, schwankte zurück und klemmte sich auf ihren Stuhl.

»Ja, sagen Sie, könnte es sein, daß sich in diesem Hause auch mal jemand irrt? Vielleicht ist ein Fehler in der Übermittlung passiert.«

»Das Schreiben ist von der Gruppenleiterin unterschrieben. Die wird ja wohl nicht lügen«, wetterte sie.

»Ich lüge auch nicht. Es ist vielleicht auch eine Verwechslung mit einem anderen Kind. Frau Senft hat mir erzählt, daß nur sie alleine vierzig Klavierschüler pro Woche hat. Da kann es durchaus passieren, daß man die Kinder verwechselt, insbesondere, wenn man sie noch nicht so gut oder überhaupt nicht kennt.«

»Na, das hätte ich ja merken müssen, wenn sie ein anderes Kind gemeint hätte.«

»Wissen Sie was, entweder Sie ändern das und überprüfen meine Angaben bei den zuständigen Leuten im Hause oder ich melde meinen Sohn gleich wieder ab. Wenn Sie nicht in der Lage sind, in einem einigermaßen freundlichen Ton mit mir zu reden, sondern nur keifen und mein Anliegen für so absurd halten, kann ich ihren Laden meinem Sohn nicht zumuten.«

»Das laß' ich mir nicht bieten«, zischte sie mit feucht-süßem Lächeln, »ich werde Ihre Beschwerde weiterleiten, und zur nächsten Klavierstunde von, äh, von Oskar, komme ich dazu und gebe Ihnen meinen Bescheid!«

»Donnerstag um drei Uhr. Ich werde kommen.

Soll ich die Tür offenlassen oder besser schließen?« fragte ich sie lächelnd.

Kaum war ich zu Hause, rief schon die Leiterin der Musikschule an, um mich zu einem Kadergespräch mit Frau Senft, Frau Holden und ihr aufzufordern. Während ich erklärte, daß ich wegen einer solchen Lächerlichkeit nicht noch einmal den Weg in die Stadt machen würde, überlegte ich fieberhaft, was ein Kadergespräch sein könnte.

Gut, dann sei die Sache ja erledigt, sagte die Dame, die Rechnung würden sie ändern.

Fritz hatte sich an diesem Tag etwas früher freigenommen, um mit mir ein Fahrrad für Oskar auszusuchen, der bald Geburtstag hatte. Er hatte gerade mit seiner Sekretärin den Frauentag gefeiert.

Wir besuchten zuerst ein etwas abgelegenes Fahrradgeschäft in einem Altbau.

»Ich glaube nicht, daß wir hier ein Rad kaufen sollten.«

»Wenn sie hier das richtige Rad haben, nehmen wir es auch«, gab Fritz pragmatisch von sich.

Im Laden war zwischen den ausgestellten Rädern und Helmen kein Verkäufer zu sehen.

»Huhu!« rief Fritz in das Dunkel des hinteren Verkaufsraums, der offenbar als Wohnung diente. – Keine Antwort.

Ich meinte, recht nah Geräusche zu hören, deren Zuordnung ich nicht gleich glauben wollte.

»Ist da jemand?« fragte Fritz.

»Jaha«, klang es zaghaft hinter dem Vorhang neben dem Verkaufstisch, »Momentchen noch, ick komme gleich!«

Nun zog ein entsprechender Geruch durch den Laden.

»Komm, laß uns gehen«, bat ich, aber Fritz wollte sich umsehen.

Toilettenpapier wurde abgerissen, eine Hose hochgezogen, der Reißverschluß geschlossen und endlich die Wasserspülung betätigt.

Ich versuchte den Atem anzuhalten, als ein krebsrot angelaufener Mann, der sich gerade noch die Hosenträger über die Schultern streifte, den Vorhang beiseite schob.

»Ich warte draußen, Fritz, ich glaube nicht, daß hier das richtige Rad steht. Vielleicht kann ich irgendwo in der Nähe den Rotkohl für heute abend einkaufen, damit Karl nicht wieder so enttäuscht ist.«

»Warte doch mal, wir haben noch gar nicht richtig geguckt.«

Wir wollten Gustows an diesem Abend so bewirten, wie sie es sich damals vorgestellt hatten. Herr Radecki überraschte uns damit, daß seine Elli wieder vor Ort sei und diesmal auch gerne meine Kochkünste ausprobieren würde. Kein Problem, die Heidschnukkenkeule war groß genug.

»Ick hab' wieda 'n paar Eier mitjebracht«, sagte Marga und reichte mir diesmal gleich zwei Pakete.

Karl wies darauf hin, daß er sein Arbeitshemd anbehalten habe, in dem er an einer Hütte für Tochter Swetlana gebaut hatte. Seine Hausschuhe zog er mit dem Hinweis an, daß sie sich darüber ausschütten könnten, wenn Wessis sich ihre guten Schuhe anziehen würden, wenn sie Besuch bekämen. Sie hatten sich gerade gesetzt, als Radeckis kamen.

»Das können Sie beide benutzen«, hauchte Elli, die Fritz eine Gesichtsmaske überreichte, »man schäumt sich damit ein und läßt sie zwanzig Minuten einwirken.« Ich sah nach dem Braten.

»Wat is'n dit?« begutachtete Karl seine Vorspeise und rührte die Zutaten mit der Gabel durcheinander.

Herr Radecki sah mit fragendem Blick zu uns, seine Frau schüttelte mit empört-genervter Miene den Kopf.

»Feldsalat mit Äpfeln und Geflügelleber.«

»Ach, Marja, dit is Rabunsel, weeste, dit, wat wa im Jarten ha'm.«

Karl hatte seinen Teller schon leergegessen, als Fritz den Wein einschenkte. Diesmal hatten wir an alles gedacht und für Karl ein Bierglas gedeckt. Sie seien aus Ungarn, erklärte Frau Radecki Marga, die auffallend still war.

»Hmm.«

»Das war ja früher so phantastisch, als wir noch Personal hatten. Nicht einmal die Betten mußte man machen.«

»Hmm.«

»Das hat sich alles geändert. Nicht einmal im Urlaub findet man Niveau und wenigstens ein bißchen stilvollen Komfort und Service«, beklagte die Dame.

Fritz musterte sie schweigend.

»Schmeckt prima.«

Beim Abräumen der Teller half er mir.

»Vielleicht sollten wir einfach nach dem nächsten Gang vergessen, ihren Teller abzuräumen«, schlug er vor, »mal sehen, was passiert.«

Ich gab ihm das Gratin.

»Wat is'n dit?« hörte ich Karl.

»Kartoffelgratin.«

»Mit uns mußte Deutsch reden. Wir versteh'n dit nich.«

»Ein Gratin sind überbackene Kartoffeln in Sahne.«

»Na siehste, dit verstehen wa ooch«.

»Für dich habe ich Klöße und Rotkohl gekocht, Karl, das wolltest du doch?!«

»Nee, ick probiere heute ooch von dit Gradeng.«

Frau Radecki beschwerte sich gerade bei Marga über Geschwindigkeitsbegrenzungen. Sie habe sich jetzt ein Radar-Warngerät für tausendfünfhundert Mark gekauft, erklärte sie stolz, »aber diese Mistdinger piepen andauernd, man wird ganz nervös!«

Fritz reichte ihren Teller mit einem rosigen Fleischstück hinüber.

»Eij, kiiek mal, Fritz«, rief Karl, »dit Fleesch is noch nich' durch! Dit kann man doch so roh nich' essen!«

»Doch, die Keule ist genau richtig – das Fleisch muß zart-rosa sein«, Fritz schnitt ein wunderbares Stück ab und legte es auf Karls Teller.

»Phantastisch!« freute er sich, und Karl verzog angeekelt das Gesicht.

»… und vor jeder Baustelle steht so ein Schild. Das regt mich auf!«

»Ich finde, daß Autofahren auch etwas mit Selbstdisziplin und Intelligenz zu tun hat«, sagte ich zur Überraschung aller.

Sie starrten mich an, Fritz mit leichter Verzweiflung.

In Ellis Gesicht sah ich Zornesröte aufsteigen, Gustows grinsten breit.

»Wie können Sie denn so etwas sagen?!« protestierte Frau Radecki.

Fritz fing sofort ein anderes Gespräch an, während Frau Radecki nach Luft schnappte und beleidigt zu essen begann.

Für eine Weile blieb sie stumm.

»Dit Gradeng is Bauernfrühstück, Marja! Die nennen dit ooch bloß anders«, kaute Karl, »da fehlen nur die Eia.«

»Hat es geschmeckt?« fragte Fritz siegessicher.

»Das ist wirklich immer eine übertriebene Gastfreundschaft hier«, klagte Herr Radecki, der noch an seiner Beerenterrine löffelte.

»Wo liecht eijentlich Stuttjart? Da is' unser Sohn hinjeßogen. Is' dit inne Mitte oder janß im West'n?«

Wenig später komplimentierte Fritz die personalgewöhnte Dame in ihren Nerzmantel. Gustows stopften ihre selbstgehäkelten Pantoffeln wieder in den Stoffbeutel.

»Tschüssi, wa?!«

Die Schneemassen hatten das Grundstück in eine einzige Seenplatte verwandelt, weil das Tauwasser durch den festen Lehmboden nicht versickern konnte. Wir trugen den Dreck an den Schuhen in die Veranda. Sepps Lehmpfoten zierten schon seit Monaten den weißen Teppichboden. Wir mußten endlich unsere trostlose Wohnsituation verbessern.

Oskar hämmerte mit fachmännisch nach oben gezogener Unterlippe die Fliesen in der Küche ab, als Fritz nach einem Nachtdienst abgespannt aus der Klinik kam.

»Sag mal, wie entfernt man die Betonregale?« fragte ich.

»Abschlagen. Entweder mit der Hand oder mit einer Maschine.«

Er stolperte vor Müdigkeit.

Eine Stunde später sah ich ihn gegenüber am Straßenrand mit den Nachbarn sprechen. Nach einer halben Stunde klingelte der Bauunternehmer und brachte uns einen schweren Elektromeißel.

Die Fliesen krachten zu Boden.

»Wir müssen die Tür schön geschlossen halten, weil's ja doch erheblich staubt!« rief Fritz umsichtig.

Er begann den Durchgang von der Küche in das Arbeitszimmer freizulegen, den Wuttkes zugemauert hatten. Fritzens Brillengläser waren grau und seine Nasenlöcher dick mit Staub verklebt. »Wo soll der Schutt hin?«

»Keine Ahnung, aber müssen wir den Durchbruch schon heute machen? Wir könnten bis zur nächsten Woche damit warten und uns gleich am Montag einen Container besorgen.«

Fritz stopfte sich eilig die verdreckten Wattepfropfen zurück in die Ohren und arbeitete weiter.

Am Abend war die Hälfte des Rundbogens zum Eßzimmer freigelegt. Überall hingen dicke Staubwolken und legten sich gnadenlos auf und in alles, was wir besaßen. Ich hatte Halschmerzen.

Auch am Sonntag knatterte und dröhnte es in unserem Haus. Oskar verzog sich nach dem Frühstück zu Mändi, bei der er zum Mittagessen eingeladen war.

Am nächsten Morgen konnte ich nicht einmal mehr krächzen, hatte Hals- und Gliederschmerzen.

»Bestell' du heute einen Container. Ich fange morgen nach dem Dienst mit dem Schippen an«, koordinierte Fritz beim Frühstück. Wir hatten das Geschirr notdürftig im Badezimmer gespült, wo nun auch die Kaffeemaschine stand.

»Ach ja, du kannst ja nicht sprechen«, fiel ihm auf, »Gut, also muß ich das auch noch machen!« setzte er leicht gereizt hinzu.

»Mensch, du hast noch gar nicht richtig gelebt, da wirst du alt«, dachte ich, als ich nach der Verabschiedung der beiden einen Blick in den Spiegel warf. Tiefe, dunkle Augenringe, trüber Blick und Falten um die Augen. Die schrullige, staubgraue Frisur wurde durch den dicken Schal noch unterstrichen.

»Der Container wird noch heute Vormittag vor dem Küchenfenster abgestellt. Sieh zu, daß der Mann ihn möglichst nahe dranstellt«, riet Fritz wenig später am Telefon. »Geht's dir besser?«

»Kehlkopfentzündung«, flüsterte ich, »kennen wir doch schon.«

»Ja? Kann ich mich gar nicht dran erinnern.«

»Hmm.«

»Also, schone dich heute mal, ich gehe jetzt in den OP.«

Es dauerte zwei Stunden, bis ich alle Bücher in das umgebaute Regal geräumt hatte.

»Wie heißt die japanische Kunst des Blumensteckens?« hieß die Preisfrage des Oderstädter Rundfunks, den ich nebenbei hörte. Mit Bedauern teilte der Sprecher dem anrufenden Bürger mit, daß es für die Antwort »Oregano« keinen Wandteller geben könne.

Der Container war am Mittag noch nicht da.

Ich stemmte im Bad die Mauer zwischen der Toilette und dem Waschbecken weg. Zufrieden betrachtete ich mein Werk, auf dem Hexe schon herumkletterte, um eine geeignete Stelle als neues Katzenklo auszusuchen.

»Ich kann das nicht verstehen!« regte Fritz auf: »Der Mann hat mir heute morgen versichert, daß er den Container noch am Vormittag zu dir bringt. Jetzt ist es schon zwei Uhr nachmittags!«

Ich nickte nur in den Telefonhörer.

»Also, Lu, nun reg' dich nicht auf, das wird schon. Ich rufe da gleich noch mal an und melde mich wieder, okay? Nimm' jetzt mal was zum Gurgeln oder eine Halstablette gegen die Schmerzen.«

Im Staub des Medikamentenschrankes fand ich einen Rest Nasentropfen und eine Geburtszange.

»Möglichst nahe!« signalisierte ich um fünf Uhr dem Mann, der den Container vor dem Küchenfenster abstellte.

»Sie melden sich dann«, rief er mir scheu zu, ich nickte mit tränenden Augen. Zur Probe warf ich ein paar Mauersteine aus dem Küchenfenster. Die Steine waren schwer, der feine Schutt wurde vom Wind überallhin verteilt. Er mußte über eine schiefe Ebene in den Container rutschen – das wäre die einfachste Lösung.

Gegenüber arbeitete der Bauunternehmer am Dach seines Hauses, seine Frau stand unten und reichte ihm das Material zu.

»Oskar, hol' bitte die Regenrinne, die draußen auf dem Boden liegt«, krächzte ich.

Wir legten zwei Mauersteine übereinander auf das Fensterbrett. Die Regenrinne reichte vom Fenster bis zum Container, so daß der Schutt hinüberrutschen würde, wenn ich die gefüllte Rinne anhob. Ein bißchen schmal war sie, aber es funktionierte. Allerdings mußte die Rinne mit einer kleinen Kehrschaufel gefüllt werden.

Ich sah nicht mehr auf, um von den Leuten draußen nicht angesprochen zu werden.

Oskar fand die Arbeit auf Dauer langweilig und spielte mit Sepp. Ich schippte und schippte. Nach vier vollen Schäufelchen stemmte ich die Dachrinne mit beiden Armen hoch in die Luft, so daß die Ladung in den Container rutschte. Nach zwei Stunden harter und ununterbrochener Arbeit war der Trümmerberg unverändert hoch.

»Wie siehst du denn aus?« fragte Melanie, die meine Konstruktion im Vorbeifahren gesehen und angehalten hatte. Als Bauingenieurin interessierte sie sich für solche Anlagen. Ich erfuhr, daß ein Liter Benzin vor der Wende eine Mark fünfzig gekostet hatte, das war für die Urlaubsplanungen wichtig gewesen. Außerdem habe man auf ein Auto zehn bis fünfzehn Jahre gewartet. Ein Kirschbaum aus der Baumschule wiederum habe nur zwei Mark gekostet. Wir beschlossen, daß wir uns, sobald es unsere Zeit erlaubte, zu einem Glas Wein zusammensetzen würden. Ich merkte mir, daß sie sich einen Pflaumenbaum für ihren Garten wünschte.

Die Eier, die unsere Hühner zur Begrüßung der Kongreßteilnehmer gelegt hatten, hatte ich auf Stroh in durchsichtige Tüten geschoben und mit Blumenbast verschnürt. Die Gurkengläser aus dem Spreewald sahen appetitlich aus.

An der Hotelrezeption stand eine junge Frau, die mich freundlich grüßte und dann warten ließ. Sie mußte sich erst mit der Hausdame über die Kleidung eines Gastes unterhalten.

»Hallo, Frau Hitzig«, sprach sie mich danach an, »wie geht es Ihnen denn so?«

Sie schien mich zu kennen. »Solveigh Klinger« stand auf ihrem Namensssschild. Nie gehört.

»Was haben Sie auf dem Herzen?« Ihre Stimme klang glockenhell freundlich und interessiert.

Ich übergab ihr den gefüllten Wäschekorb mit einer Liste der Gäste, die die Bücher, Eier und sauren Gurken auf die Zimmer gelegt bekommen sollten. Sie qietschte vor Freude und Begeisterung.

»So etwas Originelles habe ich ja noch nie gesehen! Hihi, kiek mal, Germaine, wie lustig und wie süüüß verpackt! Och nee, na, da haben Sie wohl ein Händchen für!«

»So außergewöhnlich ist das nun auch nicht«, lächelte ich.

»Sie können gaanz sicher sein, liiiebe Frau Hitzig, daß wir morgen alles gaanz schön und heil in die Zimmer legen! Das ist doch selbstverständlich! – Und wenn mal iiirgend etwas sein sollte, Frau Hitzig, wenn Sie mal Not am Mann haben, oder in der Küche etwas nicht klappt, wenn Sie mal die Butter vergessen haben oder sonst irgend etwas schiefgeht, dann bitte, bitte, bitte, wenden Sie sich an uns hier, ja? Sehen Sie uns bitte, bitte, bitte als Ihre Nachbarn an, denn schließlich liegt unser Haus ja in Ihrer unmittelbaren Nähe.«

»Ja, herzlichen Dank.«

Ein Mann, der seinen Wagen am Feldrand geparkt hatte, warf nacheinander Schilder und andere Blechteile über die Böschung. Ich wendete und fuhr zurück, aber ich hatte richtig gesehen.

Mit rauhen Pranken lenkte ich meine Damengruppe zur Stadtführung, danach zur Wanderung entlang der Oder, an deren Hängen leuchtend gelb die Adonisröschen blühten. Unsere Auen, das

Storchennest, der Gesang der Nachtigallen – die Rahmendamen schwärmten beim Bauernfrühstück in ›unserem‹ zünftigen Gasthaus an der Oder.

»Nun wird ja über die Fusion zwischen Berlin und Brandenburg abgestimmt. Danach wird es hier noch besser für Sie werden«, verabschiedeten sie sich nach den zwei Tagen.

Sie wollten kaum glauben, welche Reaktionen wir bisher zu diesem Thema gehört hatten. Das Ergebnis der Abstimmung erschütterte die Nation, aber nicht die Oststädter. Ihre siebenundsechzig Prozent Nein-Stimmen stellten die stolze Avantgarde der Ablehnung in ganz Brandenburg dar.

»Na, dit war heute vielleicht 'n Tag bei uns im Büro. Bei euch ooch?« fragte eine Sekretärin, die gerade nach dem Schlüssel suchte, als auch das benachbarte Sekretariat abgeschlossen wurde. Ich wartete auf Fritz, der noch nicht von der Station gekommen war.

»Dit kann ick dir sagen«, bestätigte die Kollegin, »ick habe mich vielleicht erschrocken. Ick kieke auf meine Uhr, kieke nochmal, weil ick denke, dit kann doch nich' wahr sein! Is' dit schon so spät oder jeht dit Ding falsch?! Nee, es war tatsächlich schon zehn nach drei! Da mußte ick mitten im Satz aufhören! Dit is' mir noch nie passiert! Mitten im Satz – weil schon seit zehn Minuten Feierabend is'!«

»Na, sind Sie ooch zufrieden mit der Abstimmung?« fragte Frau Michel, als sie wenig später die Bürotür aufschloß.

»Eigentlich ist es ja nicht anders zu erwarten gewesen.«

»Tja«, lächelte sie spitz, »das ist eben das Recht auf eine freie Meinung.«

Wir haben doch Zeit

Im Fliesenmarkt hinkte ein netter älterer Herr auf mich zu: »Habe mal als Maurer und Fliesenleger gearbeitet. Noch zu DDR-Zeiten, wissen Se? Damals jab et all die Erleichterungen noch nich bei uns, da hab' ick mir die Knie und den Rücken kaputtgemacht«, in seinem Lächeln lag die Bitte um Nachsicht, weil er etwas länger für die Gehstrecke brauchte. »So bin ick hier jelandet«, er rückte den Zettel zurecht und sah mich erwartungsvoll an. Ich bestellte: von diesen zwanzig Quadratmeter, ... von denen zwölf Quadratmeter, ... da drüben, von denen sechzehn Quadratmeter.

»Macht Spaß, wa, allet neu einzurichten«, zwinkerte er mir zu. »Haben Sie jemanden, der Ihnen dit macht?«

Etwas verlegen erklärte ich ihm meine Pläne.

In der Küche müßte ein Ausgleich gegossen werden, die Wände müßten noch mit Rigipsplatten begradigt werden, im Bad könnte man direkt auf die alten Fliesen die neuen setzen, erzählte ich ihm. In seinen Augen leuchtete Anerkennung, er stellte die Kleber und Grundierungen zusammen.

»Ach, Herr Schneider!« rief er einem Herrn mit Krawatte zu. »Diese Kundin hier kauft für über zweieinhalbtausend Mark Fliesen bei uns. Kann ick ihr für's Zubehör einen guten Preis machen und ihr mein Werkzeug umsonst mitgeben?«

Der Geschäftsführer nickte.

Auf dem Rückweg holte ich Oskar von der Schule ab. Er hatte heute die Himmelsrichtungen gelernt.

»Bei ›Westen‹ haben die mich ausgelacht! ›Haha, du kommst aus dem Westen – du kommst aus dem Westen – du kommst ...‹«

»Ist ja gut. Und weiter?«

»Da bin ich aufgestanden. Du hast doch gesagt, daß ich vor niemandem Angst haben muß – und dann habe ich gesagt: ›Ich komme aus dem Westen, und ich bin stolz darauf.‹«

Beim Abendessen erzählte er Fritz davon.

»Ehrlich, Oskar?! Das hast du gesagt?«

»Hhmm, ja! Dann waren die ruhig.«

»Und die Lehrerin, was hat sie gesagt?«
»Nix. Die hat dann weitergemacht.«

Finger und Handgelenke schmerzten von den Stemm- und Schipparbeiten noch immer so sehr, daß ich nachts davon wach wurde. Dick geschwollen ließen sich die Finger nur schwer bewegen.

Fritz fuhr am Freitag nach Chemnitz, wo er einen Vortrag halten sollte. Er rief am Sonnabendmorgen ausgeschlafen aus seinem Hotel an.

Oskar fegte für das Frühstück den Eßtisch ab.

Um halb eins fuhr der kleine Wagen eines Getränkelieferanten auf unser Grundstück und brachte den 25-Kilo-Sack für die Ausgleichsmasse und die Fliesen für die Küche. Ich saß in der Sonne und las die Gebrauchsanweisung für den Bodenausgleich.

Leider paßte der Rührer, den mir der nette Verkäufer geschenkt hatte, nicht auf die Bohrmaschine. Also entschloß ich mich, möglichst schnell per Hand zu mischen: »Zweieinhalb Liter Wasser auf zwölf Kilo Estrichpulver.« Ich riß den schweren Sack auf und schätzte die Hälfte des Pulvers ab. Beim Schütten schmerzte es im Rücken. »Auf höchster Stufe mit dem Rührgerät mindestens zwei Minuten durcharbeiten.« Ich wirbelte den kleinen Rührer aus dem Baumarkt mit der Hand durch Wasser und Pulver. Als die Masse gleichmäßig flüssig war, schleppte ich den Eimer in die Küche. Dort fiel mir ein, daß ich vergessen hatte, den Boden mit dem Binder vorzubehandeln.

Ich rannte in die Garage, wo der große Kanister stand, mußte mich beeilen, weil sonst der Estrich im Eimer fest wurde. »Eins zu eins mit Wasser verdünnen!«

Die in Windeseile gemixte Flüssigkeit schüttete ich in hohen Bogen in die Küche und fegte wie besessen. Den Estrich verteilte und glättete ich mit einer Kelle. Er reichte nur für einen winzigen Teil der Küche, so daß ich die Tortur wiederholen mußte.

Während der dritten Rührphase versagten meine Arme. Ich griff mit den Händen in den Eimer und matschte alles durcheinander. Trotz der Gummihandschuhe klebte der Estrich an Fingern und

Unterarmen, an der Jogginghose und in den Haaren. Zum Schluß war nur eine Hälfte der Küche mit Estrich ausgegossen, für den Rest reichten die angelieferten Säcke nicht aus. Es war Sonnabendnachmittag – Wochenende – Feierabend – Zeit für ein entspannendes Bad.

»Hallööööchen, liiiebe Frau Hiiitzig!« flötete Frau Klinger. »Ich möchte auf keiiiiinen Fall stören, Sie haben ja sicherlich gaaanz viiiel zu tun. Aber ich habe ein gaaanz großes Problemchen, bei dem ich nur Sie um Hilfe bitten kann.« Sie hätten demnächst die Chefsekretärinnen der großen Firmen zu einem italienischen Abend eingeladen, um sich bei ihnen dafür zu bedanken, daß sie ihre Gäste im Hotel KOSMOS unterbringen würden.

»Aber mir fällt dazu keine geeignete Tischdekoration ein. Da habe ich an diese entzückenden Geschenkpäckchen von Ihnen gedacht und wollte Sie bitten, die Dekoration für acht Tische zu übernehmen. Wir würden hier alle nach Ihrer Pfeife tanzen, Sie könnten anordnen, was wir tun sollen – und dann klappt das auch. Selbstverständlich laden wir Sie und Ihren Gatten zu diesem italienischen Abend ein.«

Aus den Wasserhähnen in Küche und Bad floß, obwohl Fritz sie entkalkt hatte, immer weniger Wasser. Herr Wuttke hatte beim Verkauf des Hauses versichert, daß er die Wasserrohre nach der Wende erneuert hätte, so daß es daran nicht liegen konnte.

Fritz hatte seiner Sekretärin davon erzählt, die ihren Mann beauftragte, einmal sein geschultes Monteursauge auf unsere Rohre zu werfen. Herr Michel war entsetzt, und wir waren es auch, nachdem wir verstanden hatten, daß Herr Wuttke Kupferrohre auf die alten Zinkrohre geschweißt hatte, was zu chemischen Reaktionen und damit zum Verschluß der Rohre führte.

Die Rohre müßten komplett erneuert werden, sagte Herr Michel, er würde das in den Griff bekommen. Das sei auch kein Problem, denn jetzt säßen wir sowieso im Dreck und hätten danach für die nächsten Jahre Ruhe.

Seine Firma bekam überraschend einen großen Auftrag, so daß Herr Michel uns eine andere Firma empfahl. Dort war der Chef nicht im Hause, würde sich aber in den nächsten Tagen bei uns melden.

»Sieh' mal, da oben! Der Wind hat die Schuhe im Baum wieder in die andere Richtung gedreht«, lenkte Fritz mich ab, als ich ihn von der Klinik abholte. »Mach' dich nicht so fertig, es läuft ganz normal. Ich habe noch niemals gehört, daß irgendwo alles auf Anhieb geklappt hat. Und wir haben doch Zeit!«

Inzwischen hatten Bea und Anne mir auszureden versucht, Küche und Bad selbst zu fliesen. Fritz hielt das sowieso für blödsinnig. Also suchten wir einen Fliesenleger, obwohl damit die Finanzierung für ein neues Dach und den noch immer ersehnten maisgelben Außenputz draufgingen.

»Wunder werden sofort vollbracht!« hatte der Chef der Sanitär-Firma am Telefon gesagt. Um kurz vor acht klingelte es an der Tür. Mit nassem Haar öffnete ich. Ein kräftiger Mann, der eine dieser modernen Schirmmützen auf dem Kopf trug, sprang einige Schritte zurück, als Sepp ihm entgegenstürzte.

»Huaah, Mensch, ist dit 'n Kerl! Tut der wat?! Noack, mein Name, Morg'n. Frau Hitzig? Ihr Mann hatte anjerufen, weil es wohl recht dringend bei Ihnen ist?«

Ich zerrte ihn ins Haus. »Ja! Guten Morgen!« jubelte ich ihn dabei an, »Sie retten mich vor dem Wahnsinn! Bitte kommen Sie, Sie können sich sofort an die Arbeit machen!«

Wortlos folgte er mir durch das Durcheinander im Flur. Sein Blick verriet, daß er mich schon jetzt für nicht mehr zurechnungsfähig hielt.

Lachend breitete ich die Arme aus und drehte mich im Halbkreis.

»Hier! Überall müssen die Wasserrohre gewechselt werden und dann erst klappt's auch mit der Küche«, vielsagend sah ich ihn an. »Vor drei Wochen habe ich hier ...«, ich ging in die Küche, »die Wände von den alten Fliesen befreit, mit meinem Mann gemeinsam und auch alleine Wände weggestemmt, und den Schutt – es waren fast vier Kubik aus dem Fenster geschippt!« Ich holte Luft.

»Hhmm, hat mir Ihr Mann ooch schon erzählt«.

»Ja, und nun ist alles für Sie vorbereitet. Sie können sofort – aber wirklich sofort anpacken. Keine Terminabsprachen, keine verschlossene Haustür – ran ans Werk!«

»Ich schicke Ihnen morgen um sieben zwei Leute, die sich um die Rohre kümmern. Bitte geraten Sie nicht in Panik, wenn sie nicht auf die Minute pünktlich sind«, mahnte er einfühlsam, als er meine Enttäuschung bemerkte.

Wir besprachen das neue Bad, die Fäkaliengrube, die Wasseruhr, Isolierungen, Heizungsfragen – ich konnte inzwischen gut mitreden.

»Welche Firma macht die Fliesenarbeiten?« fragte er mit scheinheiligem Blick.

»Och, das wollte ich eigentlich selbst machen.«

»Na, für einen Laien ist fliesen nich' janz leicht.«

»Ick weeß, aber ick habe Literatur darüber«, beruhigte ich ihn. »Nur, wie man diagonal verfliest, steht nirgendwo«.

»Diagonal verfliesen wollen Sie ooch noch alleene?! Na, dit sollten Se sich aber doch noch überlegen. Ja, dann kommen also morgen zwei Leute und fangen an. Erschrecken Sie nicht, der eine hat recht lange Haare.«

»Hier ist jeder willkommen, der etwas zur Steigerung unserer Lebenqualität beitragen möchte. Ich bin schon für ein nettes Wort dankbar!«

Frau Klinger organisierte die Dinge, die mir für die Tischdekorationen fehlten. Als ich am Morgen des Festtages kam, tänzelte sie nervös um mich herum. »Ach, ich bin ja so aufgeregt! Heute soll ich auch noch eine Rede halten, das ist ganz schrecklich für mich.«

Bis zum Mittag waren vier der Tische, die jeweils für acht Personen gedeckt wurden, fertig gestaltet. Frau Klinger ließ zwei Gedecke zum Mittagessen auftragen, das sie mit mir gemeinsam in dem Festsaal einnehmen wollte. Sie konnte ihre Neugier nicht verbergen, hatte viele Fragen zu meinem Leben im Westen, meinem Mann und Oskar. Mit gewisser Ehrfurcht sprach sie über Fritz.

Sie selbst sei gelernte Kindergärtnerin gewesen, ehe sie die Ausbildung im Hotel gemacht hatte. Dort sei sie sehr zufrieden gewesen, bis zur Wende.

»Aber war es denn nicht so, daß das Volk den Fall der Mauer wollte? Es haben doch an jedem Montag so viele Menschen den Mut gehabt, für ihre Freiheit zu demonstrieren.«

Sie bekam einen kühlen Blick, während sie einen kurzen Moment überlegte: »Das Volk hat das gewollt?! Das kann doch niemand gewollt haben!« erregt nippte sie an ihrem Saft. »Ich selbst konnte es überhaupt nicht fassen, als ich den Fernseher anschaltete und diese Nachricht da am neunten November kam! Ich habe geheult! Frau Hitzig, geheult! Ich habe meinen Mann angeschrien und nur gesagt : ›Joe, was machen die da mit unserem Staat?!‹ So war das hier, Frau Hitzig. Das Volk hat das ganz bestimmt nicht so gewollt – so dumm ist hier niemand gewesen!«

Fritz saß mit mir am Mafia-Tisch, der mit einem Koffer, aus dem große fotokopierte Banknoten und durchsichtige Zuckertütchen quollen, mit Oskar's Pistolen und einem Panamahut dekoriert war. Auf dem Nachbartisch, mit Sand und Muscheln, aber auch Tonscherben geschmückt, schwamm im Bowlenglas der Goldfisch aus unserem Aquarium. Die Gäste waren begeistert und applaudierten nach Frau Klingers kurzer Rede. Einer der wenigen Herren freute sich besonders über unser Zusammentreffen. Er habe nach der Wende das Stadthotel geleitet, bis die Übernahme geregelt gewesen war. Dort habe er seine ganze Phantasie einsetzen können, um die kulinarischen Angebote auszureizen, erzählte er. Seine Dekorationen der Silvesterpartys nach der Wende seien unschlagbar gewesen. Obwohl er nun endlich seine Anwaltszulassung habe und für solche Dinge eigentlich keine Zeit mehr bliebe, sollten wir uns unbedingt treffen, weil die Stadt Menschen mit Ideen dringend bräuchte.

»Passen Sie auf, was den Herrn Schmidtke angeht«, tuschelte mir Frau Klinger später zu, »der war mal mit der obersten SED-Spitze befreundet. Freddy Schmidtke ist einer der gefährlichsten Männer der Stadt!« Gefährliche Männer hatten wir bisher noch nicht kennengelernt.

Sie standen pünktlich vor der Tür. Der eine war groß, dick und tapsig. Der andere klein, etwas drahtiger und zottelig. Beide begannen umgehend mit der Arbeit und redeten kaum mit mir. Zuallererst stellten sie schon mal das Wasser ab: »Sie können vorläufig nicht die Toilette benutzen!«

Ich freute mich!

Dann stemmten sie mit einem Elektromeißel den Rest der Wände auf: »Es wird jetzt mal für ein paar Stunden recht laut!«

Ich freute mich!

Sie schleppten Rohre und Werkzeuge durch das ganze Haus.

»Es wird jetzt mal 'n bißchen dreckig!«

Es war herrlich.

Sie hatten fast überall zu tun, deshalb blieb mir, um einen einigermaßen zentralen, aber auch warmen – »Wir stellen heute mal die Heizung ab!« – Standort zu haben, der Schreibtischstuhl vor meinem Computer. Beides war im Rahmen der Umräumarbeiten inzwischen im Wohnzimmer gelandet, umgeben von Badezimmervorlegern, Zahnbechern, Kaffeemaschine und dem restlichen Kücheninventar.

Das Toilettenbecken wurde morgens in den Garten gestellt. Um mich abzulenken, begann ich zu schreiben. Ich hämmerte dem

Computer alle Erlebnisse des vergangenen Jahres ein, er wurde mein Vertrauter, der alle Gedanken und Erlebnisse kommentarlos schluckte und für sich behielt. Ab und zu hörte ich fremde Männerstimmen draußen reden, fachlich oder lästernd, aber ich vergaß, was um mich herum geschah. Es ging voran! Nach acht Stunden klopfte es nachmittags an meine Zimmertür. Der Zottelige steckte den Kopf durch die Tür, ließ den Blick über das mich umgebende Chaos gleiten und bat mich, ihr Tagwerk zu begutachten.

»Also, wir ha'm da janz schön ßu kämpf'n mit den Bauschaum, den ihr Vorjänger hier übaall ßwisch'n die Rohre verteilt hat. Dit macht sich schlecht, dit allet wieda raußßuhol'n«, berichtete er mit ernster Miene. »Und denn ha'm wa Ihnen die Kloschüssel wieder uff dit Loch jeschob'm, so daß Sie dit Klo benutz'n können. Aber vorsichtich ruffsetzen. Spülen müß'n Se mit 'nem Wassereimer. Die Spülung ha'm wa schon rausjeschmiss'n.«

»Ick hab' ooch den Keller jewischt, weil Sie nur noch dit Waschbecken da unten ßum Waschen benutzen können. Dit Wassa hier oben is jetßt janß abjestellt.«

»Wie, da unten sollen wir uns waschen?! Neben der stinkenden Abwassergrube!«

Ich fuhr zum Einkaufszentrum auf der grünen Wiese. Während der Wende hatte ein cleverer Einheimischer den Quadratmeter Boden für neunundzwanzig Pfennige erstanden. Er hatte das Land dann für ein Vielfaches an die Einkaufskette verkauft.

»Ich möchte diesen Herd bestellen«, wandte ich mich an den Verkäufer. »Und eine Spülmaschine.«

»Für die Spülmaschine haben wir einen Firmenvertreter hier, mit dem Sie das Gerät aussuchen können. Er sitzt dort hinten im Büro. Wenn Sie sich entschieden haben, treffen wir uns hier vorne wieder.«

»Ich habe das Gerät, das Sie suchen, schon hier«, sagte der Mann im hinteren Büro.

»Aber ich habe noch gar nicht gesagt, welches ich möchte.«

»Aber ich habe es schon hier. Kommen Sie mal mit.«

»Es muß ein Einbaugerät sein«, warf ich noch kurz ein und lief hinter ihm her. Er blieb vor einem Gerät stehen.

»Bitte sehr. Einbaugerät. Turbotrockner. Besteckschublade. Sechs Temperaturmöglichkeiten. Acht Spülprogramme. Anzeige für Salz und Entkalker. Top-Modell!«

»Und der Preis?«

»Der stimmt«, grinste er mich an.

»Was heißt das?«

»Ich muß in den Computer sehen, weil Sie einen Ausstellungsrabatt bekommen würden.«

»Dann sehen Sie bitte mal nach.«

Er tippte lange auf dem Taschenrechner herum. »Zweitausenddreihundert!« sagte er und hielt dabei seinen Kopf schief.

Vier Verkäufer und eine Verkäuferin beobachteten mich aufmerksam.

»Lassen Sie mal«, warf ich ein, »ich nehme das Gerät, das ich mir vorher schon im Katalog ausgesucht hatte.«

Sein Grinsen erstarb. »Eintausendneunhundertneunundneunzig«, ächzte er, »mein letztes Angebot.«

Der Fall war erledigt, die interessierte Belegschaft und mein Verkäufer verließen den Kassenbereich.

»Muß ich nichts unterschreiben oder anzahlen?« fragte ich, weil sich niemand mehr um mich kümmerte.

»Nein«, antwortete der Herdverkäufer, »wir rufen Sie an, wenn der Herd hier ist. Dann bekommen Sie beide Geräte geliefert.«

»Sollte ich Ihnen dazu vielleicht meinen Namen und meine Telefonnummer hierlassen?«

Zur Feier des Tages besorgte ich sechs gebratene Hühnerhälften.

»Heute habe ich Broiler mitgebracht!« rief ich den beiden Handwerkern zu, die über mein angepaßtes Vokabular staunten.

»Ja, is jut. Aber jetzt im Moment haben wir keenen Hunger, wir ham vorhin schon ...«

»Jetßt jehtet nich, weil wir mit dit Rohr da unten weitermachen müssen«, fiel ihm der Dicke ins Wort.

»Na, macht ja nichts, wenn Sie Hunger bekommen, dann bedienen Sie sich bitte. Ich lege die Tüte auf die Fensterbank in der Küche, die Hühnchen bleiben ja noch länger warm.«

»Ach, Frau Hitzig, ick hab' da mal 'ne Frage«, kam der Zottelige hinter mir her. »Sagen Se, könnte ick den alten Spülkasten von ihrem Klo bekommen? Ick hab' nämlich 'nen Kumpel, den seine Klospülung is so dürftich, daß man immer noch mit der Bürste nachhelfen muß«, grinste er unter seinem Stirnhaar und strich sich verlegen über den Schnurrbart, als ich nickte.

»Da ist keine Tüte«, kam Oskar am Abend nach längerer Suche zu unserem gedeckten Schreibtisch zurück.

»Doch, die liegt oben auf der Fensterbank! Sieh doch mal richtig hin!«

»Aber da ist nichts! Ehrlich!«

»Ach, Mensch, Oskar! Nun stell' dich nicht so an! Da liegen zwei weiße Tüten mit jeweils zwei Warmhaltebeuteln! Die Handwerker haben nichts gegessen, die waren schon satt, als ich mit dem Essen nach Hause kam!«

Fritz stand auf und ging in die Küche.

»Du, da ist keine Tüte, Luise, wirklich nicht.«

»Sepp ...?!«

»Nein, der war heute ganz lieb«, verteidigte Oskar seinen Freund, »und der mag Hühnchen sowieso nicht!«

Nicht der Hund hatte sich über die Tüten hergemacht, die beiden Handwerker hatten sie mitgenommen.

Es geht voran

Der Fußbodenleger, Herr Härend, der bei unserem Einzug den Teppichboden gelegt hatte, kam mit einem Lehrling vorbei. Zuerst sollte der noch fehlende Ausgleich des Küchenbodens gegossen werden. »Wer hat denn den Fußboden, den wir im letzten Jahr gelegt hatten, rausgerissen?« fragte Herr Härend.

»Mein Mann und ich«, antwortete ich bescheiden.

»Och ja? Und? War schwer, wa?« freute er sich. Er versicherte, daß die Küche bis zum Ende der kommenden Woche komplett tapeziert und gefliest sein würde. Ich war beruhigt, als er den Lehrling mit Aufgaben eingedeckt hatte und selbst zu einer anderen Baustelle verschwand.

Der Dicke machte es sich nun erst einmal auf einem unserer Gartenstühle bequem und frühstückte. Auch sonst hielt er mit seinen Kräften Maß, verschwand des öfteren in der Garage, um eine Zigarettenpause einzulegen. Nachdem ich ihn einmal aus Versehen gestört hatte, sah ich ihn von da an bei geöffneter Tür auf dem Beifahrersitz seines Autos sitzen und sein Gesicht in die Sonne halten.

Die Sanitär-Firma hatte inzwischen die Rohrsanierungsarbeiten abgeschlossen und eine neue Truppe geschickt, die sich um die Anschlüsse in den Bädern kümmerte und Vorwandsysteme installierte.

Es ging voran. Nun waren wir schon seit Wochen ohne Bad, noch immer wurde das Toilettenbecken erst am Abend provisorisch auf den Abfluß gestellt, wir spülten mit einem Wassereimer, den wir unten im Keller, an der einzigen Wasserstelle, füllten.

Dann war wieder ein Fortschritt zu vermelden – wir konnten den Eimer im Bad füllen, indem wir die Schraube eines Wasseranschlusses öffneten, wobei dann allerdings auch die Wand und unsere Füße feucht wurden.

Meine Tätigkeit als Stylistin hatte ich gleich nach dem italienischen Abend beim Gewerbeamt angemeldet, um keinen Ärger zu bekommen.

»Wir möchten Sie an unser Haus binden, damit Sie nicht für ein anderes Hotel arbeiten und dann die Leute dorthin laufen«, plauderte Frau Klinger munter. »Deshalb bieten wir Ihnen einen unserer kleinen Konferenzräume an, damit Sie dort Ihre Boutique wieder eröffnen können. Als klitzekleine Gegenleistung machen Sie die Dekorationen unserer Tische im Restaurant, Sie gestalten unsere Bälle und vielleicht werfen Sie auch einmal ein Auge auf unsere Zimmer.«

Fritz und ich fanden, daß das Angebot gut war und kratzten unser letztes Geld zusammen, damit ich den Laden mit ansprechender Mode ausstatten konnte. Es ging mächtig voran.

Der Tag, an dem Marlise, Ron, Matheijs und Francine mit dem Wohnwagen aus Holland kommen würden, rückte näher. Marlise hatte angerufen; sie wollten sehen, wie es uns in unserer neuen Umgebung ginge. Ich freute mich, obwohl die Umstände in unserem Haus alles andere als gastfreundlich waren.
Inzwischen war ich so erschöpft, daß mir vieles gleichgültig geworden war. Das Geschirr spülte ich nur noch, wenn sich wirklich kein sauberes Teil mehr fand.

»Wir haben eine Einladung für einen Käse- und Rotweinabend auf dem Gutshof bekommen«, freute ich mich, »wollen wir Herrn und Frau Groß fragen, ob sie mit uns hingehen möchten? Sie sind doch auch noch nicht lange hier und Frau Groß hat außer ihrem Polnischkurs keine anderen Kontakte«, schlug ich vor. Sie sagten zu, und ich holte Fritz wieder einmal von der Klinik ab, um von dort aus direkt zum Gutshof zu fahren.

Den Brief, den ich an Bea geschrieben hatte, brachte ich auf dem Klinikgelände zum Postkasten am Pförtnerhäuschen. Die junge Frau, die immer so nett winkte, stürzte heraus, als sie mich kommen sah: »Hallo, Sie! Sie wohnen doch da draußen im Neusiedlerweg, oder?«

»Ja, wohe...?«

»Wie geht's Ihnen denn hier bei uns so? Sie sind doch aus dem Westen?«

»Ja.«

»Und? Ist für Sie ganz schön schwer hier, was?« lachte sie freundlich.

»Ja, ab...«

»Wir sind schon ein buntes Völkchen hier. Das stimmt schon. Kann ich mir vorstellen, daß Sie es da draußen nicht leicht haben. Aber so ist das. An allem ist doch sowieso nur dieser Kohl schuld!« schimpfte sie. »Wenn ich den mal in die Finger bekomme, dem würde ich so richtig meine Meinung geigen!«

Das tat sie nun ersatzweise mit mir. Sie ließ erst von mir ab, um einem Krankenwagen die Schranke zu öffnen. Als sie in ihrem Häuschen verschwand, trat ich die Flucht an.

»Ganz Gallien ist von Römern besetzt ... Nein! Ein von unbeugsamen Galliern bevölkertes Dorf hört nicht auf, dem Eindringling Widerstand zu leisten ...« zitierte Fritz.

»Aber die hatten einen Zaubertrank.«

»Sie haben sich aber auch mit stinkenden Fischen beworfen.«

Vor dem Gutshof trafen wir das Ehepaar Groß.

»Hoffentlich haben Sie Hunger«, freute sich Fritz, »ich habe extra nichts gegessen, weil ich mich auf guten Käse und Rotwein freue.«

»Ich habe schnell noch drei Teller Eintopf gegessen, weil ich keinen Käse mag«, erklärte Herr Groß lächelnd.

»Aber das macht nichts«, fiel ihm seine Frau ins Wort, »es wird ja wohl auch ein bißchen Brot geben, so daß er etwas zum Wein knabbern kann.«

Im Gutshof waren schon fast alle Tische besetzt. Das Schweigen im Raum fiel mir erst auf, als ich mit dem Rücken zu den anderen Tischen saß. Der Hausherr hatte sich an unseren Tisch gesetzt. Er stellte die Weine und Käsesorten für alle Teilnehmer vor.

»Eine gute Idee« lobte Fritz.

»Zum Wohl« hob der Gastgeber sein Glas.

»Ich kann leider nicht mit Ihnen anstoßen, weil ich keinen Rotwein trinke«, erklärte Frau Groß errötend, »aber es ist trotzdem ein schöner Abend.«

»Herr Groß ißt keinen Käse, Frau Groß trinkt keinen Rotwein – nette Idee, Sie zu einem solchen Abend zu überreden.«

Eigentlich hätte das Möbelhaus, in dem wir die Küche bestellt hatten, schon längst den Liefertermin mitteilen müssen. Rechtzeitig genug hatten wir sie bestellt, aber nun waren noch immer keine Bodenfliesen geklebt worden. Der Lehrling der Firma Härend erholte sich zusehends.

In der Küchenabteilung standen drei Verkäuferinnen plaudernd zusammen. Eine von ihnen drehte sich weg und ging, nachdem ich sie auf den Liefertermin der Küchenmöbel angesprochen hatte. Die beiden anderen sahen sich stumm an.

»Lesen Se keene ßeitung?«

»Doch. Wieso?«

»Hä, na, von uns kriejen Se keene Küsche.«

»Doch. Wir haben sie doch vor vier Monaten bei Ihnen bestellt.«

»Na, und? Ick sage doch: lesen Se keene ßeitung? Da stand doch drinne, daß wir pleite sind. Von uns kriejen Se keene Küche.«

»Soll das heißen, daß ich meine Küche nicht bekomme?«

»Ja, dit stand doch inne ßeitung.«

»Ich habe das aber nicht gelesen.«

»Ja, dit is aba so.«

»Aber dann hätte man uns doch informieren müssen!«

Keine Küche!

Kei-ne Kü-che!

»Wenn man Se nich' anjeschrieben hat, denn kann ick da ooch nischt für«, sagte die Wortführerin schulterzuckend und ließ mich stehen. Die andere sah mich mitleidig an.

»Gibt's denn keine Möglichkeit?« fragte ich. »Wir haben seit vier Monaten keine Küchenmöbel, leben auf einer Baustelle. Jetzt werden wir langsam fertig, da muß doch die Küche kommen!«

»Nein, es tut mir leid. Aber die Lieferanten haben alle Verträge mit uns gekündigt.«

Ich war zu müde, um mich zu beschweren. Glücklicherweise hatte wir noch keine Anzahlung geleistet. Fritz lenkte den Wagen am Wochenende nach Berlin, wo wir eine andere Küche aussuchten. In zwei Wochen würde sie geliefert werden.

Wir erreichten unser Haus, kurz bevor der Wohnwagen aus Holland auf das Grundstück rollte. Fassungslosigkeit machte sich auf den Gesichtern unserer Freunde breit, nachdem wir sie durch unser Anwesen geführt hatten.

»Ich koche uns erst einmal Koffje«, sagte Marlise und verschwand im Wohnwagen.

»Wie lange geht das schon?« hörte ich Ron Fritz fragen, der das Landleben pries, von unseren Heidschnucken erzählte und die Unzulänglichkeiten mit den Worten: »Hier ist eben alles anders«, erklärte.

»Ron, jetzt sag' du dem Kerl, daß wir hier frühstücke wolle. Er soll endlich einmal mit die Arbeit beginne!« regte sich Marlise auf, weil der Lehrling am nächsten Morgen im Garten saß und sich Gesicht und Arme eincremte.

»Luise ist schon völlig fertig. Der muß endlich einmal die Meinung von eine Mann gesagt kriege!« regte sie sich auf.

Wir verbrachten inmitten des Chaos schöne Stunden, konnten abends im Garten sitzen und uns über die Erlebnisse der vergangenen Monate amüsieren. »Hier in die Wälder liegt viel Müll herum, oder? Auf unsere Spaziergang habe wir mindestens drei alte Kühlschränke und einige alte Autositze gefunde. Schmeiße die das hier alles einfach in die Landschaft?«

Sie blieben immerhin eine Woche bei uns.

Noch immer klebten keine Tapeten oder Fliesen. Ich drängte Fritz, den Mann einer Krankenschwester anzurufen, der sich gerade als Fliesenleger selbständig gemacht hatte. Er würde sich bestens mit solchen Arbeiten auskennen, hatte sie Fritz erzählt.

Noch am selben Abend kamen zwei junge Männer, die über die mangelhaften Arbeiten der Firma Härend nur die Köpfe schüttelten. Mit einer Wasserwaage liefen sie durch Bad und Küche, maßen immer wieder die uneben verputzten Wände und schworen, daß sie es besser machen würden, als diese Stümper und Schlamper der Konkurrenz.

»Das bekommen wir in den Griff«, meinte Herr Mentär aufmunternd, »wir haben schon ganz andere Sachen versaut.«

Sie wollten am nächsten Morgen um neun Uhr mit der Arbeit beginnen; bis Sonntagabend sei wenigstens die Küche gefliest, so daß die Möbel aufgestellt werden konnten. Die Tapeten wollte ich danach selbst kleben.

Beim Frühstück im Garten warteten wir auf die Fliesenleger. Die vergangenen zwei Wochen waren sehr heiß und trocken gewesen. Am Dienstag würde das Chaos im Haus ein Ende haben. Endlich konnten wir Herd und Spülmaschine anschließen lassen und benutzen, die schon seit Wochen in der Veranda standen.

Um elf Uhr waren die beiden Männer noch nicht gekommen.

»Sie werden sich ausgeschlafen haben und ganz bestimmt gleich hier sein«, beruhigte mich Fritz. Immerhin mußte in der Küche noch der Bodenausgleich gegossen werden, der dann stundenlang trocknen mußte, ehe man die Fliesen auflegen konnte. Fritz kümmerte sich in betont zur Schau getragener Ruhe um unwichtige Dinge im Haus, während die Zeit verging.

Bis sechzehn Uhr dauerte diese spannungsgeladene Ruhe. Dann wurde Fritz aktiv und erkundigte sich in der Klinik nach der Telefonnummer von Schwester Conny.

Gegen achtzehn Uhr schlenderte einer der Männer wie zufällig auf das Grundstück. »Ick hatte heute Besseres zu tun, als bei Ihnen Fliesen zu verlegen«.

»Gehen Sie!« schrie ich ihn an, »Wenn Sie bald ihre Firmenpleite anmelden, dann ist daran wieder der ›Scheiß-Westen‹ schuld, nicht Sie, weil Sie unzuverlässig sind, oder?« Ich begann durchzudrehen.

»Ick habe selbst mit unserem Neubau zu tun jehabt, da konnte ick nich' kommen, weil ick 'nen Kabelbruch hatte.«

»Dann hätten Sie wenigstens anrufen können«, versuchte Fritz Frieden zu stiften, »ist alles ein bißchen viel für meine Frau, müssen Sie verstehen. Sie lebt seit Monaten hier im Dreck und muß das Chaos von morgens bis abends alleine ertragen.«

»Du mußt dich nicht für mich entschuldigen«, sagte ich und ging ins Haus, packte meinen Koffer und rief im Hotel an. Ja, ich könnte zu jeder Zeit ein Zimmer bekommen, sagte die junge Frau.

»Zum Frühstück bin ich wieder zurück«, beruhigte ich Oskar, der lieber bei seinem Papi bleiben wollte.

»Ich werde jetzt eine Nacht im Hotel darüber nachdenken, ob ich mit Oskar zurück in den Westen ziehe«, verabschiedete ich mich vom inzwischen doch etwas blassen Fritz.

Das Hotel hatte außer dem neuerdings hier wohnenden Herrn Radecki und mir keine anderen Gäste. Ich ließ mir ein Schaumbad ein und genoß ein Glas Sekt.

Fritz organisierte mit unseren Nachbarn zwei Fliesenleger, die bis in die Morgenstunden arbeiteten und den Küchenboden fertigstellten.

»Also! Hier is' dit Möbelhaus, ick bin der Fahra, der die neunundneunzich Pakete für de Küsche bringt. Ich bin so jejen ßwee Uhr bei Ihnen, wa?«

»Ja, ist gut, aber schaffen Sie es denn, die ganze Küche heute noch aufzubauen und zu montieren?«

»Ick habe hier den Ufftrag, Ihnen die janzen Pakete ßu liefern. Für 'n Uffbau und 'ne Montage ham wa keenen Ufftrag«, antwortete er nach kurzem Zögern.

Der Montageauftrag sei vergessen worden. Frühestens in zwei Wochen würden Monteure zu uns kommen können, erklärte mir die Mitarbeiterin des Möbelhauses am Telefon.

Zwei Männer in lehmverschmierten Schuhen stapelten die Pakete auf dem schönen Boden. Einer von ihnen jammerte bei jedem Ablegen seiner Ladung, daß er nach mehr als zwanzig Jahren im Ingenieurberuf heute als Möbelpacker seinem Ruhestand entgegensteuere.

»Dit 'hätt's bei Erich nich' jejeben.«

»Neue Möbel auch nicht, oder?« nickte ich mitfühlend.

»Sag' deinem Vater mal 'nen schönen Gruß«, sagte er zu Oskar, »er hat 'ne sehr interessante Frau.«

Nicht von drüben

Ich bewirtete die Küchenmonteure mit kalten Platten aus einem Restaurant. Am Ende des zweiten Tages bat ich sie, die Schrankteile, deren Zubehör leider doch noch fehlte, so an die Wände zu lehnen, daß man durch die Küche jedenfalls gehen könne.

»Klar! Gerd, du besorgst es der Kundin nach ihren Wünschen«, ordnete der tätowierte Bodybuilder an, »und icke trage in der Zwischenzeit den Abfall raus.« Er griff sich einen Küchenkarton.

Vier Schränke lehnten unbenutzbar an den Wänden, weil die Innenausstattung, Griffe oder die Füße fehlten. Ich hob einen der großen Kartons, um den Männern behilflich zu sein. Sie entrissen ihn mir und hatten es plötzlich sehr eilig.

Als ihr Vorgesetzter zwei Wochen später zur Überprüfung der von uns angegebenen Mängel kam, stellte sich heraus, daß die Küche komplett angeliefert worden war. Alle fehlenden Teile hatten sich in den Kisten befunden, die sie ›entsorgt‹ hatten – sie hatten mir ja auch erzählt, daß sie sich gerade ihre kleinen Fertighäuser einrichten würden. –

»Där gonze Scheiß do auos dor ähämolschen DäDäÄrr muß ärnoiard wärd'n. Da würd' isch misch schdrafbor mach'n, wänn isch von die old'n Drähten weeß und se drinjelossen hädde!« erklärte der Chef der Elektrofirma kopfschüttelnd, als der Herd angeschlossen werden sollte.

Also stemmten zwei seiner Leute die teilweise renovierten Wände wieder auf. Der Lehrling konnte seine Freude darüber nicht verbergen und riß ein großes Stück der Tapete ab. Er hatte mich am Morgen, als ich Fritz zur Arbeit gebracht hatte, mit rasanter Geschwindigkeit in einer Kurve überholt, um dann vor unserem Haus auf mich zu warten. »Ick fahr' hier imma mit hundert durch!«

»Kannste mir mal den großen Schraubenzieher aus dem Wagen holen?« bat ihn der Meister, der am Sicherungskasten stand.

»Na, du gloobst doch wohl nich', daß ick jetzt durch den Rejen loofe!« sagte der Auszubildende und sah grinsend hinterher, als der Mann das Haus verließ.

»Lassen Sie sich das wirklich gefallen?« fragte ich ihn.

»Ick muß mir das leider gefallenlassen.«

»Wieso?«

»Das ist der Sohn vom Chef.«

Mittlerweile befaßten sich vier bis sechs Männer mit der Befestigung unseres Gartens. Sie pflasterten die Einfahrt und schufen Terrassen, so daß wir bald ohne lehmverschmierte Schuhe ins Haus kommen würden. Sie waren alle in Ordnung, prima Kerle und fleißig. Nur Walter war anders. Er baggerte am Haus, stieß dabei die Dachrinne kaputt, fuhr rückwärts gegen den Pfeiler unseres Tores, der umfiel, fällte einen Baum so, daß der auf das Nachbargrundstück fiel und der Zaun erneuert werden mußte. Dann fuhr er einen Eimer platt, riß ein Loch in den Putz der Garagenwand und brach mit dem Bagger in den soeben von ihm installierten Lichtschacht des Kellerfensters ein.

Im Haus befestigten Fritz und Karl die Halogenstrahler an der Küchendecke – es ging voran.

»Karl, ißt du Lasagne mit?«

»Wat is'n ditte schon wieda?«

»Geschichtete Nudelplatten, mit Bolognesesauce gefüllt …«

»Nee, sowat eß' ick nich'. Für sowat bin ick nich'.«

Fritz überredete ihn zu einer Kostprobe. Das Stück Lasagne lag wie eine triefende Stulle in Karls Händen.

»Aber Karl, da ist Besteck …« wies Fritz auf den gedeckten Tisch.

»Nee, nee, laß mal. Dit jeht schon irjendwie ...« er beugte sich seitlich über die Stuhllehne und biß in die Nudeln. »Also dit is ... wat is dit, haste jesacht?« Mit fast schmerzhaft verzerrtem Gesicht schluckte er den Bissen herunter.

»Du mußt es nicht essen, Karl«, fiel ich beschwörend ein, »ist vielleicht nicht jedermanns Sache ...«

»Na, nu eß ick dit ooch. Man muß ja allet mal probiert ham, wa.« Er neigte sich wieder zur Seite, quälte den nächsten Bissen in seinen Mund. Die Sauce tropfte.

»Mir schmeckt's wie immer prima«, lobte Fritz verzweifelt.

Oskar verlangte eine zweite Portion.

»So, nu' hab' ick also ooch mal italjenisch jejessen. Da wees ick, worauf ick ooch weita verzichten kann.«

»Morjen um säschzähn Uhr gönnden Sä ooch rüborgommen«, lud der zukünftige Hausherr und Nachbar ein, »da faiorn wa Rischdwest.«

»Wir kommen gerne. Haben Sie denn schon einen Richtkranz? Ja? Ach, das hätten Sie wissen müssen – ich habe eine große Richtkrone zur Dekoration hier. Vielleicht können Sie die Sache noch rückgängig machen, dann sparen Sie die Leihgebühr.«

»Herr Weiß will morgen die Richtkrone haben«, übermittelte Oskar kurze Zeit später, »ick habe ihn getroffen.«

»Seit Ihr auch zum Richtfest eingeladen?« fragte Lisa telefonisch an. »Da kommen die beiden doch zu mir nach hinten an die Grundstücksgrenze und er sagt, nachdem er uns eingeladen hat: ›Na, in diesem Jahr stört es uns noch nicht, daß Ihr Kürbis zu uns rüberwächst. Im nächsten Jahr geht das nicht mehr.‹«

»Das ist ein Scherz gewesen«, überlegte ich. »Man kann sich nicht daran stören, daß ein Kürbis über die Grenze auf einen Acker wächst. Da ist doch noch nichts befestigt.«

»Das hat der aber ernst gemeint! Und dann fährt der auf unsere Einfahrt, wendet bei uns und parkt sein Auto auf dem Gehweg.«

»Vielleicht hat er nicht darüber nachgedacht.« Ich redete schon wie Fritz.

Ich schmückte die Krone mit bunten Bändern und stellte sie vor unsere Haustür. Als wir um sechzehn Uhr aus dem Fenster sahen, flatterten die Bänder schon fröhlich auf dem Dach des neuen Hauses.

Die Firmenspitze von »Gabler und Moisel« würdigte uns keines Blickes.

Man ließ den Bauherren auf dem Dach hämmern und Sprüche aufsagen, ehe wir mit einigen Verwandten und Bekannten der Weiß' eintreten durften, um Würstchen zu essen.

»Ach, Herr Doktor Hitzig«, ergriff Frau Weiß die erste Gelegenheit, »als Mitarbeiter des öffentlichen Dienstes können Sie sich parteipolitisch nicht engagieren. Ich habe das mal überprüft.«

»Du wolltest in die Politik?!« Erstaunt sah ich Fritz an, der das abstritt.

»Wir haben darüber kürzlich in ganz anderem Zusammenhang diskutiert«, erklärte er mir mit einem leicht süffisanten Lächeln. »Frau Weiß hat mir nämlich erzählt, daß sie in der PDS aktiv ist.«

»Ja. Ich habe sehr viel bewegt und Ausgleich geschaffen – noch vor der Wende und überhaupt in dieser ganzen Zeit!« erklärte sie.

Ich aß noch ein Würstchen und hörte, wie Florian Herrn Weiß fragte, warum er mit dem Teleobjektiv in ihre Zimmer fotografieren würde. »Isch wodograwiere nisch, isch gugge nach'n Stärnen.«

»Am Tag?«

»Hmm.«

»Wir brauchen denen doch nicht auf die Nase zu binden, daß wir früher alle in der SED waren!« hörte ich beim Weggehen jemanden raunen.

Die Richtkrone wurde stillschweigend – ohne Dank oder Gruß – zurückgestellt. Schon am nächsten Morgen ließ Herr Weiß die Betonröhren seiner Fäkaliengrube in unserer Einfahrt abladen. Fritz, der es nicht glauben konnte, kam extra aus der Klinik. Die Herren Gabler, Moisel und Weiß fanden seine Beschwerde überaus amüsant und zeigten ihm einen Vogel.

»Haben Sie schon mal bei uns gekauft?« fragte die Dame im Baugroßhandel, bei der ich nach den Steinen fragte.

»Oh, ich weiß nicht, wo unser Material gekauft wurde. Ich selbst jedenfalls war noch nicht bei Ihnen.«

»Wie ist denn Ihr Name, ich sehe mal im Computer nach«, sie öffnete die Kundendatei.

»Hitzig.«

»Kommt mir bekannt vor, aber in der Liste sind Sie nicht. Dann verwechsle ich Ihren Namen. Die ich meine, waren aber Wessis. Sie sind ja nicht von drüben.«

»Ich? Na, aber ...«

»Zahlen Sie bar oder mit Scheck?«

»Ich habe vierhundert Mark dabei. Reicht das?«

Sie rechnete den Preis für die Steine aus: »Sieben Mark dreiundsechzig.«

Zu Hause überprüfte ich mein Make-up, sammelte alle Haarspangen zusammen und durchwühlte meinen Kleiderschrank nach den Teilen vergangener Zeiten. Von wegen nicht aus dem Westen ...!

Zufällig fiel mein Blick aus dem Fenster. Gerade durchsuchte ein Mann den Reisighaufen, den Fritz vor ein paar Wochen dort aufgeschichtet hatte. Mit einem kleinen Ästchen in der Hand stand er am Zaun und blickte prüfend über unser Grundstück.

»Suchen Sie etwas?« rief ich ihm von der Haustür aus zu.

»Können Se mal kommen?« Ernst erwartete er mich. »Ham Se 'nen kranken Birnbaum im Jarten?« fragte er und hielt mir den kleinen Ast hin.

»Wieso?«

»Na, kieken Se mal, dit is' Feuerbrand – janz jefährlich. Wir suchen schon seit Tagen die Überträjerflanze.«

»Und Sie sehen an diesem Zweiglein, daß das eine kranke Birne ist?« Ungläubig schloß ich ihm das Tor auf. »Ich weiß gar nicht, wann genau mein Mann den Baum geschnitten hat, meinen Sie wirklich, daß das von unserem Grundstück kommt?«

»Klar. Dit hier is Feuerbrand.«

»Aha. Kommen Sie, der Baum steht im Vorgarten, ich zeige ihn Ihnen.«

»Dit issa. Jott sei Dank! Wir roden schon de Birnbäume da hinten. Sie müssen dit ooch sofort machen. Der Baum muß raus. Ach«, sein Blick glitt über die Hecke von Lebeks, »und da drüben kommt dit her! Die Weißdornhecke is die Wirtsflanze! Ick informiere sofort dit Umweltamt.«

»Wieso?«

»Na, weil dit meldeflichtich is! Uns jehen alle Bäume kaputt!« Er litt deutlich unter meiner Begriffsstutzigkeit. »Entschuldigung«, murmelte ich, »wir haben von solchen Dingen keine Ahnung. Ich kümmere mich aber sofort darum.«

Wenig später war eine junge Frau vom Umweltamt auf dem Grundstück: »Hier ist die Anordnung, daß Sie den Baum innerhalb von vierundzwanzig Stunden entsorgen müssen. Wir kontrollieren das.«

»Ja, gut. Wie entsorgt man den Baum richtig?«

»Sie müssen ihn ganz roden und alle Blätter vom Rasen entfernen. Das ist sehr wichtig. Und dann müssen Sie ihn verbrennen. Die andere Möglichkeit wäre, daß sie ihn zur Kompostieranlage bringen, aber ich bin nicht sicher, ob die Ihnen den Baum abnehmen.«

»Also verbrennen!« nickte ich.

»Ja, aber dafür müssen Sie beim Ordnungsamt eine Brenngenehmigung beantragen. Das steht alles in dem Schreiben.«

»Aha. Und die bekomme ich auch, ja?«

»Sie müssen sich beeilen, heute ist Freitag. Die arbeiten auch nicht länger als üblich. Ist Ihr Nachbar da? Der muß nämlich seine ganze Hecke vernichten – Crataegus ist die Überträgerpflanze.«

Bei Lebeks war niemand zu sehen.

»Bitte machen Sie ihn darauf aufmerksam, daß ich das Schreiben in seinen Briefkasten geworfen habe. Es ist sehr wichtig. Wir kommen morgen und prüfen, ob Sie alles ordnungsgemäß gemacht haben. Sonst steht eine hohe Geldbuße an. Bäume der Plantage sind gefährdet und teilweise befallen. Die Obstbauern haben schon sechzig Birnbäume gerodet.«

Ich rief das Ordnungsamt an und schilderte die Dringlichkeit für eine Brenngenehmigung.

»Heute noch? Ach, denn wohnen Se da hinten am Maisfeld, wa? Ja, da ham wa heute schon mal ne Brennjenehmijung jeschrieben. Dit einfachste wäre, wenn Se den Baum absegen und nach hinten zu den Bauern bringen. Denn können die den mit ihren Bäumen verbrennen.«

»Geht denn das?« stutzte ich, »Ich denke, daß der Baum hochinfektiös ist.«

»Ja. Feuerbrand ist ansteckend.«

»Und ich soll ihn trotzdem durch die Felder ziehen?! Dann infizieren sich doch die anderen Bäume, oder nicht?«

»Hm. Ja. Is' eijentlich richtich.«

Ich durfte ihm den Antrag zufaxen. Nach Dienstschluß würde er mir die Erlaubnis bringen, weil ich über den Postweg nicht mit der Frist vom Umweltamt hinkommen würde.

Bis dahin sammelte ich die braunen Blätter von der Wiese und begann die Äste des Baumes zu kappen. Den Rest mußte Fritz am Abend erledigen.

Lebeks kamen wenig später nach Hause. Ich schilderte ihnen die Sachlage und verwies auf das Schreiben in ihrem Briefkasten.

»Die Hecke war in jedem Jahr braun«, schüttelte er den Kopf, »wenn die wollen, daß die rauskommt, denn können die selber kommen und allet runterschneiden und ausgraben. So'n Quatsch.«

Fritz sprach am Nachmittag auch mit ihm.

»Woher soll die Hecke denn krank werden?«

»Soweit ich informiert bin, ist diese Krankheit erstmals in Amerika aufgetreten«, hörte ich Fritz.

» ... und vor einigen Jahren dann in Deutschland ...« rief ich, um ihn zu unterstützen.

»Und denn kam se zu uns, wa?« grinste Herr Lebek, während seine Frau verlegen an einigen Blättern der Hecke zupfte.

»Ja, genau, weil sowieso nur Mist aus dem Westen kommt« nickte ich ernst. Fritz warf mir einen warnenden Blick zu.

Frau Röschen hatte mich für den nächsten Morgen zur Besprechung der Weihnachtsfeier für die Ärzte des Krankenhauses eingeladen. In diesem Jahr sollten die Ehegattinnen und Herr Schmitz gleich mit eingeladen werden. Wir überlegten, mit welcher Einlage man die Gesellschaft erheitern und auflockern könnte. »Vielleicht könnten ein paar der etwas fröhlicheren Herren das Schwanenseeballett tanzen, – die kleinen Schwänchen! Das wäre doch urkomisch.«

Ich sah ihnen an, daß sie meinen Vorschlag für einen dummen Witz hielten. So schloß ich mich Fritzens Idee an, eine kleine Diaserie von einem merkwürdigen Patienten zusammen zu stellen, der durch alle Abteilungen des Klinikums geschickt werden sollte. Zum Schluß würde sich herausstellen, daß er der Weihnachtsmann sei ...

Fritz wollte sich um die Fotos kümmern, wofür ich ihm am Nachmittag seine Fotoausrüstung und zwei große Kisten mit Material zur Ausschmückung der Weihnachtsüberraschung in die Klinik brachte.

»Ich komme von der Verwaltung, meine Dame, mein Name ist Duftig! Sie parken auf einem Stellplatz der Klinikleitung! Können Sie nicht lesen!« baute sich ein Herr vor mir auf.

»Doch ...« ich stellte einen Einkaufskorb, aus dem einige weiße Bärte wehten, ab, um die Fahrertür abzuschließen.

»Und wenn Sie nicht in zwei Sekunden von diesem Platz verschwunden sind, lasse ich Sie kostenpflichtig abschleppen!«

»Ich bin Luise Hitzig, mein Mann leitet die Frauenklinik«, flüsterte ich, »ich habe den Wagen kurz abgestellt, um ihm diese schweren Kisten zu bringen. Er ist doch auch so etwas wie Klinikleitung, oder?« Sein Aftershave reizte meine Schleimhäute.

»Nein, das ist er nicht! Nun machen Sie mal ganz schnell, daß Sie hier wegkommen! Das Schild haben wir nicht zum Vergnügen aufgestellt! Ich gehe jetzt in mein Büro. Wenn ich ankomme, und sehe, daß Sie noch immer hier unten stehen ...«

»Schon gut« meine Augen tränten und die Nase lief. Kleinlaut wuchtete ich die Kartons mit den klirrenden Glühweinflaschen zurück ins Auto und parkte den Wagen weit vom Eingang entfernt.

»Wir haben die Inizjadive zur gemeinsomen Weihnochtsweier einer Wrau zu verdangen, die auch heude die Dischdegorazjionen für uns übornommen hat. Leidor sind die Bluum'n noch nicht eingedroffen, die begommen Sie später«, begrüßte man die Anwesenden. Fritz schnaufte tief durch.

»Es sieht wundervoll aus, Luise! Daß die Blumen noch nicht da sind, na ja, es klappt eben nicht alles auf Anhieb.«

Während wir uns am Buffet bedienten, sah ich mich im Raum um. Frau Abraham hatte ihrem Mann und der Tischrunde den Rücken gekehrt. Sie saß mit zornigem Gesicht mitten im Raum und beteiligte sich an keinem Gespräch. Sie ging früh.

Frau Scheffler saß mit vor das Gesicht gehaltenen Händen am hintersten Tisch im Raum. Ich beobachtete, daß sie fast den gesamten Abend so verbrachte und zur Atmosphäre an ihrem Tisch maßgeblich beitrug. Wir saßen neben Frau Röschen und ihrem Mann. Fritz trug seine Diashow mit fröhlichen Kommentaren vor. Keine Reaktion.

»Ich weiß nicht, irgendwie sind wir Glückspilze, oder? Wer von unseren Freunden im Westen hat schon die Gelegenheit, sich so mit der Vergangenheit unseres Landes auseinanderzusetzen? Dein Beitrag ist hier aufgenommen worden, als hättest du einen Nachruf vor dem Zentralkomitee der SED gesprochen. Es ist nun schon Jahre her, daß das aufgelöst wurde. Aber für uns üben sie es immer weiter. – Verhaltener Beifall bitte. Und kein Lächeln, Genossen!«

Fritz hatte selbstverständlich eine Erklärung parat: »Sie können nicht so gut zeigen, wenn ihnen etwas gefällt. Sie sind eben ein bißchen zurückhaltender ...«

»Wie ist denn das Leben hier im Osten, Frau Hitzig?« fragte Frau Duda, deren Mann seit einem Jahr in der Klinik arbeitete. Im Frühjahr wollte sie mit ihrer Tochter von Hildesheim herziehen, um sie in Oststadt einzuschulen.

»Nicht ganz leicht«, antwortete ich zögernd.

»Warum?«

»Ach, das ist vielleicht nicht der richtige Zeitpunkt, um über dieses Thema zu reden«, wich ich mit Blick auf unsere Tischgesellschaft aus, die aufmerksam jedes meiner Worte verfolgte.

»Mein Mann deutet ja auch immer mal so etwas an. Und es sollen auch schon einige Ehefrauen wieder zurück in den Westen gezogen sein?«

»Hmm, ja.«

Glücklicherweise steuerte Herr Seiler mit zwei Bündeln Zellophan auf unseren Tisch zu. Frau Röschen und mir wurden drei Nelken und eine Chrysantheme ausgehändigt. Nach seinen nochmals ergreifenden Dankesworten klatschten sogar zwei Personen Beifall – Herr Röschen und Fritz.

»Ich muß dir schnell etwas erzählen, ehe ich zum Essen gehe«, meldete sich Fritz eines Mittags. »Ich habe gerade eine Mitteilung von der Klinikbibliothek bekommen, in der man über die Neuanschaffungen informiert. Solche Schreiben werden regelmäßig verschickt, aber diesmal – vielleicht ist es mir bei den anderen nur nicht aufgefallen – war sie auf altem Klinikpapier geschrieben. Also mit dem Kopf ›Bibliotheken der DDR‹. Ich konnte das gar nicht begreifen und habe die Bibliothekarin angerufen. Nun stell dir mal vor, die Dame erklärt mir doch tatsächlich, daß sie noch siebentausend solcher Zettel mit dem Briefkopf haben. Die würden sie aus Sparsamkeitsgründen verbrauchen! Was sagst du dazu? Also, ich habe gesagt, daß das ja wohl Sparsamkeit im Geiste sei.«

»Das hast *du* gesagt?«

»Ich habe es auch gleich schriftlich moniert und der Klinikleitung geschickt. Hör' mal, wie findest du die Formulierung ›... daß keine Nostalgie in Sachen DDR angebracht ist, insbesondere nicht in einer Zeit, in der die Nachfolgepartei der SED hier um Wählerstimmen buhlt – und gleichzeitig Rechtsradikalismus und Ausländerfeindlichkeit gedeihen können.«

»Hast du das so geschrieben?«

Leider hatte er Nachtdienst und blieb in der Klinik.

»Luise, ich muß dir etwas erzählen!« seine Stimme klang aufgebracht, als wir am nächsten Tag wieder miteinander telefonierten. »Ich komme aus dem OP und setze mich an meine Postmappe. Darin liegt die Fotokopie eines Cartoons. Ein Bär sitzt auf einer Bühne. Um seinen Hals hängt eine Gitarre. Unter dem Bild steht dieser Text: ›Als Bruno sah, daß sein Publikum an diesem Abend aus Hunderten von Großwildjägern bestand, die ihre geladenen Flinten mitgebracht hatten, beschloß er, diesmal besser auf seinen Song *Großwildjäger sind dumm, häßlich und riechen ausgesprochen schlecht* zu verzichten.‹« Er atmete tief durch. »Darunter steht handschriftlich ›mit freundlichen Grüßen Gyrus‹, das ist ein Oberarzt hier in der Klinik.«

»Was soll das?«

»Warte mal ab. Ich habe es auch nicht verstanden, also habe ich ihn angerufen und gefragt. Er sagte, er habe von meinem gestrigen Gespräch mit der Bibliothekarin gehört und fühle sich von mir beleidigt. Im Hause würde das schon seine Kreise ziehen und ich würde schon noch merken, was ich davon habe, so über die DDR zu reden. Ich habe gefragt, was ihn mein Gespräch mit der Bibliothek angeht, das sei nicht seine Angelegenheit.«

»Man ist zwischenzeitlich auch bei einem meiner Mitarbeiter gewesen«, sagte Fritz, »der wurde darauf aufmerksam gemacht, daß sein Chef – also ich – Politik im Hause machen würde!«

Fritz forderte ein Gespräch mit der Klinikleitung und dem Kollegen Gyrus, um die Angelegenheit zu klären. Als er zu dem Termin erschien, saß nicht Herr Gyrus, sondern sein Chef im Raum. Fritz habe siebzehn Millionen ehemalige DDR-Bürger beleidigt, warf er ihm vor, und verlas einen langen Brief der Bibliothekarin. Fritz atmete tief durch, als er mir davon erzählte.

»Und weiter?«

Der Chef habe dann gesagt: »Sie sind in den drei Jahren schon zweimal ins Fettnäpfchen getreten, wie ich gehört habe. Sie sind aus dem Westen hierhergekommen und deshalb sollten Sie sich hier besser anpassen.«

»Das ist in jedem Jahr die crème de la crème, die zum Osterball geht – seit mehr als dreißig Jahren!« erzählte Frau Klinger, die zu mir gekommen war, um die Dekoration für dieses Fest zu besprechen. »Früher wurde der Ball immer bei uns im Hotel »Republik« gefeiert«. In dem Gebäude war auch die Parteischule der SED gewesen.

Vierhundert Mark wollten die Veranstalter für die Dekorationen investieren. Ich gab ein Mehrfaches dieser Summe aus und schmückte die beiden Säle, das Restaurant, die Buffets und alle Tische festlich. Schließlich, tröstete ich mich, sei es für mich eine gute Möglichkeit, meine Dekorationen bekanntzumachen. Schon bei den nächsten Bällen könnte ich mich den üblichen Preisen nähern.

Die crème de la crème unserer neuen Heimatstadt langte vor unseren Augen zu. Osterküken verschwanden in Hand- und Sakkotaschen, große Hasen und Körbe wurden aus der Dekoration gehoben und weggetragen. Von siebenhundertzwanzig kleinen Küken blieben einhundert übrig, fünf der acht großen Hasen waren verschwunden und die Hälfte der achtzehn Körbchen ebenso. Am nächsten Morgen fehlten auch noch die Hasen, Schafe und Möhren, die an den Osterkränzen in den Gängen gehangen hatten. Jemand hatte sie abgeschnitten.

»Können wir uns sehen, Luise?« Anne klang weinerlich. »Ich muß mit dir reden! Carsten ist in der Schule zusammengeschlagen worden«.

Ich schloß den Laden ab, weil sowieso keine Hotelgäste im Haus waren, und fuhr nach Blumendorf.

Anne war blaß. Ihr zehnjähriger Sohn habe seit einigen Wochen Probleme mit einem Mitschüler. Der sei schon häufiger auffällig gewesen, aber niemand würde sich mit diesem Thema befassen, erzählte sie.

»Wir haben die Kinder so erzogen, daß sie sich wehren können. Deshalb hat Carsten sich von dem Jungen nicht einschüchtern lassen. Kenny hatte ihm schon mehrmals Schläge angedroht. Er ist zweimal sitzengeblieben, kommt nachts manchmal nicht nach

Hause, raucht und trinkt, obwohl er gerade erst dreizehn ist. Jedenfalls hat die Klasse mich als Elternvertreterin gebeten, ihre Unterschriftenliste beim Rektor abzugeben. Sie fühlten sich von Kenny so bedroht, daß sie ihn nicht mehr in der Klasse haben wollten. Also bin ich vor einer Woche morgens hingefahren, habe mit den Klassensprechern den Rektor und den Klassenlehrer aufgesucht, die Liste übergeben und auch mit Kenny gesprochen. Der hatte nämlich gedroht, sich an Carsten zu rächen, wenn seine Alte – das bin ich – sich einschalten würde.«

Gleich in der ersten Pause hatte sich Kenny dann Carsten vorgeknöpft, ihn zu Boden gestoßen, ins Gesicht und in den Magen getreten, bis er nicht mehr aufstehen konnte.

Carsten ist mittags alleine nach Hause gekommen«, sie fingerte ein Taschentuch aus der Hosentasche. »Der Klassenleher hat nicht mal angerufen! Carsten hat drei Tage nichts gegessen und konnte nicht in die Schule gehen. Ich war gestern beim Rektor. Kenny ist sofort aus dem Unterricht geholt worden und darf die Schule für drei Tage nicht betreten. Aber jetzt kommt es! Er ist mit der rechtsradikalen Szene in Kontakt und nun stehen regelmäßig solche Typen vor der Schule.«

Gestern hatte sie beobachtet, wie zwei Autos mit hoher Geschwindigkeit auf den Schulhof gefahren waren. Sie hatten mit kreischenden Reifen gewendet, seien mit einem Kavaliersstart losgefahren und hätten neben ihrem Wagen eine Vollbremsung veranstaltet.

»Und dabei haben sie wie auf Kommando die rechte Hand gehoben und dann den Mittelfinger gezeigt!«

»Dir? Oder war es Zufall?«

»Ich weiß nicht. Beides ist möglich. Die anderen Eltern hatten sich alle davongemacht. Niemand war mehr zu sehen.«

Sie brachte ihren Sohn morgens zur Schule, holte ihn mittags ab und fuhr zwischendurch an der Schule vorbei. »Und dann lungern diese Typen da herum, machen sich über die Kinder auf dem Sportplatz lustig, trinken Bier und gröhlen.« Sie sah mich wie durch einen Schleier an: »Luise, ich werde hier wegziehen. Diese

Probleme muß man sich nicht antun, vor allem nicht seinen Kindern! Ich habe schon mit Robert gesprochen, und wir haben uns gestritten. Aber so geht es nicht weiter.«

Ich wußte weder Rat noch Trost. »Vielleicht hast du recht. Aber du gibst damit auch viel auf ...«

»Was denn schon! Ich schlafe seit Monaten nicht mehr richtig. Wir alle sehen nur noch irgendwie zu, daß wir durchkommen. Und die Kinder haben auch schon genug mitgemacht. Ich warte die Versetzungszeugnisse ab, und in den Sommerferien gehen wir zurück.«

»Und Robert?«

»Der bleibt hier.«

»Erster Mai, Luise!« Lisa kam zu uns rüber: »Da sind wir früher immer zur Parade gegangen. Stell' dir mal vor, wir mußten zum Marschieren gehen! Das war Pflicht. Bei der letzten Parade sollten wir uns zweimal anstellen und auch zweimal die Strecke gehen. Vermutlich um zu demonstrieren, welche Menschenmassen diesen Staat unterstützten! Das können Sie sich sicherlich nicht vorstellen, – aber der Klassenfeind waren auch Sie!« wandte sie sich an Bea, die für ein paar Tage bei uns zu Besuch war

»Stimmt es eigentlich, daß man am Ende der Parade einen Gutschein für ein Würstchen bekommen hat?«

»Was?«, lachte Lisa laut, »Nein, also das habe ich nicht erlebt oder gehört. So schlimm war's dann doch nicht!«

Wir spazierten durch unseren Gemüsegarten, den sie immer wieder mit selbstgezogenen Pflänzchen aus ihrem Gewächshaus bereicherte. »Ich habe jahrelang gesagt, daß wir Langeweile bekommen werden, wenn wir mal nicht mehr anstehen müssen. Und heute hat man andauernd etwas zu tun, keine Sekunde ist unausgefüllt. Und die Freundschaften sind nicht mehr so intensiv, weil man sich gegenseitig nicht mehr so braucht. Aber wenn ich mich im Verwandten- oder Bekanntenkreis umsehe – ich kann das Gejammer manchmal nicht ertragen. ›Mir geht es richtig gut‹, sage ich allen, ›so pudelwohl habe ich mich noch niemals gefühlt.‹«

Unsere Apfelbäume standen in voller Blüte.

»›Gelber Köstlicher‹«, sagte Lisa.

»Nein, ›Golden Delicius‹ – stand beim Kauf dran«.

»Hm, aber früher hieß der ›Gelber Köstlicher‹. Früher hat Reinhard für 'ne Platte von BAP angestanden. Bückware – weil die unter dem Ladentisch vorgeholt werden mußte und man sie ›besonders‹ bezahlen mußte. Als meine Oma im Westen Geburtstag hatte, ging ich mit der Einladung zur Polizei, um den Besuch zu beantragen. Stell' dir mal vor, du freust dich auf die Reise und bekommst einen Tag davor die Absage. Mann, da war ich so sauer auf diesen Staat. Ich wäre überhaupt niemals auf die Idee gekommen, nicht mehr nach Hause zu fahren. So blöd wäre ich nicht gewesen, man hatte genug mitbekommen, was mit den Angehörigen, die zurückgeblieben waren, passierte, was die dann mitmachten. Aber heute sitzen viele von denen, die damals Akten über uns angelegt haben und belangloses Zeug aufschrieben, wieder fest im Sattel. Hier gibt es Firmen, die haben diese Leute regelrecht aufgefangen, weil sie sich davon besondere Loyalität versprechen. Und unsereiner hat heute Angst vor Arbeitslosigkeit.«

Sie verabschiedete sich, um zum Stadtfest zu gehen.

»Ist sie nicht wahnsinnig nett? Vielleicht müssen sich unsere Vergangenheiten mischen, Bea. Weißt du, was den Ossis und Wessis fehlt – daß sie mal gemeinsam übereinander lachen!«

»Du, Mami, heute war so ein komischer Mann auf dem Grundstück. Zuerst hat er in die Mülltonnen geguckt und dann ist er nach hinten durch den Garten gegangen.« Oskars Augen leuchteten.

»Doch, das stimmt! Ich habe zu Sepp gesagt, daß er leise sein soll. Dann sind wir auf dem Fußboden in das andere Zimmer gekrochen, um den besser beobachten zu können. Mit dem Sepp hab' ich keine Angst, der hat richtig geknurrt!«

Ich konnte das nicht recht glauben. Sepp knurrte? Fremder auf dem Grundstück? Zweifelnd sah ich Oskar an: »Ehrlich?«

»Jaha! Dann sind wir zur Haustür gekrochen. Ich habe die Tür leise aufgemacht, damit Sepp raus konnte. Und dann, du, das war vielleicht stark, Mami, dann ist der auf den Mann zugerannt und hat gebellt! Und der ist gerannt! Der ist so schnell gerannt, weil Sepp ihm ganz dicht folgte! Und dann ist der mit einem Sprung über das Gartentor gehechtet!«

Es klang glaubwürdig. Fritz hatte seine Zweifel.

»Was soll der denn hier gewollt haben?«

In die Binsen

Oskar hatte darauf bestanden, keinen Babysitter mehr zu bestellen, als wir zu einem Jubiläumskonzert eingeladen waren. Beim anschließenden Empfang war Fritz wie immer der verbindliche Mensch, während ich auf Herrn Müllers überraschende Frage, wie ich mich inzwischen in Oststadt fühlte, ehrlich antwortete: »Ich bin hier nicht sehr glücklich.«

»Wieso nicht? Gibt's Probleme?«

Verblüfft sah Herr Müller von mir zu Fritz.

»Haben Sie denn keine Freunde hier?«

»Glauben Sie, daß man hier sofort einen Freundeskreis hat? Wir sind doch von drüben! Und die Stadt als Arbeitgeber fühlt sich nicht zuständig für die Menschen, die sie hierhergeholt hat.«

»Aber Luise! Du kannst doch nicht erwarten, daß man dich an die Hand nimmt, um ...«

»Aber man könnte dafür sorgen, daß neue Leute – wie wir – zu Empfängen, wie zum Beispiel heute, von Anfang an eingeladen werden und so Kontakt finden könnten.«

»Leute, die auf meiner Liste stehen, sind eher in höheren Etagen anzutreffen«, lächelte Herr Müller milde.

»Wir hatten in Weststadt immer ein offenes Haus. Unser Freundeskreis ist eine internationale Mischung – Deutsche, Türken, Araber, Inder, Spanier ...«

»Abdullah! Aus Saudi-Arabien«, ergänzte Fritz.

»... genau, und Holländer, Italiener und Amerikaner gehören dazu. Da fällt es einem schwer, sich diesem kleingeistigen Fremdenhaß auszusetzen, nur weil man aus dem anderen Teil Deutschlands kommt.«

»Frau Hitzig: es war Ihre eigene Entscheidung.«

»Aber wenn wir Kongresse mit möglichst vielen Teilnehmern aus dem gesamten Bundesgebiet und dem Ausland nach Oststadt holen, dann geht das in Ordnung?« brauste ich auf. »Es gibt kaum jemanden im Klinikum, der mehr Öffenlichkeitsarbeit macht, als mein Mann. Sehen Sie, dort drüben steht eine Dame aus dem Westen. Sie ist mit ihrem Sohn wieder nach Darmstadt gezogen, weil sie es hier nicht ausgehalten hat. Allerdings hat sie mich vor einigen Tagen angerufen und erzählt, daß sie hier in die Nähe ziehen werden – aber nicht nach Oststadt.«

»Dann gehen die Steuergelder nicht in unsere Kasse.«

»Frau Wunder geht nach den Sommerferien zurück. Niemand stellt ihr die Frage, warum sie geht. Ist das egal oder unbequem!?«

»Wie können Sie das sagen!«

»Weil die Antworten offene Worte wären, die bisher nur hinter vorgehaltenen Händen gesprochen werden. Dann müßte man sich offiziell damit auseinandersetzen. Aber das ist das Gesicht dieser Stadt: man sagt nicht ›Willkommen‹, also muß man auch niemanden verabschieden. Und wenn die Menschlichkeit weniger zählt als die Steuereinnahmen ...«

Wir gifteten uns vor allen Gästen an, während Fritz fassungslos danebenstand.

»Luise, ich bitte dich!« flehte er.

»Bitte hör' auf, dich für mich zu entschuldigen! In dieser Stadt wird nichts dazu beigetragen, daß sich Ost und West annähern, daß sich Menschen überhaupt füreinander interessieren. Ein Akzent – egal welcher – macht es möglich, daß Menschen als Pollakken beschimpft werden. Man redet von Ausländerfeindlichkeit und hat es mit massivem Fremdenhaß zu tun. Ich kann verstehen, daß die Mutter des englischen Studenten, der hier an seinem allerersten Tag zusammengeschlagen wurde, ihren Sohn zurückgeholt hat. Ich habe mich bisher in jedem Ausland willkommener gefühlt als hier in dieser Stadt.«

Fritz schüttelte verzweifelt den Kopf, aber ich ließ mich nicht bremsen. »Ich kann diese Heuchelei hier nicht mehr ertragen. Diese Schöntuerei! Sie wollten wissen, womit ich mich beschäftige: der Familienministerin und dem Rektor der Universität habe ich eine Idee vorgelegt, in der es um eine Initiative gegen Gewalt geht. Und mit meinem Mann zusammen organisiere ich seinen nächsten großen Kongreß. Etwa 300 Gäste holen wir damit in die Stadt. Das Rahmenprogramm ist schon jetzt ausgebucht. Sie können das Konzept gerne von uns haben, denn eine vergleichbare Präsentation der Stadt und ihrer Umgebung gibt es hier nicht.«

»Wollen Sie nicht mal zu uns zum Abendessen kommen?«, hörte ich Fritz sagen.

Ich schnappte nach Luft.

»Sehr gerne, ja!« nickte Herr Müller.

»Ich darf Ihnen eine passable Küche garantieren«, fauchte ich.

Erschöpft kamen wir nach Mitternacht nach Hause. In der Diele lag ein Zettel: »Liebe Mami, lieber Papi! Ich Schlafe bei Florian. Ich erzehle euch morgen Alles. Euer Oskar«

Das Display unseres Telefons zeigte 110.

Fritz rief die Polizei an.

»Nein, es hat kein kleiner Junge angerufen; der Beamte, mit dem ich sprach, hatte Telefondienst. Wir sollten uns keine Sorgen machen. Er hat gesagt, daß Oskar vielleicht einen anonymen Telefonstreich bei der Polizei gemacht hat. Das käme manchmal vor.«

»Das macht Oskar nicht! Da muß etwas passiert sein!«

Lisa brachte unseren kleinlauten Sohn samt Bettzeug und im Schlafanzug.

»Er hat die Polizei gerufen, weil angeblich ein fremder Mann auf dem Grundstück war.«

Angeblich. Die Polizei sei um das Haus herumgelaufen, hätte den Garten durchsucht und den heulenden Oskar schließlich zu Sommers gebracht.

»Luise, da war nichts. Mach' dir keine Sorgen. Du siehst völlig übernächtigt aus.«

»Er muß große Angst gehabt haben. Wir können vorläufig nur weggehen, wenn jemand bei ihm bleibt. Das wollte er zwar nicht mehr, aber wenn solche Dinge passieren ...«

Am Vormittag erntete ich herrlich duftende Tomaten. Frau Lebek gesellte sich zu mir.

»Haben Sie mitbekommen, daß die Polizei gestern über unser Grundstück gelaufen ist?« fragte ich. »Oskar hatte da angeblich einen Mann gesehen ... vielleicht stimmts aber nicht.«

»Nee, nee! Nun machen Sie mal den Oskar nicht schlecht! So ein Kerl streift hier schon seit Tagen rum.« Er habe hinten an den Zäunen gestanden und sich die Grundstücke angesehen. »Meene Freundin im Nachbarort hat den ooch gesehen. Der Oskar spinnt nicht. Wir müssen alle aufpassen. – Früher konnte man nachts ooch als Frau alleene rumloofen, da ist nie was passiert. Heute kommen se, obwohl man im Haus ist.«

An einem wunderbaren Sommertag war es geschafft – der Schwimmteich war mit Folie ausgelegt und durch zwei Gartenschläuche plätscherte das Wasser hinein. Ich schmückte die kleine Insel, die Fritz in der Mitte gepflastert hatte, mit einem efeuberankten Neptunsessel. Als er um kurz vor acht aus der Dusche kam, wunderte er sich über die vielen Bierflaschen im Pflanzbecken.

»Norbert kommt nachher rüber.«

»Seit wann trinkt der solche Mengen?«

Fritz thronte zufrieden mit seiner geschmückten Mistgabel und einem mit Knöterich behängten Hut auf dem Neptunsessel, Oskar watete durch das Wasser und Sepp bellte ausgelassen, als das Tor geöffnet wurde und liebe Bekannte auf Fahrrädern hereinrollten. Sie wohnten in der Neubausiedlung im Nachbarort und unternahmen viel gemeinsam. »Weil bei Euch so viel in die Binsen geht«, grinste Norbert und stellte eine Pflanze ab.

»Eigentlich geht's uns doch richtig gut«, erklärte Beate, »wer hätte sich das hier vor zehn Jahren vorstellen können?«

»Da war ick jerade Aktivist geworden! Das war doch mal was!« witzelte ihr Mann.

»Wieviel hast du dafür bekommen? Weißt du das noch?«

Frieder überlegte kurz: »So um die fünfzig Mark sind's wohl gewesen.«

»Gehaltszulage?« fragte ich.

»Gehaltszulage! Nein, das war 'ne einmalige Sache! Das wäre schön gewesen! Nee, ick hatte als Ingenieur fünfhundert Mark.«

»Aber damals war's schon etwas mehr. Siebenhundert hast du bekommen – kurz vorm Schluß.«

»Meine Mutter hat Totenschleifen gedruckt und neunhundert Mark verdient ...«

»Warst du auch mal Aktivist?« fragte ich Lisa.

»Ich war zu jung. Kennt ihr noch den Spruch: Als Aktivist hat man einen Anspruch auf'n Einzelzimmer im Altersheim?«

»Und dann gab's noch das Kollektiv der sozialistischen Arbeit! Dit war ooch so'n Knüller!«

»Das war aber schon schwerer zu erreichen! Schließlich mußten alle Kollegen Mitglied der deutsch-sowjetischen Freundschaft sein!«

»Sag' mal, Ulf, der Sepp pinkelt neuerdings immer, wenn ich nach Hause komme und ihn streichle. Wieso macht der das?« Fritz ergriff die Gelegenheit, den Tierarzt zu Rate zu ziehen.

»Das liegt daran«, übertönte der die Runde, »daß du in eurem Rudel ein zu dominantes Männchen bist. Was er da macht, ist eine Unterwürfigkeitsgeste. Luise, unterwirfst du dich auch so?«

»Nicht mit solchen Gesten«, schüttelte ich den Kopf.

»In ein paar Wochen treffen wir Frauen uns und basteln Weihnachtsschmuck, vielleicht kommst ...«

»Damit kannst du Luise jagen! Die bastelt nicht«, griff Fritz beherzt ein.

Um Mitternacht öffnete ich das Wohnzimmerfenster und legte Claire Waldoff auf. Niemanden störten wir mit unserem Gesang, der sich mit dem Plätschern des Wassers mischte.

Zwei Tage dauerte es, bis der Teich vollgelaufen war und wir darin schwimmen konnten. Ein Wolkenbruch beendete den Spaß, aber wir standen an der offenen Haustür und weinten fast vor Glück darüber, wie die vielen Regentropfen auf das Wasser prasselten.

»Sieht das nicht toll aus! Fritz! Das ist unser Teich! Riesengroß und schön.«

»Ich ziehe mich wieder an, wo ist denn meine Strickjacke? So langsam wird mir kalt.«

»Unten im Trockner. Aber sie müßte fertig sein. Ich hole sie dir.«

Auf der Treppe schon hörte ich merkwürdige Geräusche.

»Fritz!« gellte mein Schrei durch das Haus, »Der Keller läuft voll!« Knöcheltief stand ich im Schlamm, der aus der Wand geschossen kam. Ich griff einen Eimer und begann zu arbeiten. Fritz stand in seiner Badehose im Türrahmen.

»Ach du liebe Güte! Da stimmt was mit der Pumpe nicht! Mach' weiter, Lu! Oskar! Bring' mal ganz viele Lappen in den Keller!«

»Ich will nicht sterben!« schrie Oskar und neben mir klatschten alle gebügelten Bettlaken, Kopfkissen und Bettdecken ins Wasser.

»Spinnst du!«

»Aber ich will nicht ertrinken!«

»Hilf mir lieber! Zieh' dir deine Gummistiefel an und bring' einen Eimer aus der Küche mit!«

Fritz watete inzwischen durch den Garten und deckte die Stelle in der Garage ab, durch die das Wasser in den Keller lief.

Nach vielen Stunden sanken wir in die Sofakissen.

»War hübsch, wie die Regentropfen auf das Wasser ...« kicherte Fritz. »Das sind übrigens die Regenfälle, die in Tschechien und in Polen zu dieser Katastophe geführt haben. In ein paar Tagen soll die Oder über die Ufer treten. Das könnte schlimm werden ...«

Das Telefon unterbrach seine Gedanken. Ich stand auf: »Hitzig.«

Keine Antwort, aber ich hörte jemanden atmen. Das hatten wir in letzter Zeit häufiger. Ich wollte gerade auflegen, als doch noch eine Meldung kam: »Arische Macht!« schrie mir ein offenbar jüngerer Mann ins Ohr und legte auf.

Etwas passiert

Lisa hatte tatsächlich bei der Lotterie auf dem Stadtfest das Auto gewonnen. »Das Auto, das Los – wir haben uns magisch angezogen! Ich hatte aus Versehen zwei Lose gegriffen und mußte eins zurücklegen. Da hab' ich gesagt: ›Das hier! Das ist das richtige fürs Auto!‹ Eigentlich traue ich mich nicht, es euch zu erzählen. Aber was haltet ihr davon, daß ich einen ganz anderen Wagen bekommen habe, als überall dranstand? Der ist mindestens eine Klasse schlechter, hat nicht das abgebildete Schiebedach, weniger PS und kein Radio. – Ich will mich nicht beklagen, schließlich habe ich es gewonnen ...«

»Das ist Beschiß«, entfuhr es mir, »wenn es so auf dem Los stand, dann kannst du darauf bestehen. In der Zeitung stand es doch auch so.«

»Ja. Aber ich mußte unterschreiben, daß ich mit diesem Wagen zufrieden bin und keine anderen Ansprüche anmelde.«

»Das hast du gemacht?«

»Seid ihr auch gegenüber zur Hochzeit eingeladen? Die feiern am Wochenende mit dem ganzen Dorf.«

»Nein.«

»Reinhard hat in seiner Firma gekündigt. Er geht nach Dresden. Da wird eine amerikanische Microchip-Firma aufgemacht. Das Angebot ist wie ein Traum! Er bleibt jeweils drei bis vier Tage dort und hat den Rest der Woche frei, so daß er nach Hause kommen kann. Das Werk hier in Oststadt macht doch sowieso bald ganz dicht.«

Lisa und Florian wollten in Oststadt bleiben. Schließlich hatte sie hier Arbeit und Florian einen Ausbildungsplatz in Aussicht.

»Mami, das Huhn schnarcht! Es steht unter dem Busch und schnarcht!« lenkte uns Oskar ab. »Es braucht ein bißchen Erholung, ich fahre es im Boot spazieren.«

Das Huhn ließ sich in das Boot stellen und schnarchte weiter. Oskar paddelte singend über den Teich. Sepp rannte aufgeregt außen herum, unsere Gänse schnatterten, wir hatten alleine gestern sechzehn Kilo Zucchini geerntet, ... und demnächst eigene Kartoffeln!

»Ist das nicht schön hier?« fragte ich.

»Im Klinikum hat schon wieder ein Arzt gekündigt, habe ich gehört.« Lisa runzelte die Stirn. »Hast du den Zeitungsartikel dazu gelesen? ›Querdenken ist im Klinikum nicht erwünscht‹.«

»Ja, wir haben das gelesen.«

Ich begleitete sie zum Gartentor. Einer der neuen Nachbarn schwang sich gerade in einem hautengen Nylonanzug auf sein Rennrad und fuhr winkend an uns vorbei.

»Ach, ich hätte beinahe etwas vergessen, Luise. Bist du morgen hier? Wir bekommen nämlich eine Möbellieferung vom Versandhaus. Du hast doch unseren Hausschlüssel – ich würde einen Zettel anhängen, daß bei dir geklingelt wird …«

Ich stand auf der Terrasse, bügelte vor mich hin und dachte an den Leserbrief, den ich zum Frühstück gelesen hatte. »Wir werden für die Westdeutschen noch lange die dummen Ossis bleiben. Da wäre es für die Bonner doch die beste Lösung, daß sie bleiben, wo sie sind …«, hatte die Schreiberin vorgeschlagen.

Ich lächelte den Lieferanten der Möbelkiste an, der wegen Sepp respektvoll einige Schritte zurückgewichen war.

»Ick soll hier klingeln.«

»Ick wees, sitz Sepp.« Der Hund sank gehorsam auf den Rasen.

»Jetzt ham die so 'n jroßet Haus und denn müssen se noch arbeeten jeh'n«, sagte der Mann und trug die Kiste hinter mir her. »Den Ufftrach muß ooch wieder so'n janß Kluger jeschrieben ham.«

»Ach ja?«

»Ja, ja. Die sollten mal noch 'n paar mehr Ausländа einstellen. Denn wird dit noch schlimma.«

»Wieso? Hat ein Ausländer etwas falsch gemacht?«

»Na, nee … aber …«

»Hier gibt's doch kaum Ausländer. Haben Sie etwas gegen diese Menschen?«

»Die nehmen uns die Arbeet weg und machen sich 'n Lenz uff unsere Kosten …«

»Ich kenne viele, die fleißig arbeiten.«

»Sie müssen hier untaschreib'n.« Er hielt mir einen Zettel hin und deutete auf das Kreuzchen hinter ›Sommer‹.

»Was würden Sie sagen, wenn ich Ihnen erzähle, daß ich auch aus dem Ausland komme?«

»Huhu, Frau Hitzig! Hier, hier!« Frau Weiß stand am Zaun und winkte. »Wir ziehen heute ein. Leider ist unser Treppenhaus so schmal, daß wir die großen Schränke nicht nach oben tragen können. Nun müßten wir mal eben mit dem Möbelwagen auf ihr Grundstück fahren. Dann können die Männer mit einem Hebelift alles durch das Fenster transportieren«, erklärte sie mir, »dazu müßten Sie uns vorne das Tor zu ihrem Grundstück öffnen, ja?«

»Wissen Sie, Frau Weiß, ich finde, daß Sie eine sehr mutige Frau sind«, antwortete ich sehr ruhig, »ich finde Sie deshalb so couragiert, weil Sie – besonders Ihr Mann – sich in den vergangenen Monaten so unglaublich benommen haben, daß es eine große Leistung ist, heute ein solches Anliegen vorzutragen«, lächelte ich.

Ihr Gesicht war krebsrot, als sie: »Na, wenn's nicht geht, dann geht's eben nicht!«, über den Zaun japste.

»Laß' uns für ein paar Tage wegfahren. Wir müssen mal raus«, schlug Fritz vor. Oskar flog zu seiner Großmutter, die sich lange nach ihm gesehnt hatte, Sepp und die Katzen zogen wieder in die Tierpension, die Kaninchen würde Florian versorgen, weil Lisa und Reinhard Urlaub in Dänemark machten. Fritz und ich fuhren nach Heringsdorf auf Usedom. Es war herrlich, trotzdem fuhren wir früher als geplant nach Hause.

»Weißt du, der Sepp … der freut sich doch immer so.«

Wir freuten uns auch auf unser Zuhause, fuhren durch die herbstliche Landschaft zurück. Ich wartete bis Fritz den Motor abgestellt hatte, holte eine Reisetasche aus dem Kofferraum und öffnete die Hoftür. Unser Teich, die kleine Bank davor, der Hühnerstall, der Gemüsegarten … Langsam ging ich zur Haustür. Irgend etwas stimmte hier nicht!

Der Kaninchenstall stand offen. Die Tiere waren weg. Der kleine Ersatzkäfig stand mitten auf dem Rasen – der Gartentisch lag umgekippt auf der Terrasse – Werkzeuge und Spaten daneben ...

»Fritz, die Kaninchen ...«

»Ich seh' schon, ...«

Wir stellten die Taschen ab, gingen zu dem Hasenkäfig. »Karlchen und Klärchen« hatte Oskar auf das kleine Türschild geschrieben.

»Oskar hat sie manchmal auf die Wiese gelassen, aber Florian doch wohl nicht, oder?«

Fritz ging zum Hühnerstall, ich lief zur Hundehütte. Hier hatte sich Karlchen versteckt, wenn Sepp mit ihm spielen wollte. Und dort lag Karlchen auch. Ausgestreckt und tot. Sonst fehlte nichts, es war nichts zerstört, nicht ins Haus eingebrochen worden. *Nur* Oskars Kaninchen waren erschlagen worden. Zumindest Karlchen.

Fritz sezierte das Tier und stellte Rippenbrüche und Lungenquetschungen fest. »Da hat sich jemand draufgeworfen oder mit der Schippe zugeschlagen.«

Bei Sommers war der Garten verwüstet worden. Niemand im Ort hatte etwas bemerkt.

»Fritz, sag' mir ehrlich – was erleben wir wohl demnächst? Wird man uns den Hund oder den Teich vergiften?«

»Das hier ist kein Ost-West-Problem. Das war ein feiger Idiot.«

»Zum Gerichtsgebäude in der Stadt«, sagte ich dem Taxifahrer.

»Ach herjee, Ärjer?« Mitfühlend sah er sich nach mir um.

»Nee, bloß Schöffe.« Ich nestelte nach der Packung Taschentücher.

»Ach herjee. Können Se sich keene normale Arbeet such'n? Schöffe«, moserte er, »dit is wat für Hausfraun, die vor Langeweile zu Hause klucken, die wo der Mann jenuch verdient ...«

»Ja?«

»Na, is' dit nich' so?«

»Wir schwimmen nicht im Geld«, antwortete ich gereizt, »und der andere Schöffe, mit dem ich zu dem Termin geladen bin, ist Straßenbahnfahrer. Ist das kein ehrenwerter Beruf?«

Wenig später erklärte er mir, daß Gysi ein Held gewesen sei.
»Der hat sich wenichstens wat jetraut.«
Ich antwortete nicht.

Inzwischen war es Anfang Dezember. Kraniche waren über unser Haus geflogen, Wildgänse hatten das Umland besetzt. Ich hatte mich »eingeigelt«. Wollte nachdenken und keinen Ärger mehr, kaufte Vorräte für die kalte Jahreszeit ein, genoß die Ruhe, die sich durch die dicke Schneedecke auf die Landschaft legte. Wegen der schlechten Wetterverhältnisse übernachtete Fritz im Krankenhaus.

Es klingelte. Durch das mit Goldsternen und Lichterketten geschmückte Küchenfenster sah ich zwei Personen am Gartentor stehen: »Oskar! Ich glaube, daß du Besuch bekommst«, rief ich hinauf, »eine Mutter und ein Kind stehen draußen!«

»Ach, das wird Marlon sein«, verkündete er gelassen, als er sich Stiefel anzog, »die wollen sich beschweren. Ich habe dem eine geklebt, weil der mich schon seit Monaten nervt.«

»Bitte?!«

»Keine Sorge, Mami, es war nicht schlimm. Du weißt doch, daß Jean-Pierre seit Monaten nicht mehr mit mir spricht, ne?«

Entspannt und ruhig zog er sich seine Jacke an, ich griff meinen Mantel.

»Jean-Pierre spielt nur mit Drittkläßlern. Die spielen ›Oskar hat eine Seuche‹ – wer mich berührt, muß sterben. Das nervt – seit Monaten spielen die den Mist. Andauernd hetzt der die Kleenen auf mich. Mir sind die egal, aber der da draußen ist schlimm ...«

Wir gingen zum Tor. Sepp stürzte an uns vorbei, bellte die Leute an. Der Vater des Jungen war inzwischen auch aus dem Auto gestiegen, stand in einem ausgebeulten Trainingsanzug im Hintergrund.

»Guten Abend«, begrüßte ich die Leute, erhielt jedoch keine Antwort.

»Ick will dir mal wat sagen! Wenn du unsa'n Marlon noch een eenzijes Mal anfaßt«, keifte die Frau Oskar an, der schweigend neben mir stand, »du, ick sage dir, denn biste fällich!«

»Entschuldigen Sie bitte, aber wer sind Sie eigentlich?« schaltete ich mich ein, »Sie stehen hier in der Dunkelheit vor unserem Haus und ...«

»Ick habe jenuch Zeujen aus deine Klasse, daß de den Marlon ßusammenjeprüjelt hast. Andauernd kommt der mit kaputten Sachen nach Hause! Ick sehe mir dit nich mehr länga an!«

»Ich habe ihn nicht verprügelt ...«

»Haste wohl!«

»Würden Sie bitte nicht in diesem Ton mit meinem Kind herumschreien?!«

»Wir klär'n dit beim Rektor! Ick mach' dich fertich! Sowat lassen wa ...«

»Jetzt hören Sie auf! Oskar, geh' ins Haus. Bitte sagen Sie mir, wer Sie sind, damit wir die Angelegenheit wirklich mit dem Rektor klären.«

»Dit jeht Sie jarnischt an. Ick bin wegen Oskar hier!«

Das Auto stand auf der anderen Straßenseite, ein Rücklicht war kaputt, so daß man das Kennzeichen kaum erkennen konnte. Sepp schoß an mir vorbei, als ich das Gartentor öffnete. Er schnüffelte dem Mann am Hintern, das Kind klammerte sich an die Trainingshose seines Vaters, die Frau kreischte durch die Dunkelheit.

»Jetzt fassen Se mich mal noch an! Dann hätte ick Sie! Von so 'nem Kind kann die Mutta ja nur dit Allerletzte sein!«

Das Kennzeichen hatte ich vergessen, während ich Sepp zurück auf das Grundstück zog. »An solchen Leuten machen wir uns die Hände nicht schmutzig! Oskar, geh' ins Haus!«

»Ooch noch frech werd'n! Ick sage dir jeßt wat Freundchen!«

Oskar stand noch immer stumm am Tor, starrte die Frau an.

»Ick bin selba Lehrerin! Auf 'ner höheren Schule! Wenn du mir untakommst, denn mach' ick dich fertich! Ick mach' dir die Schule zur Hölle! Ick schwöre dir dit!«

»Hauen Sie ab!«

»Sie ham mir nischt zu sagen! Und ick schreie dit jetzt hier durch ihre janße Nachbarschaft! Frau Hitzig ist 'ne janz miese Mutta! Oskar Hitzig is 'n janz mieset Miststück! Die Hitzigs sind ...!«

Als ich die Haustür schloß, mischte sich auch die Stimme des Vaters in ihr Geschrei. Wir hörten ihren Sprechgesang noch, als wir unsere Mäntel wieder an die Garderobenhaken hängten.

Zitternd saß ich im Wohnzimmer: »Ich rufe jetzt den Rektor an.«

»Mami! Ich hab' wirklich nichts gemacht!« –

»Nimm' das nicht so ernst, Luise. Das ist doch nicht wichtig.«

Fritz saß in der Klinik, hatte Hunger, sah wieder alles gelassen und aus der Distanz.

»Ich bin sprachlos«, sagte Stella, als ich ihr das Erlebnis vorjammerte, »daß aber auch immer euch solche Dinge passieren. Ich kann's nicht fassen.«

Ich heulte. »Glaubst du, daß die wirklich Lehrerin ist? Die kann doch nicht im Schuldienst sein, mit Kindern arbeiten.«

»Ich werde es rausbekommen. Du kannst Anzeige wegen Beleidigung erstatten. Oder dich beim Schulamt beschweren.«

Ich fuhr durch die schöne Plantage in Richtung Klinik. Fritz und ich wollten gemeinsam Klaus vom Bahnhof abholen, der uns endlich besuchen kam.

Seit einigen Wochen hingen *meine* Schuhe nicht mehr an der Eiche. Sie fehlten mir. Und Fritz trauerte um *seinen* kleinen Apfelbaum, der eines Tages umgefahren worden war. Er hatte noch lange auf dem Feld gelegen, sogar geblüht und einige Äpfel getragen, bis man ihn ganz entfernt hatte.

»Man wird hier noch viele Jahre brauchen, so viele, wie ein neuer Baum zum Wachsen braucht«, hatte Fritz gesagt, als er mir die gesamte Fotoserie gerahmt schenkte.

»Wie siehst du denn aus?!« fragte er, als er jetzt zu mir ins Auto stieg.

»Wieso?«

»Du hast den Mantel verkehrt herum angezogen. Die Taschen hängen außen.«

»Ach, das habe ich nicht bemerkt. Heute morgen habe ich schon eine Telefonnummer im Kochbuch gesucht …«

Wir saßen mit unserem Freund in der Küche. Die Kaffeemaschine blubberte.

»Ihr wißt, daß eine der großen Kliniken in Weststadt frei wird«, fragte er vorsichtig, »Nein? Interessierst du dich denn nicht dafür?«

»Ich habe die Anzeige gelesen.«

»Wir würden gerne wieder mit dir zusammenarbeiten. Ich habe schon mit anderen gesprochen. Die Klinik läuft gut, du hättest eine Privatstation und keine Nachtdienste mehr.«

Ich stand auf, um Milch zu holen.

»Ich kann mir schon vorstellen, daß es euch hier gefällt. Das Haus und das Grundstück – alles sehr schön.«

Möglichst unauffällig nahm ich die Packung Papiertaschentücher aus dem Kühlschrank. Die Milch fand ich im Badezimmer. »Na, Luise?« fragte ich in das etwas fremde, müde Gesicht im Spiegel, »was ist?«

»Du kannst Fragen stellen…«, antwortete das Gesicht und preßte die Lippen zusammen.

»Seit wann trägt deine Frau denn solche komischen Trainingsanzüge?« hörte ich Klaus flüstern, als ich zurückkam.

Gabriele Goettle

Deutsche Sitten

Erkundungen in Ost und West

Mit Photographien von Elisabeth Kmölniger

Band 11790

Gabriele Goettles literarisch ambitionierte Sozialreportagen entlarven auf unspektakuläre, dabei oft atemberaubende Weise eine ganze Reihe deutscher Unsitten. Es stellt sich heraus, daß das Gewöhnliche oft genug auch das Monströse ist. Weil sie nicht kommentiert, gelingen ihr definitive Aussagen über den Mief deutschen Wesens und die Kälte modernen Lebens. Die Nachlaßinventarliste eines verstorbenen Lehrers reicht aus, um deutsche Spießergesinnung ganz im Sinne Tucholskys sozusagen flächendeckend auszubreiten. Am Standardtod im Altenheim erfährt der Leser den wahren Verkehrswert der vielbeschworenen Individualität. Es ist die Wahl der Perspektive und die scheinbare Abwesenheit von Kunst, was die Texte von Gabriele Goettle so außergewöhnlich und so kunstvoll macht.

Fischer Taschenbuch Verlag

fi 1672 / 4

Gabriele Goettle

Deutsche Bräuche

Ermittlungen in Ost und West

Mit Photographien von Elisabeth Kmölniger

Band 12894

Gabriele Goettles Reportagen, Interviews und Porträts verdichten sich zu ›Ermittlungen in Ost und West‹, die das Deutschland nach der Wende in ein zweifelhaftes Licht rücken: Die Autorin schildert groteske Situationen auf der Fürstenberger Müllkippe, im Sexshop der Hilbig-Stadt Meuselwitz, in ostdeutschen Dessousfabriken und »Tiervermehrungsfarmen« oder beim Räumungsverkauf der Stasi-Hinterlassenschaften. Sie besucht ein von ostdeutschen Punks besetztes Haus, verlassene Kasernen der Roten Armee oder das stillgelegte Kernkraftwerk Greifswald. Registriert sie in Ostdeutschland überall Existenzangst, Vereinzelung und Fremdenhaß, stößt sie im Westen anläßlich eines Volksmusik-Konzerts der ›Wildecker Herzbuben‹ auf biedere Sattheit, in der ebenfalls der Fremdenhaß gedeiht. Wie abgelegen die Ortschaften auch sein mögen, die Gabriele Goettle aufsucht, und wie mißtrauisch die Menschen dort zunächst auch sind - immer bringt sie sie zum Reden: über ihr Leben, ihre Sorgen, über ihre tiefsitzenden Vorurteile, Klischees und privaten Geschichtsklitterungen.

Fischer Taschenbuch Verlag

fi 2035 / 5

Joan Barfoot

Die Frau in der Hecke

Roman

Aus dem kanadischen Englischen von Eva und Thomas Pampuch

Band 13046

Charlotte, stets unabhängig, selbständig, berufstätig, glaubte immer, ihr Leben fest im Griff zu haben – auch als Geliebte verheirateter Männer. Jetzt ist sie alt, eine Frau von siebzig Jahren, und spioniert – hinter einer Hecke sitzend – das Kleinfamilienheim ihres Ex-Geliebten aus, mit dem sie zehn Jahre lang eine Beziehung hatte – vor dreißig Jahren. Eine absurde Situation, das findet sie selbst und fragt sich, warum sie das tut. Um einen Eindruck von dem Leben zu gewinnen, das ihr versagt geblieben ist – Familienglück und Harmonie? Ein Leben, wie es ihre Freundin Claudia geführt hat. Claudia hat auf Beständigkeit gesetzt, auf Sicherheit und Treue, auch wenn ihr Mann sie in den siebenundvierzig Jahren ihrer Ehe kontinuierlich betrog. Und das keineswegs diskret und rücksichtsvoll, so wie Charlotte es bei ihrem Geliebten erlebt hat, in dessen Gartenhecke sie jetzt sitzt. Und wie kommt Claudia, deren Mann gestorben ist, allein zurecht? Sie hat ein Geheimnis, das sie nur der Freundin mitteilen kann.

Astrid Paprotta

Der Mond fing an zu tanzen

Roman

Band 14180

Conny lebt im Frankfurter Bahnhofsviertel davon, mit Gelegenheitsbekanntschaften – Frauen wie Männern – gegen Bezahlung eine Nacht zu verbringen. Gemeinsam mit ihrer alkoholkranken Mutter Catalina, einer ehemaligen Prostituierten, und ihrem Freund Willi versucht sie, ihren Traum vom großen Glück zu verwirklichen: mit einer Tasche voller Geld nach London zu fliegen und dort ganz neu anzufangen. Als sie den merkwürdigen, zwielichtigen Straßenhändler Schick kennenlernt, scheint ihre Chance gekommen ... Astrid Paprotta spürt in ihrem ersten Roman den Abgründen, Hoffnungen und Träumen von Menschen nach, die im Zentrum der Großstadt und am Rand der Gesellschaft leben. Dabei entsteht ein tragikomisches Bild der Metropole und ihrer einsamen Bewohner auf der Suche nach Liebe und Wärme. Ein Roman von ganz eigenem Reiz.

Silvia Tennenbaum

Straßen von gestern

Roman

Deutsch von Ulla de Herrera

Band 13540

Dort, wo heute in Frankfurt die Doppeltürme der Deutschen Bank aufragen, kommt 1903 Lene Wertheim zur Welt. Die Wertheims sind eine alteingesessene jüdische Familie im feinen Westend, mit festen Grundsätzen und Regeln. Man feiert Weihnachten als prunkvolles Familienfest – zum Entsetzen der orthodoxen Verwandtschaft. »Die Juden sind wie alle anderen, und wenn sie es nicht sind, sollten sie es sein«, erklärt Eduard Wertheim, Bankier, Kunstsammler und Mäzen, seinen Nichten und Neffen. Jacob, der Intellektuelle in der Familie, gründet eine Buchhandlung am Römer. Und Elias Süßkind, Eduards Freund und Schwager, wird Direktor des Städel – bis zur Schließung der Galerie zeitgenössischer Malerei 1933. Lene erhält 1938 in Paris für sich, ihren zweiten Mann und ihre beiden Kinder Ausreisevisa für die USA. Aber nicht alle Wertheims haben das Glück, sich rechtzeitig vor den Nazis in Sicherheit bringen zu können.

Fischer Taschenbuch Verlag

fi 2211 / 4

Chris de Stoop

Hol die Wäsche rein

Die Geschichte einer ganz gewöhnlichen Abschiebung

Aus dem Niederländischen von
Franca Fritz, Heinrich Koop und Susanne George

Band 13484

Aziza, eine junge Roma aus Makedonien, hatte den Traum vom besseren Leben im Westen. Doch er verwandelte sich in einen Alptraum: In Köln wurde sie nicht nur von der Polizei, sondern auch von Rechtsextremisten gejagt, weil sie ausgewiesen werden sollte. Die erschütternde Geschichte steht für viele: Die Festung Europa zieht die Zugbrücken hoch. Westeuropa entwickelt nach und nach eine Infrastruktur für die »Abschiebung« Hunderttausender von Einwanderern: Spezialgefängnisse, Polizeibehörden, Transporte. Jährlich werden mehr als 200 000 Menschen aus Westeuropa ausgewiesen. Dieses Buch erzählt von ihren Erfahrungen und Schicksalen. Es sind Horrorgeschichten, die Epen unserer Zeit.
Die Welt der Deportationen ist eine Millionenbranche, und sie ist erbarmungslos. Es gibt kaum Beschränkungen, fast alles ist erlaubt. Belgien experimentiert mit Militärflugzeugen, die Niederlande mit kostengünstigen Charterflugzeugen, Deutschland mit verschlossenen Eisenbahnwaggons. Zu Beginn der 90er Jahre erklärten die westeuropäischen Staaten den Illegalen den Krieg. Sie stempelten nahezu jeden Fremden zum unerwünschten Element, zum Deportationskandidaten. Im ängstlichen, um seine Reichtümer fürchtenden Europa gibt es wieder Parias: »Hol die Wäsche rein, die Illegalen kommen.«

Fischer Taschenbuch Verlag

fi 1634 / 3